余命一年、男をかう

吉川トリコ

講談社

目次

余命一年、男をかう

I

1

記帳が趣味とか言ってるうちは素人だと思う。

このところずっと目を疑うような低金利が続いているのに、大事な資産を銀行口座に泳がせておくなんて愚の骨頂。毎月こつこつ銀行の預金口座に積立するぐらいなら、iDeCoかつみたてNISAにぶっ込んだほうがいい。

ポイントカード各種を携帯するのはむろんのこと（最近はスマホのアプリで代替可能）、クレジットカードや電子マネーはより多くのポイントが還元される組み合わせでその都度使い分ける。サービスデーやポイント二倍デー、ハッピーアワーやレディースデーも決して見逃さない。ネットやフリーペーパーのクーポンも大いに活用する。

そうは言ってもよほどのことがなければ外食なんてしない。映画館で映画を観るのも数ヵ月に一度程度だ。毎日三食自炊し、仕事が終わって帰宅してからは家で配信のドラマを観ながら趣味のキルト製作に励む。動画配信サービスはその時々により使い分けて、いくつも併用したりなどしない。サブスクリプションに踊らされてあれもこれも手をつけるなんて、初心者の陥りがちな罠である。

新聞は会社でとっているものを休憩時間にざっと流し読みし、本は図書館か古本で、服はプチプラ、食品や化粧品は大手量販店のＰＢ(プライベートブランド)。美容院代がもったいないので髪は伸ばしっぱなしにして一つに括(くく)り、前髪はパッチン留めという古式ゆかしい女子事務員スタイルで通している。むろんカラーリングなどしない。

お酒は嫌いではないけれど、金と時間の無駄だと気づいてからはまったく飲まなくなった。携帯は中古のスマホを格安ＳＩＭのいちばん安いプランで使用している。手(て)慰(なぐさ)みにアプリゲームをすることもあるが、ポイントサイトで稼いだポイント分しか課金はしない。医療保険は最低限のものを掛け捨てにしてある。

毎日会社まで往復一時間歩き（会社から支給される定期代はそのまま着服）、会社ではなるべく階段を使う。給湯室でお茶を淹(い)れているときや歯磨きしているときなどにつま先立ちスクワットも欠かさない。毎食後に念入りに歯磨きをすることで虫歯＆歯周病を予防。コンタクトレンズを使っていたこともあったけど、お金もかかるし目にも良くなさそうなので最近は眼鏡オンリーで済ませている。すべては健やかでコスパのいい老後のために行っていることだ。

休日には溜まっていた洗濯物やファブリック類（カーテンもクッションカバーもベッドカバーもすべて自作）を洗い、一人暮らしの部屋をすみずみまで磨きあげる。特売日に買ってきた食材で一週間分の総菜を作りおきし、丸一日水に浸(つ)けて発芽させた玄米を圧力鍋で炊いて小分けにして冷凍し、穴の開いた靴下や下着を繕っているうちに一日が終わっている。

節約は最高のエンターテイメントであり暇つぶしだ。

「ゆいぴって、なにが楽しくて生きてるの？」

私の生活ぶりを聞くにつけ、職場の同僚である丸山さんは世にも奇妙なものでも見るような目を向ける。ブロッコリーのおひたし、ネギの青いところ入り卵焼き、ささみの柚子胡椒マヨ和え、塩昆布をのっけた玄米といういつもながらに地味な私の弁当をぶしつけに眺め、いや、いいけどさ、いいんだけど、このあたり、お洒落でおいしいランチのお店けっこうあるのに……と自分だって高校生の息子のために朝早く起きて作ったお弁当の残りをかき集めてタッパーに詰め込んだものを食べながらぼやく。

お昼はいつも一人で弁当と水筒を持って近くの公園に行くか、急ぎの仕事があるときはデスクでさっと済ませるようにしてるのだが、丸山さんが弁当持参の日は会議室が私たちの食堂になる。コの字型に組まれたテーブルの対岸では、揃いの制服を着た若い女性社員たちが、近くのスペインバルが昼限定で売り出しているワンコインのランチボックスをつつきながらおしゃべりに興じている。コロナウィルスが流行してからというもの、ランチは一人で取るようにというお達しが会社から出ていたが、最初のうちは律儀に守っていた社員たちも、リモートワークやら時差出勤やらのどさくさでいつのまにかこのザマだ。最初のうちこそ、「うちら、なにげにめっちゃ三密〜！」「第二波不可避」なんて笑っていたけれど、いまとなってはだれも気にしている様子がない。

「楽しくなくちゃ、生きてちゃいけないんですか？」

塩昆布の味がしみた玄米を噛(か)みしめながら、私は訊き返した。

入社当初から毎日きっちり手作り弁当を持参してくる私を、「片倉(かたくら)さんは家庭的だね」「いい奥さんになりそうだ」なんて褒めそやしていた上司たちもいまや半数以上が定年退職し、残った半数は「貧乏くさい節約飯を持参する行き遅れのかわいそうな女子事務員」とみなしているようだ。私が弁当を作る理由は二十年前からなにひとつ変わっていないのに、私が年を取ることによってその意味合いが変わるなんておかしな話である。〝家庭的〟という観点からみれば、若いころより経験を重ねたいまのほうが確実に技術は向上しているのに。

就職氷河期真っただ中になんとか滑り込んだこの会社で、営業事務として働くようになってもう二十年になる。工作機械や産業機械などを扱う中規模クラスの機械商社で、とくべつ給料が良いわけではないけれど、地方都市の事務職と考えればそう悪くはないほうだ。ぜいたくしなければ、ギリギリ女一人で食っていけるぐらい。

「そりゃそうでしょ。人間楽しみがなくちゃ生きてけないじゃん。私だってできることなら仕事もしたくないし家事もしたくないけど、推しがいるから頑張れてるようなとこあるし」

丸山さんはK‐POP好きの二人の子持ちである。いつもスマホや雑誌を見ながら騒いでいるので、いいかげん私も丸山さんの推しの顔を覚えてしまった。きれいな男の子たちの中でも際立って人間離れした美しさを誇る丸山さんの推しは、丸山さん曰く「作画が天才」だそうだ。

「私だって好きな芸能人ぐらいいますよ」

「だってゆいぴ、課金しないじゃん。言っとくけど好きな芸能人と推しはぜんぜんちがうからね。コアラとウォンバットぐらいちがう」

「ピンとくるようなこないようなたとえですけど……」

丸山さんと話していると、いつも話題が思っているのと違う方向に転がっていく。それが私には軽くストレスなんだけど、丸山さんのほうではおかまいなしだ。

月に一度のジェルネイルとまつげエクステを欠かさない丸山さんは、いわゆる「美魔女」ジャンルに該当するのだろうが、どっちかというと「ギャル」と呼ぶほうがふさわしい気がする。四十歳オーバーのギャル。

年齢はそう変わらないのに若々しさにみちみちている丸山さんと相対していると、持って生まれた生命力のちがいを感じずにはいられない。同じクラスだったらぜったいに仲良くならないタイプだと思うが、四十歳を超えた女性社員は私だけだからか、「やっぱゆいぴ落ち着くわー」などと言ってなにかと絡んでくる。女性社員は早々に結婚し退社していくものという旧弊な価値観がいまだ根強い社内で、結婚し子どもを二人産んできっちり産休・育休まで取得した丸山さんは、本人曰く「肩身が狭い」らしい。

「子育て中は毎日めまぐるしくて死にそうだったけど、推しに生かされてたなって思う」

当時をふりかえって丸山さんはしみじみと言う。ちなみに当時の推しはいまの推しではない。私が把握しているかぎりだと、丸山さんにはこれまでに四人の推しがいる。

「コロナでツアーが飛んだ時は灰になって漢江（ハンガン）に撒（ま）かれたいって本気で思ったけど、推しがいたからこそ自粛期間だってなんとかやり過ごせたようなもんだし、この世に推しが存在してくれてることにマジ感謝だよ。あー、早く韓国行けるようにならないかな。もういっそ新大久保でもいい。汗水たらして働いたお金を握りしめていってグッズ爆買いしてくるんだ。推しに課金するときって、なんかこうドバッとアドレナリンが出るっていうか、もんのすごい快楽なんだよね。よそんちの息子にこんなに金を注ぎ込んじゃうなんて！　っていう背徳感がそうさせるのかな。ゆいぴもこの際だれでもいいから推し作りなって。生活にも肌にも潤いと張りが出るよ。お高い美容液よりよっぽど効くから」

「作りなってと言われても……。そもそも推しって作ろうと思って作れるものなんですか？」

「うわー、そこ気づいちゃった？　そうなんだよね、推しってふいに出会っちゃうものなんだよ。作ろうと思って作れるものじゃないし、もうこれ以上は抱えきれないと思ってても向こうからやってきたりするから困っちゃうんだよね」

「言ってることわりとむちゃくちゃですけど大丈夫ですか？」

「いやー、ゆいぴにもなんとかこの楽しさをお裾分けできないかなと思ってさ。なんの楽しみもなく灰色の毎日を送ってるなんて人生損してるとしか思えないよ」

べつに、楽しくなくても私は平気ですけど。

なんの楽しみもなく、ただ生きてるだけの人間がいたってよくないですか？

声には出さず、心の中だけでつぶやいた。人生を楽しまなくちゃってみんな気やすく言うけれど、人生を楽しむのにだってそれ相応のお金がいる。灰色の毎日のなにが悪いのか私にはわからない。

「私にだって楽しみぐらいありますよ。一日の終わりに資産管理アプリで資産総額を確認することです」

「は？　なにそれ？」

「銀行口座とか証券口座とかクレジットカードとか各種ポイントカードとかを紐づけて、一目で把握できるようになってるんです。見てるだけで何杯でもお茶飲めますね」

「……徹底してんね。ちなみに総額いくらぐらいあんの？」

「教えるわけないじゃないですか。引かれそうだし」

「ゆいぴって……」

まつエクでばさばさした瞼を持ちあげて、丸山さんが私を見た。そのあとに続く言葉は、聞かなくてももうわかっていた。

「いや、ほんと尊敬するわ。さすが二十歳でマンションを買った女」

恋愛はコスパが悪いからしたくない。

結婚も出産も同様の理由でパス。

他人と生きるということは、不確実性が増すということだ。そんな危険な投資に時間や労力を注ぎ込みたくない。ローリスクローリターンが信条。どうせ手を出すなら国債にかぎる。

「寂しい人生だね」

かつて友人だった人に、面と向かってそう言われたことがある。

「そんなにお金が大事？　そこまでしてお金を貯めてどうするの？」

祝儀を払いたくないからと結婚式に出席するのを断ったら、私の生き方にまで口を出してきたのでそれきり連絡していない。向こうからもない。金の切れ目が縁の切れ目とはよくいったものだ。

「守銭奴（しゅせんど）」

卒業以来会っていなかった中学の同級生は、マルチ商法の健康食品を売りつけようとして玉砕した果てにそう言って私を詰（なじ）った。銭ゲバなのはいったいどっちだろう。

「金なんてなくたって、いくらでも人間は豊かに幸せに生きられると思うけどね」

どうしてもパスできなかった会社の飲み会で、生山（いくやま）課長から激安PB（プライベートブランド）のティッシュペーパーよりも薄っぺらい幸福論を説（と）かれたこともある。人生には金より大事なものがある。どこかで百万回ぐらい聞いたことのあるような格言だ。

「だったら課長の給料と私の給料、来月から取り替えましょうか？」

冗談半分で提案してみたら、

「そんなことしたらヨメさんに家追い出されちゃうよ」

と笑って頭を掻（か）いていた。

入社時期は数年しかちがわないのに、生山課長と私の年収では、おそらく数百万円の開きがある。それが、あたりまえの共通認識としてお互いの中にある。そうでなければ成立しない会話だった。

金なんてなくたって豊かに生きられるって課長言いましたよね？

喉元まで出かかった言葉を、飲み放題メニューのグラスワインでぐびりと食道に流し込んだ。いくら私にデリカシーがないからといって、みんなの前で課長を詰めてメンツを潰すわけにはいかなかった。せめてもの憂さ晴らしも兼ねて、会費の元を取るために飲み放題メニューの酒を端から順に呷っていたら、ペース配分をまちがえたようで、飲み会が終わるころには足もとが覚束ないほどべろべろに酔っぱらってしまった。

「片倉さんやばいね、一人で帰れないっしょ。俺方向いっしょだから送ってくよ」

帰り際、生山課長に絡まれていたところを、

「うちら女子だけでパンケーキ食べて酔い覚ましてから帰るんで」

と丸山さんにピックアップされて事なきを得たものの、パンケーキなどという原価のわりに高額で、さして栄養もない上にカロリーばっかり高い、写真を撮ってSNSにアップするぐらいにしか使えない食べ物をこの私が食べに行くわけないじゃないですか、とべろべろに酔っぱらっているくせにそこだけは頑として譲らず、ほんとうはコンビニPBのペットボトルのお茶で済ませたかったところを、丸山さんになだめす

かされてドーナツショップの二百五十円のアメリカンコーヒー（お代わり無料）で手を打つことにした。

「課長の言ってることはわからんでもないけど、人に押しつけんなってかんじだよね」

生クリームたっぷりのチョコレートドーナツにかじりつきながら丸山さんがぷりぷり怒りだしたので、おまえが言うかと危うくコーヒーを噴き出しそうになった。

そんなふうに一段高いところから見下ろして、あれこれ言いたがる人はいつだってどこにだって数え上げたらきりがないほどにいて、いちいち相手にするだけで消耗した。

金が敵。金に目がくらむ。金と塵は積もるほど汚い。金の亡者。

金にまつわる言葉は、どうしてこうもネガティブなものが多いんだろう。

金は汚いもの、金儲けは卑しいことという思想の発端は、江戸時代の幕府の政策で「質素倹約こそ美徳」と庶民が思い込まされたことによるとなにかで読んだことがある。昔話に出てくる強欲なおじいさんとおばあさんはひどい目に遭ってばかりいるのに、無欲な（それはほとんど善人であることと同意なのだが）おじいさんとおばあさんのもとには、幸福（それはほとんど富を意味する）が訪れると相場が決まっている。それでいったら、目先の欲に踊らされず倹しい生活をしながらこつこつと老後資金を貯めている働きアリのような私こそ、もっと褒められてしかるべきではないかと思うんだけど。

お金なんてないよりあったほうが、浪費するぐらいなら貯め込んでおいたほうがいいに決まってるのに、どうしてみんなお金を欲しがることを、お金を使わずにケチケチと暮らすことを悪しざまに言うのだろう。「経済を回さなくては」とコロナ禍以降、頻繁に耳にするようになったけれど、わざわざ触れまわらなくとも、生きているかぎり人間はいやおうなく経済活動に参加せざるをえないのに。

みんな怖いんだろうか。

自分が稼いだお金で、いったいなにを買っているのか、気づかされてしまうのが。

それでも、二十歳で買ったマンションで好きな香りのお茶を淹れ、好きな俳優の出ているドラマを見ながら趣味のキルトに励んでいるうちに、そんなことは忘れてしまう。お金なんてなくても豊かに幸せに生きられると生山課長は言ったけれど、わずかな経費（お茶代と電気代とガス代と映像配信サービス月額料の日割り分とキルトの材料費）でゆったりと時間を過ごすことに、私はなにより豊穣と幸福を感じる。設備費用（マンション購入費及び家電家具類及び食器等の備品及び通信にかかる費用）についてはこの際、度外視する。

あとすこしでマンションのローンが終わる。そのことを考えるだけで、しぼんだりへこんだりしていた私の心はまるく膨らんで、だれの助けを借りることもなく満ち足りる。

家賃を払い続けるのは消費だが不動産を買うのは投資だ——とは、二十歳という若さでマンションを買うことになった理由を訊かれたときに用いる方便で、当初は私も賃貸で部屋を探していた。会社の近くのワンルームをあちこち見てまわったものの、いいなと思う部屋はどこも予算を大幅にオーバーしていてとても家賃を払い続けられそうになく、私の給料で住めそうな部屋はどの物件も古かったり狭かったり日当たりが悪かったり治安が悪そうだったりして、内見に行くたびに心が塞いだ。おまえにはこの程度の生活が相応だと、不動産賃貸ほどわかりやすく見せつけるシステムがあるだろうか。

無理して一人暮らしする必要なんかないじゃないかと父は言った。家も建て替えることだし、唯(ゆい)の部屋だって用意する、家から通えない距離でもないんだから会社にはうちから通えばいいと父も継母(ままはは)も口を揃えて引き留めたが、母との思い出の詰まった家をつぶして新しい家を建てると聞かされたときに、実家を出ることは決めていた。

たまたま通りかかった不動産屋の前に、中古マンションの広告が出ているのを見つけたのはそんな折のことだった。顎(あご)が外れそうなほどびっくりした。私でも払えそうな月々の返済額で、賃貸ではとても望めない広さの部屋に住める。築年数だってずっと浅い。

さいわいにも私には、子どものころから貯め込んでいたお年玉貯金に加え、二十歳の誕生日に父から譲り受けたかなりまとまった額のお金があったので、臆することなく不動産屋の扉に手を伸ばすことができた。

築十三年の１ＬＤＫ。会社から歩いて三十分。都心にほど近い住宅街の一角。近くにスーパーもあるし、そこそこ活気のありそうな商店街もある。七階建ての三階。目の前には大きな児童公園があって、たっぷりとした緑が窓から注ぐ。日が暮れてからベランダに出ると、公園を挟んで向かい側に建つ教会の尖塔(せんとう)がライトアップされているのが見えた。

「いずれ転売されることを考えても、いい条件だと思いますよ」

不動産屋の言葉をそのまま鵜(う)呑(の)みにしたわけではないけれど、実際のところ悪くない条件だった。あれから二十年を経たいまでも、売ろうと思ったらそれなりの値がつくはずだ。

大反対されるだろうと予想していたが、思いのほかすんなりと父は連帯保証人の欄にサインをした。祖父から引き継いだ税理士事務所を営む父には、金は運用して増やすもの、不動産購入は投資の一環という考え方がしみついていたようだ。

人生でいちばん大きな買い物を早々に果たしてしまったことが、その後の人生にどのような影響を及ぼしたのか──なんて、二十歳でマンションを買わなかった人生を歩んだことのない私にはわかるはずもないけれど、それでもやっぱりあそこでなにかが大きく変わったかんじはある。

それまでキルト以外にろくな趣味もなかったけれど、突如、節約という趣味ができた。生活を切り詰めて繰上返済に励み、少しずつローン残高を減らすことが生きがいになった。「お金の増やし方」を謳った本を図書館で片っぱしから借りて読み、投資や蓄財に励むようにもなった。

おしゃれもせず、恋もせず、旅行もせず、推しに課金もせず、友人とおいしいものを食べたりもせず、日々変動する数字をスマホで眺めてはにやにやしている。このあたりは、野球もゴルフも車もギャンブルも酒も、趣味らしい趣味の一つもなく、数字を見るのが──とりわけ金勘定がなにより好きだと言って仕事に没頭する父親ゆずりなのかもしれなかった。

「おまえが男だったらなあ」

いまだに酒が入ると父はそう言って、未練に濡れた息を吐く。年の離れた腹違いの弟は真面目ではあるが出来がいいとは言いがたく、税理士の資格を取得するのに四苦八苦しているようだ。長いあいだ父は私に税理士事務所を継がせようと考えていたようだが、弟が生まれたとたん手のひらを返したように、「唯は女の子だから短大で十分だな」などと言い出した。

「そんなに若いうちからマンションなんて買って、ずっと一人でいるつもりなの？」

継母を筆頭に、勝手に先回りしてそんなことを言ってくる人は後を絶たなかった。独身の女がマンションなんて買ったら婚期を逃すだの、男を遠ざけるだの、私のことを心配して言っているというよりは、女の子はいつかいい人を見つけて結婚するものだと決まっている、おまえだけそこから離脱することは許さない、という圧を感じずにはいられなかった。

「唯ちゃん、もしかしてあなた、女の人が好きなの？」

と継母は訊ねさえした。若くしてマンションを買うことと同性愛者であることがどうして結びつくのか、私にはまったく理解できなかった。

「いつか結婚するときにまた考えればいいだろう。いまのマンションは売りに出すか、人に貸してもいいしな」

あくまで結婚する前提なのが気にはなったが、父の合理的な考え方のほうが私にはいくらかしっくりきた。さすが、若い後妻をもらって言いなりのまま家を建て替えただけのことはある。

この二十年のあいだに負け犬ブームが吹き荒れ、おひとりさまという生き方が認知を得るようになったが、結局はメディアや東京の一部のリベラル層に限られた話にすぎず、保守的な地方都市で暮らす私の周辺では、独身で恋人もいない妙齢を過ぎた女はいやでも奇異の視線にさらされる。結婚したくてもできない女はみじめで可哀想、結婚したいなんてつゆほども思っていない女は偏屈な変人、もしくは同性愛者。どちらにしたって生きづらいことには変わりない。

「イケるイケる、ゆいぴ年より若く見えるし、まだぜんぜんイケるって。友だちの話聞いてるかぎりだと、無駄に婚活パーティーにぶっこむより結婚相談所に課金したほうが話が早いらしいよ。四十歳ならまだ子どもも産めるし、よゆーだってよゆー」

　さすがに四十歳をすぎれば、結婚するつもりはないのか、だれかいい人はいないのかと詮索されることもなくなるだろうと思っていたのに、丸山さんからは定期的に力強い口調で励まされる。

「いいなあ、ゆいぴ。いくらでも選び放題……ってわけにはいかないだろうけど、酸(す)いも甘いもかみわけた大人になってから相手を選べるんだもんね。羨(うらや)ましいよ。私、結婚早かったじゃん？　右も左もなんにもわかってない小娘の頃につきあってた男で手を打っちゃったからもう最悪よ。まあ、子どもも早く欲しかったしさ、あのとき結婚しないって選択肢はなかったんだけど、それにしてもちょっと早まったかな。いまとなっちゃ、旦那の顔なんてマジで見たくもないもん。一秒に一回は離婚したいって思ってる。自粛期間中ずっと家で顔つきあわせてたじゃん？　あと一週間、いや一日でも長引いてたら刺し殺してたとこだったよ」

そうかと思ったら、私に結婚を勧めるのと同じ口でそんなことを言い出すのだから面食らってしまう。離婚するという選択肢はないのかとこわごわ訊ねてみると、「ないね、それだけはない」と食い気味に返ってきた。

「離婚なんて無理無理、考えられない。家買っちゃったし子どもたちを大学にやるまでにまだ何年もかかるし生活レベルも落としたくないしさー。コロナでしばらく行けてないけど、最低でも年に二回は韓国行きたいしツアーの遠征もしたいし老後の不安もあるし……っていろいろ考えると、あんなクソ男でもかんたんには別れられないよね。ゆいぴとちがって、うちの実家、そんなに太くないしさ」

「うちだってべつに、お金があるわけじゃないですよ。会社は弟が継ぐことになってるし、父が死んだところで継母がほとんど持ってくだろうし、遺産なんてろくに入ってこないんじゃないかなあ。マンションのリノベ代ぐらいになれば、とは思ってますけど。それに私、なにかあっても親を頼るつもりないですから。そのためにせっせとお金貯めてるようなもんだし」

「よく言うよ、マンションの頭金出してもらったくせに」

あれは、親に出してもらったんじゃなくてれっきとした私のお金なんだけど。死んだ母が私に遺(のこ)してくれた——。

喉元まで出かかった言葉を呑み込んで、私は肩をすくめた。なんにしたって恵まれていることには変わりない。

いろいろと無茶苦茶なことを言ってはくるけれど、「そんなに金を貯めてどうするんだ」とは丸山さんは絶対に言わない。お金なんてどれだけあっても不安だと口には出さなくてもじりじりと焦がれるように思っている。趣味も好みも価値観もなに一つ合わなくとも、その一点で私たちは固く結ばれていた。

つくづくこの社会は、女一人で生きていけるようには設定されていないと思う。私や丸山さんが昇進することは今後いっさいないし、昇給だってほんの気休め程度で、いつのまにか同期の男性社員には大きく水を開けられている。

結婚するか、親と同居するか、死に物狂いで節約してマンションを買うか、いざとなったら体でも売るか。私たちに与えられた選択肢はわずかだ。

キャリアアップしろとか、総合職を目指せばいいとかそういう問題じゃなくて、一人では生きていけないように設定された職業に、いまなお多くの女性たちが就いているということがそもそもの問題だという気がする。女性の非正規雇用率が五割を超える日本で、正社員でいられる私は恵まれているほうだと思うが、そう思わされている時点でなにかが絶対に狂ってる。そうかといって私にはどうすることもできないから、せいぜいペットボトルのお茶を買うのをがまんしてマイボトルを持ち歩き、風呂の残り湯を使いまわし、いじましく繕い物をしたりなんかして小銭を貯めるぐらいである。

どれだけお金を貯めたところで不安は消えなかった。税金や社会保険料の負担が年々増えているのに、年金の受給額は目減りしていく一方で、おまけにこの頃ではまともな社会保障も期待できないときてる。病気になったら？　要介護の身体になったら？　マンションだって老朽化したらどうするの？　インフレが起きて貨幣価値が下がったら？　次から次へと湧き起こる不安を解消するためにアプリの中の数字を増やしてみても、ほんの一時の慰めにはなるが心から私を安心させてはくれない。

この不安から目をそらすために、みんな結婚したり子どもを産んだりするんだろうか。そりゃあシングルよりはダブルインカムのほうが単純に稼げる額が増えるだろうけど、その分リスクだって増えるわけだし、根本的な解決になるとは思えない。老後の面倒を見てもらうために子どもを産むという発想のおぞましさにはただただ愕然(がくぜん)とするばかりだ。

人生を損得勘定でとらえたら、シンプルなほうが私には合っている。お金も時間も労力もすべて自分のためだけに使い、病めるときもすこやかなるときも自分で自分に責任を持って生きる。

私の人生の目標はただ一つ、だれに頼ることもなく一人で生きていけるだけのお金を稼いで、収支トントンで終えること。

この世に生まれたからには、生きなくちゃいけない。

生きてるかぎり、生きなくちゃいけない。

いつのころからか、それだけはあたりまえの指針として私の中にあって、私は私を裏切れなかった。やれやれとうんざりするような気持ちで、生きねばと思って生きていた。

あの日、医師からがん宣告を受ける日までは——。

2

がんになったら死のうと思っていた。

進行状況にかかわらず治療はしない。抗がん剤治療や放射線治療を受けて副作用に苦しめられるぐらいなら、それまでどおりの生活を続けながら緩和ケアだけ受けてゆるやかに最期を迎えたい。ホスピスには相当なお金がかかるみたいだけれど、どうせ死ぬんだし最期ぐらい贅沢したってばちは当たらないだろう。

葬式なんてお金がもったいないからしなくていいと死ぬ前に何度言い聞かせたところで家族は聞き入れてくれないだろう。父というより継母のほうがむきになって執り行おうとする気がする。そうしないと体裁が悪いというのもあるけれど、「いい人でありたい」という欲望がだれよりも強い人だから。

しかたあるまい。死は本人のものではなく遺された人たちのものだ。そこは私が譲歩するとして、いま入ってる保険は死亡時に二百万円おりるのでそれを葬式代にあててもらうことにする。マンションは育ててくれた恩を返すためそのまま父に、残りの資産はすべて困窮する独身女性の支援団体に寄付する。お墓はいらないから、海に散骨してほしい。散骨にかかる費用と手間賃は別途用意しておく。

そこまでのシミュレートは済ませてあったので、がん保険に入る必要も、がんに怯(おび)えてまめに検診をする必要もなかった。そんなことをしたってお金が無駄になるだけだ。

年に一度の会社の健康診断では、乳がん検診や子宮がん検診などのオプションは自己負担となる。マンモグラフィー五千円。乳腺(にゅうせん)エコー五千円。子宮頸(けい)がん五千円。子宮体(たい)がん八千円。これぐらい会社が負担しろよなと文句を言いながら女性社員の多くが申し込んでいたけれど、私は一度だって受けたことがなかった。

満四十歳になった私のもとに、がん検診の無料クーポンが市から送られてきたのは夏の始めのことだった。

無料で受けられるなら受けてみようかな、と思ってしまったのが運のつきだった。

四十歳になった記念に一度ぐらいやっとくか、と。貧乏性がこんなところにまで発揮されるなんて、自分でも呆れてしまう。

コロナウィルスの感染者数が落ちついた頃合を見計らって近所のウイメンズクリニックに予約を入れ、七月の終わりに検診を受けた。

忘れたころに「要精密検査」の通知がきた。

しかも、乳・子宮ともにダブルで。

いやいやいやいや、精密検査なんてめちゃくちゃお金がかかりそうだし無理無理無理無理と見なかったことにしてそのまま丸めてゴミ箱に捨てたまではよかったが、それ以降、生理前の乳房の張りが妙に気になったり、差し込むような痛みを胸に感じたり、なんとなくだるかったり急に体重が減少したり、ちょっとした体の異変にいちいち敏感に反応して、もしや、がんなのでは……？　とそのたび不安に駆られることになった。

想像がんで具合が悪くなることほどバカバカしいことはないので、多少のお金を払ってもはっきりさせておいたほうがいいだろうと有休を取り、歩いて行ける距離にある総合病院で検査を受けることにした。精密検査でがんが発見されるケースはそこまで多くないみたいだし、安心を金で買うと思ったら安いものだ。

超音波検査をし、血液や細胞を採り、ＭＲＩやらＣＴやらなんやら、あちこちたらいまわしにされ、すべての検査を終えて病院を出るころには陽が暮れていた。検査の結果はまた後日と告げられて不安な一週間を過ごし、半休を取って検査結果を聞きに行ったところで、

「がんですね。それも、かなり進んでる」

あっさり、あまりにもあっさりと言い渡された。

私よりもいくらか年を取っていそうな、顔つきも言葉つきも酷薄なかんじのする産婦人科の男性医師だった。母のこともあるし、もしがんになるとしたら遺伝性の乳がんだとばかり思っていたから、子宮がんという診断にまず驚いた。

「だめでしょ、こんなになるまで放っておくなんて」

診察室のデスクに備え付けられたパソコンのマウスをしきりに動かしながら、こちらを見もせずに医師は続けた。説教しているような口調ではあったが、己の優位性を示すために言ってるだけで、ほんとうに親身に患者のことを思って言ってるようには見えなかった。

「これだけ進んでたらなんらかの症状が出てたと思うけど、自覚症状はまったくなかったの？」

「自覚症状……」

「多いところでいうと不正出血とか。特に性交後なんかによく見られるけど」

「はあ……」

面と向かって医師からがんを告知され、そんなまさかという気持ちよりも、あ、やっぱり？　という気持ちのほうが大きかったことに自分で驚いた。「要精密検査」の通知が届いた時点で覚悟はできていたのかもしれない。

——逃げ切れなかったか。

役目を終えたバルーン人形みたいに、しゅるしゅると体から力が抜けていく。ついに、つかまってしまった。がんになったら死ぬと決めてはいたものの、だからといってまったくショックをおぼえないわけでもなかった。

「知ってるとは思うけど、子宮がんには頸がんと体がんの二種類があって」

はっきりとした反応がないことに焦れたように、子宮の断面図をプリントしたものを差し出し、膣と子宮をつなぐ細い管の部分をボールペンで囲みながら医師が早口に解説した。

「片倉さんの場合はここね、出産のときに赤ちゃんの通り道になる場所。頸がんにも二種類あるんだけど、ほとんどの場合は扁平上皮がんと呼ばれるもので、あなたはどうも扁平上皮がんと腺がんの合併のようでしてね。この腺がんっていうのがなかなか厄介なやつで——」

金の喜平ネックレスと磁気ネックレスを重ね付けしている医師の首元をぼんやり眺

めながら、私は説明を聞いていた。肩こりが気になるならまずそのごん太の喜平ネックレスをやめたらいいのに、横柄な医師の態度に看護師たちが気を使っているのがありありと伝わってくるから、おそらくみんな思ってても言えないんだろう。

「とまあ、ざっとそんなとこだな。もうちょっと詳しい検査をしたいから、近いうちに検査入院してもらうことになると思うけど、どっちにしろ手術で子宮を摘出しないことにはどうにもならんでしょう」

こちらの意思を確認しようともせずに話を進めていこうとするので、「ちょっと待ってください」と医師の話をさえぎった。

「手術しなかったら、どうなりますか？」

「死ぬよ」

ストレートの超剛速球に私は絶句した。

わかっていたこととはいえ、ここまではっきり言われてしまうと内臓にずしりとくる。

「放っておいたらあとは死ぬだけ。それでもいいの？」

ほとんど脅すような口調だった。「治療しない」という選択肢など最初から存在しないみたいな。患者が――自分より若い女の患者が少しでも口答えするのが許せないのかもしれない。

「あなた、独身でしょ？」

カルテに目を走らせながら医師が訊ねた。こんな時まで独身かどうかが関係してくるなんて、とうんざりしながら私はうなずいた。

「子宮摘出に抵抗をおぼえるのはわからんでもないけど、いま四十歳……再来月で四十一歳か。どのみち出産は厳しいでしょ」

「――――」

その日、二度目の絶句だった。話にならない。子宮を温存したいなんて言ってないのに。ましてや子どものことなんて一言も。

思わずセカンドオピニオンという言葉が口から出かかったが、セカンドオピニオンもなにも、最初から治療する気なんて私にはないのだった。

「……もし仮に治療しなかったとして、あとどれぐらい生きられますか？」

そこではじめて興味をひかれたように医師がこちらを見た。落ち窪んだ二つの目が真正面から私をとらえる。

「さっきからどうも、なにか誤解されてるようだけど、子宮頸がんはそこまで悲観的になる病気じゃあない。ステージⅣからでも完治した人はいくらでもいる。治療しなかった場合のことなんて、まだ考える段階にないよ」

「いや、あの参考までに、そこをなんとか教えてほしいんですが……」

食い下がる私に、医師は唸り声をあげながら白髪交じりの短髪を掻きむしった。

「こればっかりは人によるとしか言いようがないんだが……ただし片倉さんの場合は腺がんを合併してるから、進行が速いと仮定して……最悪、そうだな、一年が一つの目安にはなるとは言えるか」

先ほどまでとはうって変わり、ずいぶんと歯切れの悪い口調だった。

「つまりどういうことなんです？　一年で死ぬってことですか？」

「いやだから、一つの目安って言ったでしょう。みんなドラマや映画を鵜呑みにしちゃうから困るんだよなあ。言っとくけど、余命宣告なんてあてにならないからね？　後からトラブルになるのを避けるためにだいたい短く見積っておくもんだし、余命三ヵ月って言われた患者が何年も生存するなんてざらにある話で、最近じゃ宣告しない医者のほうが多いぐらいなんだから」

「でも、重要なんです。私にとっては」

「そりゃあ、だれにとってもそうでしょう」

呆れたように医師はため息をついたが、ちがうんです、と私は言いたかった。

他の人とは事情がちがうんです。私は別に生きたいわけでもましてや子宮を温存したくてごねてるわけでもなくて、これでやっと死ねるんだと安堵をおぼえているぐらいなんです。そこのところ誤解しないでくださいと言いたかった。

あと一年で死ぬなら、節約なんてもうしない。明日にでも会社をやめて、退職金で毎日おいしいものを食べて、レディースデーでもファーストデーでもない日のレイトショーでもない時間帯に映画館のプレミアムシートでIMAXの3D上映を観る。書店で気になった本を片っぱしから買い、NetflixにHuluにApple TV+まで片っぱしから契約し、十連ガチャだって回し放題、パリかロンドンか韓国か、一人GoToキャンペーンだってしてやろう。どうせ死ぬんだし、コロナウィルスなど恐るるに足らずだ。

だけど、もしなにかの間違いで死ねなかったら? 余命を宣告されたけど実は別の患者のカルテと入れ替わっていた——なんて無茶苦茶な話が、小説でもドラマでもたまにあったりするではないか。現実にそんなことはありえないと思うけれど、誤診という可能性だって一〇〇%ないとは言い切れない。そう思うと恐ろしくて、ブレーキがかかってしまう。なにかの間違いで生き延びてしまう可能性が一%でも残っていたら、心おきなく金を使うこともできない。

私は安心が欲しかった。もう老後の資金を残しておかなくていいという安心が。思うぞんぶん浪費していいというGOサインが。余命一年が多少伸びたところでどうとでもなるけれど、十年二十年と続いてしまったら困るから、近いうちに絶対死ぬという確証が欲しいだけだった。

「一年が一つの目安だってことはわかりましたけど、最長だとどれぐらいですか？　なんの治療もしなかったら、ほんとに私死にますか？　ほんとのほんとにもうだめですか？　万が一、奇跡が起こって治ったりなんかしませんか？」

あまりに熱心に問い詰めるので、医師は私がよほど絶望しているのだとかんちがいしたようだ。

「片倉さん、ちょっといったん落ち着こうか？　何度でも言うけど、治る見込みがないわけじゃないから。それについては今後じっくり治療方針を話し合っていくとして、とにかくまだあきらめるのは早いんだって！」

それは、私の求めている答えではなかったが、その医師がはじめて親身に私のことを思って口にした言葉ではあった。

「一年が一つの区切りとして、それ以降は断言しかねるが、もって二、三年。それ以上生きのびる人もいないわけじゃないけれど、レアケースだと考えていい」

詰められるだけ詰めてやっとそれだけ言質（げんち）を引き出した私は、どこかふわふわした心持ちで会計の順番を待っていた。なにをどう感じたらいいのかわからず、手持ち無沙汰でゲームのアプリを開いてみたものの、二頭身のキャラクターと色と数字が飛び交うのをぼんやり見ていることしかできなかった。

そのとき、視界の端をシュガーピンク色の髪をした男が横切っていった。

――あの人は、なにをあんなに苛ついてるんだろう。

青魚みたいにてかてかしたスーツを着たあからさまに場違いなその男は、さっきから病院のロビーとエントランスをせわしなく行ったり来たりしている。男の動きを視線で追っていたら、自動ドアが反応するのも待ち切れないみたいに、少しだけ開いた隙間に体を差し込むようにして院内に戻ってきた。アシンメトリーにカットした髪で片眼がほとんど覆われていて、ゲゲゲの鬼太郎みたいだ。黒いウレタン製のマスクが顎に引っ掛けられていて、まったくマスクの役割を果たしていない。

出で立ちからして、だれがどう見たってホストであることは疑いようがなかった。むしろあのナリでそれ以外の職業だったらびっくりする。それでも、「院内での携帯電話の通話はお控えください」という案内に律義にしたがっているのが可笑しかった。

「あーっ、くそっ、電話には出ろよ。携帯の意味ねえだろ!」

スマホの画面を睨みながら、サバ色スーツ男が苛立ちまぎれに床を蹴りつける。吹き抜けのホール全体に響くような声に、ロビーのソファに座っていた人たちがいっせいに顔をあげた。あ、すんません、とすぐに縮こまった様子を見て思わず噴き出したら、素早く目を走らせて彼が私を見つけた。

普段だったら目を合わせようともしなかったはずだ。なるべく関わり合いにならないようにして、そのまま素通りしたはずだった。ホストなんてキリギリス代表みたいな人種と、働きアリ代表の私の世界が交わることなどありえなかった。

だけど、病院のロビーを忙しく歩きまわる彼の横顔が、好きな俳優にちょっと似ていた。それで、つい目で追ってしまった。ふわふわと置きどころのない気持ちが、彼の動きに巻き込まれて、空気ごと引っぱられてしまった。

「あ？」

あわてて顔を伏せたけど、もう遅かった。完全にロックオンされている。

「ねえ、ちょっと、そこのおねーさん、いま笑ったでしょ？」

足音が近づいてくる。少しがに股気味の、だらしのない歩き方。つま先の尖がった革靴が視界に入る。

「ねえ、聞いてる？」

救いを求めるように周囲を見やったが、だれもかれもが我関せずとばかりに目をそらしてこちらを見ようともしない。

わー、見て見ぬふり！　日本人って冷たい！

と思ったけど、私だって町で輩に絡まれている一般人がいたとしたら、見て見ぬふりで素通りするだろうからおたがいさまだった。絡まれるようなことをするやつが悪いのであって私にはなんの関係もない。以上。自己責任論で自分を正当化してそそくさとその場から立ち去り、翌日にはそんなことがあったことすら忘れている。

「あのさ、おねーさん、いきなりで悪いんだけど、お金持ってない？」

「は？」

あまりにも直球のたかりに驚いて、思わず訊き返してしまった。

サバ色スーツ男はうすっぺらい体を折るようにして、ソファに座っている私に顔を近づけた。ソーシャルディスタンスなどおかまいなし。スプレーでがちがちに固められているのか、鬼太郎の髪はびくともせずそのままで、片目は隠れたままだった。近くで見ると、思っていたほど若くはなさそうだ。そのことに続けて驚いた。いい年してピンク色の頭して、いい年してホストなんかして……。

「親父が長いこと入院しててさ、入院費を払えってずっと催促されてんだけど、今日払わないと追い出されちゃうかもしれなくて……」

放っておいたら男は、ぺらぺらと身の上話を語りはじめた。後々、入院費未払いで訴訟を起こされるようなことはあっても、今日の今日追い出すようなことは病院側もしないと思いますけど？　ちなみに高額療養費貸付制度ってご存じです？　医療保険には入ってないんですか？　入院費がいくらかは知りませんけど、多少の貯金ぐらいあるでしょう？　といちいち突っ込んでいたらきりがなかったから黙って聞いておくことにした。もしかしたら、新手の詐欺かもしれなかったし。

父親は近くの商店街で三十年近く続く〈一葉亭（いちようてい）〉という洋食店を営んでいた。名物はオムライス。三十席にも満たない店ながら、地元の人に支えられて細々とここまで続けてこられた。過去には地元の雑誌やテレビの取材がきたことだってある。

しかし、折からの不景気で商店街全体がじょじょに勢いを失っていく中、だめ押しのように「コロナのヤロー」がやってきた。それでも夫婦二人で店を切り盛りしていく分にはどうにかなるのではと思っていた矢先に父親が脳梗塞で倒れた。左半身麻痺と脳血管性認知症で長期入院を余儀なくされ、〈一葉亭〉は営業停止状態。一階が店舗になっている自宅はバリアフリーどころか、二階の住居に上がるには狭くて急な階段をのぼらねばならず、自宅介護なんてとてもじゃないけど無理。家を改装するか、施設に入れるか――いずれにしても金が要る。

「いま、手あたり次第知り合いに電話してんだけど、ぜんぜんつかまんなくて――っていうかぶっちゃけ親戚とか地元のツレとか？　あちこちから金借りまくってるから向こうも出てくんなくて、あー、マジくっそたりいってかんじなわけ。も、どうしようかと思って、このまんまじゃ一家で首括んなきゃじゃん？　病気の親父と老（ふ）け込んだ母親、そんだけでもキャパオーバーだっつうのに、さらにプラスして出戻りの妹が小さな子ども連れて家にいんだわ。これがひでえ旦那でさ、暴力はふるうわ養育費は払わねえわでさんざんな目に遭ってて、そんでも健気に昼はビジホの清掃バイト、夜はキャバクラで働いてたんだけど、コロすけのヤローのせいで全部パアになっちゃって。もうウケるっしょ？　このままだと俺ら家族五人、一家心中するしかなくなるんだわ。つーわけで、いきなりこんなこと頼んで悪いんだけど、金貸してくんない？」

見た目も口調もあまりにチャラいから、どこまでがほんとうでどこからが嘘なのか、よくわからなかった。あながち、ぜんぶがぜんぶ嘘ってわけでもないのかもしれない。

たぶんやけっぱちなんだろう。どうとでもなれと思ってこんなことを言ってるんだろう。わざとチャラくふるまうことで、惨めさや恥ずかしさを覆い隠そうとでもしているみたいだった。

「どうして――」声がかすれてしまった。「どうして私なんですか？　ほかにいっぱいお金を持っていそうな人、いるじゃないですか」

「どうしてって……」

そんなことを訊かれるとは思ってなかったのか、うろたえたようにサバ男が周囲を見渡した。ピンクの前髪に隠れた目が、ぱたぱたとまばたきをくりかえすのが、見えるわけでもないのに伝わってくる。

「この中でいちばん金持ってそうなかんじがしたから？　俺そういうのわかるんだ

よ、なんとなく。嗅覚だけでここまできたようなとこあるから」
ふだんは家から制服で出勤しそのまま帰るが、今日は病院に寄ることがわかってい
たので、頭からつま先までプチプラで揃えたごくごく地味なOLファッションだっ
た。お金を持っているようにはとても見えないはずだ。バッグだけはかろうじて就職
祝いに父から買い与えられた老舗メーカーの革製のものだったけれど、二十年も使い
続けているからボロボロだった。
それでもこの人は、私をえらんで声をかけた。
「いいですよ」
「えっ？」
すんなり承諾されるなんて思ってもなかったんだろう。驚いたように動作を止めた
彼に、私はクレジットカードを差し出した。
「限度額まで、余裕たっぷりあるはずです。それで足りなければ、もう一枚カードあ
るし、銀行からお金をおろしてくることもできるので言ってください」
「えっ、でも……」
「早く。気が変わらないうちに、どうぞ」
もうお金、持っててもしょうがないんで。
私、あと一年で死ぬんで。最長でも三年もったらいいとこらしいんで。

そう言ってあげたら、彼は安心するだろうか。それとも気味悪がって逃げ出すだろうか。

やけっぱちになってるのは私も同じだった。

会計を終えて病院を出たところで、繁華街の一角にある〈デメトリアス〉というホストクラブでホストをしていると、改めてサバ男は自己紹介をした。名刺には片仮名で〈リューマ〉と書かれていた。

「ホスト始めてすぐのころに源氏名の由来を訊かれて坂本リューマを尊敬してるからって答えたら、いやリューマじゃなくてリョーマっしょ、尊敬してるとか言ってるけどどうせ坂本龍馬がなにをした人かもろくに知らないパターンだろってお客さんに指摘されて、マジで顔から火ぃ吹くかと思ったよね。つーか同じ店のやつら、なんでだれもツッコんでくれなかったんだよってかんじじゃん？　あいつらも坂本リューマだと思ってたんかな。でもまあ、転んだらタダじゃ起きねえっつーか？　逆にこれをネタにしたろと思って。結果ウケたからよかったんだけど。イッパツで名前おぼえてもらえるようになって、キャラも印象付けられるようになったから」

通りすがりの女に大金を借りたことが後ろめたいのか、一方的にべらべらとしゃべった末に、だから俺のことはリューマって呼んでよ、とついでのように彼は言った。

あ、そういうことですか、と私は思った。彼自身ではなくホストとして私に金の無心をしたのか、と。

「じゃあ、ホテル行こう」

七十二万三千八百円のクレジットカードの明細書をぴらぴらさせながら私は言った。それならそれでかまわなかった。こっちも遠慮しなくて済む。

「は？　じゃあってなに？　つながりおかしいでしょ」

「だってホストなんでしょ？」

サバ男がチャラい自分を演出してるみたいに、私もなんでもないことのようにさらりと言って、ロータリーのタクシー乗り場に停まっていたタクシーに乗り込んだ。

「だってって――え？　ええっ？　ちょ、待っ……」

ごちゃごちゃ言いながらも続いて乗り込んできたサバ男にかまうことなく、「このへんでいちばん近いラブホテルまでお願いします」と告げる。運転手もサバ男も若干気まずそうにもぞもぞしていたが、私はあくまでしれっとした態度を貫き通した。男を買うことなんてなんでもないんだと示したかった。

「あ、リューマですけど、おはようございまーっす。今日ちょっと遅刻します。親父のことで取り込んでて、はい、はい、すいません……」

車中から彼は店に電話をかけていた。無断欠勤は三万円の罰金なんだそうだ。店を通さず客から直接金を引き出すことは裏引きと呼ばれる行為で、表向きには禁じられている。厳密にいうと私はホストクラブの客ではないから、今回のことはバレたとしてもギリお目こぼしいただける範囲だと思いたいっていうかそうじゃないと困る、ということらしい。

「ほんとはどうなの？　坂本龍馬がなにをした人か、知ってるの？」

窓の外を流れていく景色を見るともなしに見ながら、通話を終えた彼に訊ねた。タクシーに乗るのなんて何年ぶりだろう。

「あ、それ訊いちゃう？　やっぱ気になっちゃうかんじ？」

腹を決めてホストモードに切り替えたのか、サバ男はチャラい調子を取り戻している。

「坂本龍馬ってマンガとかドラマとかでいっつもかっこいいかんじで出てくんじゃん？　他のブシっていうか維新のシシ的な？　あーゆー人らとちがってなんかさらっとしてるっていうか、暑苦しくなくていまっぽいっつーか、そういうとこがいいなって思ってたんだけど、実際のところなにした人なのか、調べてみてもいまいちよくわかんねーんだわ。海援隊ってやつをぶちあげて外交かまして江戸を終わらせた、そのほんとにしょっぱなのファーストステップ的なかんじ？　日本で最初に新婚旅行したとか言われてるらしいけど、それにはどうも諸説あるみたいで……」

困らせてやろうと思って訊いたのに、想像していたよりちゃんとした答えが返ってきたことにがっかりした。きっとこれまでにも、そういう意地悪な女を何人も——へたしたら何百、何千と相手にしてきたんだろう。

「——とまあそんなとこ。ぶっちゃけ美化されてる傾向がなきにしもあらずとは思ってんだけど、人間早くに死ぬとレジェンドになりやすいってのもあんのかもね」

「早くに死んだってレジェンドにならない人のほうがずっと多いと思うけど？」

意地悪のつもりで言ったのに、「たしかに?!」と彼は大げさにシートの上で飛びあがった。

「ちょ、待って？　そうなるとやっぱ龍馬パイセンのヴァイブス、時代超えまくりでハンパねえってことになんねえ？」

「…………」

すっかり興(きょう)が削(そ)がれ、しらけきった空気をかもす私に、彼はそれ以上重ねてこようとはしなかった。ホストなんて人種はつねにアゲアゲで「ガンガンいこうぜ！」ってテンションなのかと思っていたけれど、意外と注意深くこちらの出方を読むものらしい。それがホストの習性なのか、彼特有のものなのかはわからないけれど、がん告知を受けたばかりの疲れきった神経には心地よかった。

病院から五分ほど車を走らせ、川沿いのラブホテルの前でタクシーは停車した。あたりまえのようにさっさとサバ男が降りて行ってしまうので、決済アプリで料金を支払う。九百八十円。

まだ陽も暮れきっていないというのに、ホテルの部屋はそこそこ埋まっていて、空室を示す灯りのついたパネルの中からいちばん安い二時間五千二百八十円の部屋を選んだ。

「ちょー、ちょい待ちおねーさん」

さっさと先へ進もうとする私を呼び止め、サバ男は受付にあった冷蔵庫の中からコカ・コーラのペットボトルを抜き取った。

「これ、おひとり様一本まで無料だから、もらっといたほうがいいっしょ」

それはもちろんそうだと思って、私もお茶のペットボトルを抜き取る。

「こっちはアメニティね。歯ブラシとかヘアーキャップとか、そういうのはだいたい部屋にあると思うけど、追加で必要だったら」

そう言って今度は、冷蔵庫の隣の棚に並んだアメニティ類を指す。無料と言われたらとりあえず一通りもらっておきたくなるところだが、ここはヘアゴムだけに留めておくことにした。なんとなく、欲張る姿を彼には見られたくなかった。試供品はもらえるだけもらう、ティッシュ配りのバイトには一個と言わず二個三個とせびる、デパ地下の試食で一食浮かせただけで三日はご機嫌でいられる、この私ともあろうものが。

「よく来るの、ここ」

「はじめてだけど、なんで？」

「勝手知ったる、というかんじだから」

受付からエレベーターに乗り五階の部屋に入るまで、サバ男の動きにはいっさい無駄がなかった。部屋に入るなりサバ色の上着を脱いでハンガーにかけ、湯沸かし器のスイッチを入れて、お風呂の準備までちゃっちゃと済ませる。スパイ映画に登場する凄腕（すごうで）の工作員みたいな仕事の速さだった。

「ラブホテルなんてどこも似たようなもんだし、二時間って意外にあっというまだから、一秒たりとも無駄にできないって思うと自然とこうなっちゃうよね」

上着を脱いだからいまや下半身サバ男と化した男は、そう言ってかわいた笑い声をあげた。

薄暗い部屋の奥には、キングサイズのベッドがどんと置かれている。その手前にはL字型の黒いソファとテーブル。どうしたものかと突っ立ったままでいると、L字型の短いほうに半サバ男が腰をおろしたので、つられるように私も長いほうに腰かけた。

バスタブに勢いよく湯の落ちる音だけが、室内に響いていた。

「えっと、おねーさんのことは、なんてお呼びしたらいいですかね？」

沈黙に耐えかねてか、半サバ男が口を開く。

「……ともみ？」

「いや、ともみ？　って訊かれても。了解、わかりました、ともみね、ともみちゃん……ともみさんのほうがいいか？」

「どっちでも」

どうせ、ほんとうの名前じゃないし——なんてわざわざ言わなくたって、クレジットカードにも本名が刻まれていたし、相手もそのへんのことはわかっているはずだった。

「あの、誤解しないでもらいたいんだけど」と前置きしてから、組んだ脚の膝の部分、ひときわテカっている部分に半サバ男は視線を落とした。「ホストだからって、だれとでもホイホイ、こういうところに来るわけじゃないよ」

「それいま言ってどうするの？　実際こうしてここに来てるのに？　それであなたは楽になるのかもしれないけど、私には関係のないことだよね？」

いまさらそんなことを言い出すなんてずるいと思った。おたがい後ろ暗さには目をつぶって、暗黙の了解でここまできたのに、自分だけ楽になろうとするなんて。

「ああ、うん、そう……そうね。ごめん、ともみさんの言うとおりだわ」

そう言って彼はもう一度、膝に視線を落とした。頭上からスポットライトのように光が落ちて、陰影を濃くする。

おかしな髪型と趣味の悪いスーツと過剰なまでのチャラさに惑わされてしまいそうになるけど、改めて見ると、やっぱり整った顔立ちをしていた。丸山さんの言葉を借りるなら、かなり作画がいい。人あたりもいいし気遣いもできるし威圧感もなければ見た目ほどバカでもなさそうだから、店では売れっ子なんだろう。落ち着いた髪色にして短く切ったほうがもっと売れそうだけど――とそこまで考えて、きれいな顔をしてるからかな、と思い直した。

整いすぎた外見はいろんなものを見えなくしてしまう。こうしているいまだって、どうして彼が急に言い訳じみたことを言わずにおれなかったかなんてことより、顔のほうに気を取られている。

「そろそろお風呂溜まったと思うから、ともみさん、お先どうぞ」

「え、やだ」

反射的に答えていた。いま一人で湯に浸かったりしたら、我に返ってしまいそうだった。そのきれいな顔で私の気を散らし続けてほしかった。

「やだって言われても……」と困ったように息を吐いてから、彼はつと顔をあげた。

「じゃあ、いっしょに入る？」

はじめてがん告知を受けた。

はじめて医者に詰め寄った。

はじめて余命宣告を受けた（というより、半ば無理やり引き出した）。

はじめて人に金を貸した。

はじめてタクシーの料金を自分で払った。

はじめて男の人と風呂に入った。

はじめて男を買った。

四十年生きてきて、ここまではじめて尽くしの一日があっただろうか。

人間死ぬ気になればなんでもできる——とはよく言ったものだ。うまくすれば一年、多少延びたとしても二、三年で死ぬという言質を医者から取れたら、人はいくらでも大胆になれる。

「あ」

シーツに赤いしみを見つけて私は声をあげた。思ってたより鮮やかな色をしている。

「え、」スーツも下着もすべて脱ぎ去って元サバ男と化した男が、すぐ背後で驚いたような声をあげた。「もしかして……」

「うん」

「え？」

「気にしないで」

元サバ男をベッドに残し、私はさっさとバスルームに入った。

済んでしまえばなんていうこともなかった。出血はあったものの痛みはさほどなく、顔に見惚れているあいだに事は終わっていた。風呂で濡らさないように死守していたピンク色の髪が、鉄壁のガードで片目を覆い続けていたけれど、それぐらいでちょうどよかったのかもしれない。顔がはっきり見えていたら、状態異常「魅了」のまま戦闘が終わっていたにちがいないから。

セックスの巧拙なんて私には判断しかねるけれど、それなり、というかんじだった。超絶テクニックでもなければアクロバティックでもなく、ごくごくオーソドックスなセックス。あっ、ふーん、そう、ホストのくせに案外普通なんだ……と思わなかったといったら嘘になるが、そんなめくるめくような体験を期待していたわけではなかったからかまわなかった。自分以外のだれかと肌を擦り合わせるのはそれなりに気持ちがよかったし、こんなきれいな男と行為に及ぶことなど、この機会を逃したら一生なかっただろう。

これで七十万円、か。

考えまいとするのにどうしても頭をよぎってしまい、急いで打ち消す。そんなつもりで差し出したわけではなかったが、結果的にこうなってるんだから同じだった。緊急事態宣言の真っただ中に、コロナで困窮した女性が風俗で働くようになることが楽しみだと発言したお笑い芸人が大炎上していたけれど、それでいうならコロナで困窮する男を金で買った私は火だるまにされても文句は言えないだろう。

熱めのシャワーをざっと浴び、安物の色気もそっけもないつるりとしたブラジャーを身につけ、アメニティのヘアゴムでえいやっと濡れたままの髪を一括りにする。これ以上、ああでもないこうでもないと考えているうちに二時間が過ぎてしまいそうだ。

洗面台に置かれていた個包装の石鹸とマウスウォッシュ、化粧品類をざばりとバッグに突っ込んでから部屋に戻ると、腰にタオルを巻いた元サバ男がベッドの上で膝を抱え込んでいた。

「早くシャワー浴びてきたら？　もうそんなに時間残ってないよ」

延長料金はびた一文も払わないからね――と続けるつもりだったが、あまりにも神妙な顔をしてるので、「どうしたの？」と近くまで寄っていくと、「すいませんでした！」といきなり叫んで、元サバ男はベッドの上で土下座した。

「気にしないでって言われても、俺アフターケアはきっちりさせていただくほうだし、もしかしてそうじゃねえかなって怪しいときはそれなりにそのつもりでさせていただくし、それとなく確認させていただくようにはしてるんすけど、今回はちょっとイレギュラーだったんで、いや、俺こういうのわりと外さないっていうか鼻がきくほうなのに、まさか——」

「なんの話……？」

それとかこれとかばかりで、なんのことを言っているのか、さっぱりわからなかった。

「え、だから、しょ……」

「しょ？」

「——ともみさん、はじめてだったんですよね？」

シーツの上に残された赤褐色のしみを指し、意を決したような顔つきで彼は訊ねた。

私は爆笑した。

おかしくて、おかしくて、笑い続けているうちに延長時間に突入してしまいそうだった。

「子宮頸がんって知ってる？」

笑いをこらえながら訊ねると、彼は不気味なものでも見るような顔で首を横に振った。なんだか私は彼が気の毒になってきた。なのにそう思えば思うほど笑いが止まらなくて、よけいに彼を恐怖の底に陥れた。

かわいそうに、まちがえて高齢処女とやってしまったと思いこんでいる。それでこんなにも怯えている。七十万円と処女喪失をカタに結婚を迫られるとでも思ったんだろうか。自分にそこまでの価値があると疑いもなく思えるなんて、いったいどうしたらそんな自尊心を持てるようになるんだろう。顔がいい人間というのは、みんなこういうものなんだろうか。

子宮頸がんの主な原因はＨＰＶというウィルスによるもので、性交渉で感染することが多い。まれに性交未経験者でも子宮頸がんになることはあるようだが、ほとんどがＨＰＶ由来であること。

こみあげる笑いをかみ殺しながらやっとそれだけ説明すると、いたわるように私は彼の肩を叩いてやった。

「私、子宮頸がんなの。出血はそのせい。だから、あなたが心配することじゃないよ」

3

これから死ぬまで、気が遠くなるほど長い時間を生きなきゃならないのか。

物心ついたときには、そんなふうに思っていた。

この先、何十年――へたしたら百年近く続く長い道のりが目の前に伸びていること に愕然とし、その途方もなさに立ち尽くしていた。

「大人になったらなんになりたい？」

大人たちが好んで繰り出すこの質問に、

「特に就きたい職業などはないが、一生を金に困らずやりすごせたら上々だと思っている」

とありのまま正直に胸のうちを打ち明けたらまずい、ということだけはなんとなくわかっていたので、

「えっとー、貯金屋さん、かな？」

わざと子どもっぽい甘えたような声で答えて大人たちの歓心を買う。ある時まで私はそういう子どもだった。いけすかないガキだと我ながら思うが、いまよりはるかに世渡りに長けていたとは思う。

「貯金屋さん、貯金屋さん、ちょっとよろしいですか、お仕事をお願いしたいんですが」

私にお手伝いをさせると、母は必ず対価を支払った。床に落ちているものを拾い集

めるのは十円、洗濯物を畳むのは五十円、雑巾がけは百円、といった具合に。そうしてそれを、大きな陶器のブタの貯金箱に入れておくことを勧めた。

「貯金屋さん、貯金屋さん、儲かりまっか?」

「ぼちぼちでんな」

貯金箱をがちゃがちゃ揺らしながら答えると、楽しそうに母は笑った。その顔が見たいばかりに、私はすすんでお手伝いをするようになった。お金が貯まれば貯まるほど、貯金箱は重層的な音を打ち鳴らすようになった。一円玉がたくさん入っているほうがよりからからと美しい音を響かせるけれど、一円玉よりは百円玉をもらえたほうがうれしいに決まっていた。

まずはブタの貯金箱を満タンにすること。目の前の課題に向き合っているうちは、この先に続くうんざりするような年月のことを忘れていられた。

あと一年で死ぬ——一年は無理でも二、三年のうちには。

いらぬフリルがついていたものの、医師からそう告げられたとき、ひゅっと腹の底が冷えるような感覚をおぼえた。たぶん、生存本能のようなものが反射的に働いたんだろう。

これでやっと楽になれる、これでもう生きなくて済むんだと思ったら、ぬるま湯に浸されるように時間差でじわじわ安堵がこみあげた。

さいわいなことに私には、愛する夫もこの世に遺していくのが忍びなくなるような幼い我が子も、魂を傾けられる仕事も生涯を懸けて追いかけ続けたい推しもいなかった。この世になんの未練もなく、さっぱりお別れできる。結果的に貯金屋さんになるという夢だって果たせたし、そんなに悪くない人生だったんじゃないだろうか。

四十年も生きたんだから、もうじゅうぶん。もうじゅうぶんだ。

そうかといってすぐさま気持ちを切り替えられるわけでもなく、残りの一年——だか二年だか三年だかになるかはわからないけど、死ぬまでに残された時間をどうやって過ごそうか、具体的なことはなに一つ思い浮かばないまま、それまでどおりの生活を私は続けていた。余命宣告を受けて男を買った翌日もその翌日もそのまた翌日も。

あれ以来不正出血もなかったし、体調に著しい変化もとくに見られず、残された一分一秒を大切に……なんて急に心を改めたりもしなければ、生命の尊さを感じ、生きとし生けるものに感謝し、世界が突然輝き出したりもしなかった。

一年もしくは二年か三年という、レンジが大きく取られた余命がそうさせているのかもしれなかった。死へと向かっていく腹が、どうにもいまいち決まらずにいた。

「生山課長、二人目できたんだって。さっき書類を渡しに行ったとき、うれしそうに話してた」

「わあ、よかったねー」

「奥さん、長いこと不妊治療してたもんね」

「悪いことは言わないから君も早めに子ども産んどきなよって言われたけどね」

「なにそれきもっ」

「心からよかったねと思った私の気持ちをいますぐ利子付けて返してほしい」

「さすが世界の生山モデル」

ピンクとグレーのグレンチェックのベストを着た三人の女性社員が、めいめい持参した昼食を食べながら会議室の対岸で話している。そんなに大きな声で話しているわけじゃないのに、雨の日は若い女性社員たちのはつらつとした声が妙に響いて聞こえる。

朝方から降り出した雨は正午をまわっても勢いを増すばかりで、ホースで直接水をぶちまけるみたいに窓ガラスを洗い続けている。天気予報によると、台風のピークは今日の深夜頃のようだ。さすがに今日は地下鉄で出社したが、帰りはタクシーにしようか。会社から家までの距離だと、確実に千円超えてしまうけど。

「なんか、今日のお弁当いつもとちがわない？　気のせい？」

出勤途中にコンビニで買ってきたサンドイッチにかじりつきながら、丸山さんがぶしつけに私の弁当箱を覗き込んだ。さすが丸山さん、目ざとい。

「冷凍食品が安くなってたんでまとめ買いしたんです。たまには私だって贅沢しますよ。二十年ぶりぐらいに食べたけど、昔よりめちゃくちゃ美味しくなってますね。技術の進歩ってすごい」

「冷凍食品ぐらいで贅沢って言わないでよ……」

そうは言うけど、私にできる贅沢なんてせいぜいそれぐらいだ。きっちり一年で死ぬとわかっていたら思うままに散財もできるが、二年だか三年だかのいらぬボーナスステージが用意されているかもしれないと考えると、どうしても二の足を踏んでしまう。「百万人に一人の奇跡」的なことが万が一にも我が身に起こり、十年二十年と生き延びてしまったらどうしようという恐れも完全には払拭（ふっしょく）できず、なんとなく会社も辞められないでいる。心配性もここまでくるとＱＯＬ（クオリティ・オブ・ライフ）に支障をきたすようだ。

それに加えて、七十万円（正確には七十二万三千八百円）もの大金を一晩で使い果たしてしまったという罪悪感が、財布の紐をキリキリと固く締めあげていた。

七十万円。

老齢基礎年金の一年分の満額に少し足りないくらい。それだけあれば、私なら一年じゅうぶんに暮らしていける（毎月のローン返済、固定資産税等は除く）。

「せっかく独身で自由になるお金も多少はあるんだし、若いうちに——そんなに若くないって言うのはなしね、人生でいまがいちばん若いんだから——使っておいたほうがいいよ。年取ったら体もいうことききかなくなるし、物欲も性欲も食欲も、どんどん減退する一方なんだから」

「ですよね？　そう思ってつい先日、七十万円、男に課金したところです」

と言ったら丸山さんはどんな顔をするだろう。さすがの丸山さんでも引くだろうか。案外「ゆいぴやるじゃーん！」ってかんじのポジティブな反応が得られるかもしれない。

七十万円。

それが高い買い物なのかどうなのか、いまもって私にはわからない。だれとでも寝るわけじゃないと彼は言っていたけれど、具体的にはどんな条件で、相場はどれぐらいなんだろう。

インターネットで調べたかぎりだと、出張ホストの相場は平日二時間で一万五千円前後（ホテル代別。初回割引あり。本番なし）のようだが、ホストクラブのホストが枕営業をするときには料金が発生するものなのだろうか。そこのところがいまいちよくわからない。売れっ子になるほど枕をしないとか、たやすく枕をするホストはヨゴレだとか、太客だからといって必ずしも枕するわけじゃないとか、イベント発生条件もいろいろと複雑なようだ。なんにせよ一晩（というか平日二時間）で支払う金額としては破格であると考えてまちがいなさそうだ。

七十万円。

高額医療制度の申請をすれば何ヵ月後かに七割ほど払い戻しになるとして、それで彼とその家族が完全に救われるわけではない。せいぜい一家心中が先に延びるぐらいだ。私が彼に支払った七十万円というのはその程度のものでしかなかった。私にとっては清水の舞台どころか東京タワーからバンジージャンプするような額なのに。

どうしてあのとき、なんの躊躇（ちゅうちょ）もなくクレジットカードを差し出してしまったんだろう。自分では冷静なつもりでいたけれど、医師から余命宣告を受けた直後でやっぱりどうかしていたんだろうか。

病院のロビーを行きかう人々の無遠慮な視線を浴びながら金の無心をする彼は、痛々しいほど不憫（ふびん）だった。チャラくふるまおうとすればするほど、身を焼きつくすような羞恥がこちらまで伝わってくるようだった。

お金に困ったことのない私に、彼の心情を正確に理解できたかといったら怪しいところではある。だけど、私だっていつか訪れるかもしれない困窮に日々怯えながら暮らしてきた。通りすがりのだれかに縋（すが）るよりほかになかった彼は、未来の私だったかもしれないのだ。

だからといって、はいそうですかと素直に金を出してやれるほど私はお人よしでも慈善家でもない。どちらかというとその逆、なにかと言ったらすぐに自己責任論をふりかざす、冷酷で薄情な吝嗇家のはずだった。

百歩譲って、カードを差し出すまでならまだいい（よくないが）。どうしてあのとき、こともあろうに「ホテル行こう」だなんて口走ってしまったんだろう。そこまで男に飢えていたんだろうか。あるいは、死を突きつけられて急に生殖本能が目を覚ましたとか？

このところ、ああでもないこうでもないと考え続けていたにもかかわらず、なかなか導き出せずにいたその答えは、仕事を終えて会社を出たところであっさり出た。

顔だ。

圧倒的に顔。

この顔にコロッといってしまったのだ。

思えば、病院で彼を見かけた時点で、すでに状態異常「魅了」に陥っていたのかもしれない。

「ともみさん、やっと出てきたー。もう待ちくたびれたよー」

「どうして――」

その後に続く言葉がとっさに出てこなかった。どっと血液の流れが速くなる。

会社の正面玄関を出てすぐの路上に、透明の傘を差したピンク頭が待ち構えていた。台風のピークを避けるためか、駅に向かう人の流れが目に見えて普段より多い。

くすんだ色の服を着た勤め人が行きかうオフィス街の路上で、ピンク色の頭はひときわ目立った。耳元で、ぶうんと風の唸る音がする。

「こっちきて――じゃない、やっぱあっち、あっちにコスモスって喫茶店があるから――いかん、だめだ、会社の人に鉢合わせする可能性がある――あ、カラオケ。カラオケの個室にしよう。この先、ちょっといったところにカラオケ屋があるから先に行って、並んで歩きたくないから、ほらとにかく先に行って！」

一メートル以上離れた場所から早口で指示を出し、さらに三メートルほど間隔を開けてピンク頭の後を追う。今日はスーツ姿ではなく、ジーンズにスニーカーだからホストには見えないだろうが――いや待てよ、最近はカジュアルな格好のネオホストなるものが人気らしいとネットで見た――仮にホストだとバレなかったとしても、若い男といっしょにいるところをだれかに見られでもしたら噂になるのは目に見えていた。弟だと言い訳しようにも、腹違いとはいえ私の弟がこんなチャラいイケメンだなんてだれがどう見ても不自然だ。

「なんのつもり？　どうして会社がわかったの？」

カラオケの個室に入ってすぐ、私は彼を問い詰めた。

平日の十九時まで一人につき三十分七十九円ワンドリンクオーダー制という謎の料金システムに戸惑ったものの、彼のほうが慣れていたので受付はスムーズだった。帰りは時間差で出るようにすれば、会社の人と鉢合わせしたところで、「ヒトカラしてました!」と言い張ることができる。

「悪いとは思ったんだけど、このあいだ、ともみさんがトイレ行ってる隙に、かばんの中探らせてもらったんだ。ちょうど取り出しやすい位置に社員証があったから、念のため写真撮っておいたんだよね」

まったく悪びれたふうもなく言って、ピンク頭はソファに体を預けた。

——やられた。

最初からこれが目的だったのか。ホテルに連れ込んで既成事実を作ってから、そのことをネタに私を脅して、さらに金を引き出すつもりだったのだ。ハニートラップの存在は知識としては知っていたが、まさか自分が嵌(は)められることになるとは。

心臓が不穏にどくどく鳴りはじめ、密閉された狭い空間によく知らない相手と二人きりでいることがいまさら恐ろしくなってきた。会社を知られてしまっている以上、逃げたところで無駄だ。こうなったらいよいよ退職するしかない。

「美人局(つつもたせ)ってあんじゃん?　びじんきょくって書いて美人局。聞いたことぐらいあるっしょ?　女とホテルにしけこんでイタしちゃったら最後、その女の亭主が乗り込んできて脅されるってやつ。まあその亭主、だいたいコレなんだけど」

そう言ってピンク頭は、右手の小指で右頰を斜めになぞる昔ながらのジェスチャーをした。いまどきそんなヤクザいるんだろうかと思いながら、頭上をくるくるまわるミラーボールの光が彼の顔の上にまだらに落ちるのを眺めていた。こんなときでもこの顔はやっぱり好きだと思った。

「最近はホストもターゲットにされがちでさ、店長に気をつけるようにってうるさく言われてたんだよね。気をつけろったって、こっちからしたら気をつけようがないんだけど」

つまりどういうことだろう。いまいち話が呑み込めないまま、私は彼の話を聞いていた。

「ぶっちゃけ、ともみさんにホテル行こうって言われたとき、警戒心マックスだったんだ。俺の心の警報がピコピコいってた」

「えっ」

「いや、そらそーでしょ。常識的に考えてみ？　通りすがりの男に金貸してくれって言われて七十万の大金をぽんと出すような女、やばいに決まってんじゃん」

こんな常識とは無縁そうな男に常識を説かれたくない――と反発をおぼえたものの、落ち着いてよくよく考えてみればたしかに彼の言うとおりだった。いかれているのは私のほうだ。

「最近は犯罪も巧妙化してるって言うじゃないすか。地味めの美人局って可能性もあるから念のため調べさせてもらったってわけ。断りもなくかばんを探ったことは謝るよ。事前にどうしても確認だけしときたくて」

私が美人局？　なにをどうしたらそんな疑いが持てるんだろう。思いがけない話の展開に頭がついていかない。

「嗅覚でここまできたんじゃなかったの？」

ため息とともにやっとそれだけ吐き出すと、「それ！　そこなんすよねえ」とつるりとした顎を撫でながら彼はにやにや笑った。

「さすがの俺もここまで極端なパターンだとバグるっていうか、なかなか確信持てなかったっつーか」

私はよろよろとソファに腰を下ろし、ストローも使わずウーロン茶をグラスから直飲みした。氷だらけで、あっというまに飲みほしてしまった。これで三百九十円は高すぎる。

「ちょっと待って？　それならどうして会社まで来たりしたの？　それもこんな台風の日に」

どれくらいの時間、外で待っていたのかわからないが、ジーンズもスニーカーも雨でぐずぐずに濡れていた。今日は整髪剤をつけていないのか、湿気で髪の毛もぺたりとして、かき分けたのれんのように額に張りついている。

「どうしてって、待てど暮らせどちっとも連絡くれないからじゃん。俺だっていろいろ忙しいんだよ。予定のない定休日なんて貴重なの。今日を逃したら自由に動けるのがだいぶ先になっちゃうから台風だろうとなんだろうと来るしかなかったんだよ」

——なにかあったら、名刺に携帯番号書いてあるから電話して。

あの日、帰り際にそう言われたけれど、もらった名刺は家に帰ってすぐゴミ箱に捨てた。言われるままにホイホイ電話などしたら最後、骨までしゃぶられるのは目に見えていた。いくら顔がどストライクだからといって、この男のATMになる気はさらさらなかった。〈デメトリアス〉のサイトだけは気になって覗いてしまったけど。

「要するに、わざわざ休みの日に連絡のつかない相手に営業かけにきたってこと？ホストってそんなドブ板営業みたいなことまでするの？」

「もう一杯いただいてもよろしいですか？」

質問には答えず、一息でコーラを飲みほしたピンク頭は、急にかしこまった口調で訊ねた。

「無理。おかわり欲しいなら自分で払って。っていうかここワリカンだからね？」

「えーっ、ケチ！」

これまでいろんな人から様々な場面で投げつけられた言葉だったが、彼に言われるのは不思議とそんなにいやじゃなかった——いや、待てよ。これがホストの人心掌握（しょうあく）

テクニックなのかもしれない。敢えてぶしつけなことを言って相手の懐に飛び込む的な……。

「そんな警戒しないでよ——ってどの口が言うってかんじだけど、これでも心配してたんすよ。子宮頸がんについてもあれからちょっと調べちゃったし」

「それも営業の一種？　あなたに心配されるようないわれはないよ」

「だからそんな警戒するなって。言ったでしょ、アフターケアはしっかりするほうだって。七十万円の返済方法についてもまだちゃんと話せてないし」

「——は？」

「だから、七十万円の返済。できれば利子は免除でお願いしたいんだけど。それと、端数はこないだホテル行った分でチャラってことでいい？」

「……つまりどういうこと？」

「これ、いちお、借用書作ってきたんだけど」

いつまでも噛みあわない会話を続けていることに焦れたように、ピンク頭は上着のポケットから四つ折りにした紙を取り出した。金銭借用書、金・七拾萬円也、貸主・片倉唯殿、借主・瀬名吉高、返済期日・令和五年九月末日。手描きの文字がところどころ雨でにじんでいる。

「せな、よしたか……？」

「そう、俺の本名」

瀬名吉高。

もう一度、声には出さず胸のうちだけで読みあげた。リューマよりずっといい。

「返済期限、令和五年になってるけど……」

「いざとなったら家を売りに出してでも金作るから、せめて三年待ってもらえたら――」

「死んでる」

「え？」

「三年後には死んでる」

今度は彼が驚く番だった。まばたきをするのも忘れてしまったみたいに、すべての動きを止めて絶句している。

「調べたんでしょ、子宮頸がんについて。初期症状がほとんどないから発見される頃にはかなり進行してるって書いてなかった？　あと一年か、長くても三年で私死んじゃうの。だからそんなに待ってられない」

最初にホテルに行ったときもそうだったけれど、どうやら私は、彼のことをぞんざいに扱っていいものと認識しているようだ。金を払ってるんだから当然とばかりに店員に偉そうな態度を取る客となんら変わらない。七十万円でそこまで傲慢になれるものかと自分でも呆れるが、七十万円という金額は私にとってそれだけの価値があるという証左でもある。あるいは、男を買うことなんてなんでもないんだと示そうとするあまり、虚勢を張っているのかもしれなかった。

「死ぬ前に、ほかの方法で払ってよ」

私は七十万円で彼を買ったつもりでいたのだが、どうやら彼はこれから返済するつもりでいるようだ。冗談じゃなかった。いまさらこれをなかったことになんてできない。

「ほかの方法って……？」

「なんか歌って」

「えっ？」

テーブルの上に置かれていたマイクを差し出して、私は親切に説明してやった。

「ホストならホストらしく返済してみせてよ。まだ時間あるから、とりあえずカラオケで私を楽しませて」

もっと激しい夜に抱かれたい　No No　それじゃ届かない
素敵な嘘に溺れたい　No No　それじゃものたりない
鏡の中　今も　ふるえてる

あの日の私がいる

かつて一瞬でも、夢見る少女でいられたことがあっただろうか。

下手でもなければ取り立ててうまくもない瀬名の歌を聞きながら、そんなことを私は考えていた。いかなるときでもローリスクローリターンを心がけ、宝くじはおろか懸賞すらはがき代がもったいないからと応募したことのない私にとって、夢なんて味もしなければ腹がふくれもしない空気以下の存在だった。唯一、夢らしきものがあるとすれば「一生を路頭に迷うことなく過ごしたい」に尽きる。

「いきなりだったから五割の力も出せんかった……」

一曲歌い終えると、瀬名はグラスに残っていた氷を口に含んだ。たった一曲で額にうすく汗をかいている。ぽこっと膨らんだ片頬に思わず手をのばしかけてすぐに引っ込めたら、ん、と彼のほうから顔を寄せてきた。自分の身体を差し出すことに、あまりにも慣れすぎている。ここで引いたら負けだと思って、氷の形に突き出た彼の頬にこわごわ触れた。指がアイスピックにでもなったみたいだった。へたに触ったら傷つける。

「今日定休日ってことは、お店は明日の夕方から開くの？」

「うん、そうだけど」

「じゃあ、時間はあるね。このカラオケ屋の前の道をまっすぐ一キロぐらい行ったところに〈極楽園〉っていう焼肉屋があるから、タクシーで先にそこに行ってて。クーポンありますって受付の時に忘れず言うようにしてね」

三十分きっちりでカラオケの個室を出て、タクシー代の千円を瀬名に押しつけながら早口に指示を出した。〈極楽園〉は一度だけ、会社の忘年会で行ったことがある。安い肉にチサバだけ山盛りついた飲み放題五千円の宴会メニューだったけれど、味は悪くなかった。

「〈極楽園〉ってすごい名前。肉食って極楽ってわかりやすすぎじゃね？　そんじゃま、今日のところは酒池肉林でパーリナイトしちゃいますか～？」

「あーはいはいわかった、もういいから、さっさと行って。ここ精算したら私もすぐ行くから」

「ワリカンなんじゃなかったっけ？」

「いいよ、ここは私が払っておく」

「つーか別々で行かなくても、いっしょに行きゃいいじゃん。タクシー代もったいなくない？」

「だから――」

フロントであでもないこうでもないと揉めていたら、背中から名前を呼ぶ声がした。

「唯」

聞き覚えのありすぎる声。よりによっていちばん鉢合わせしたくない会社の人だった。

「生山課長、名前で呼ぶのはやめてくださいって何度言ったら――」

最後まで言い終える前に腕を引かれた。どっちにかは、とっさにはわからなかった。


HPV感染経路の可能性として考えられる人物は二人いた。

一人目は初体験の相手だ。もう顔も名前もおぼえていない。短大に通っていたころに、友人に誘われて行ったサークルコンパでたまたま隣に座っただけの相手だった。おたがいに好意などなく、好奇心と欲望だけというのは目が合った瞬間からわかっていた。「ちょうどいい」と相手が私を見定めたのとほとんど同時に、私も相手を見定めた。二次会から三次会に流れる途中でこそこそ集団を離れ、歩いて彼のアパートまで向かった。

その一度きりだ。HPVの潜伏期間や発症までの時間を考えると、彼から感染したと考えるのは難しいかもしれない。

二人目は生山誠実。誠実と書いてまさみ。これほどこの名にふさわしくない男がいるだろうか。

彼と私は、一時期、不倫関係にあった。彼の妻が一人目の子どもを妊娠中、まだ私が二十代だったころにそれは始まった。

「片倉さんって、二十歳で買ったマンションに住んでるんだって？」

会社の忘年会を一次会で離脱し、歩いて帰ろうとしていたところを同じ方向だから送っていくよと生山主任（当時）がすり寄ってきた。一人目のときとまったく同じパターンである。

「すっげえよなあ。俺なんてヨメに突っつかれてついこのあいだ、ヨメさんの実家を二世帯住宅に建て替えたところなのに」

宴会会場から家まで歩いて三十分のあいだ、さすが片倉さん、すごいよ、尊敬する、としきりに私を褒めそやしていた生山主任は、家が近づいてくるにつれ、どんな部屋なの？　間取りは？　キッチンは対面式？　それとも流行りのアイランド式？　見てみたいなあ、片倉さんが二十歳で買ったマンション、俺昔から不動産とかそういうのに興味あって、二世帯住宅だといろいろ制限もあるし、ヨメやヨメの両親の要望をいちいち聞き入れてたら俺の要望なんかほとんど通らなくて夢のマイホームなんてこんなもんかとがっくりきちゃってて……やっぱりだめ？　こんな時間に女性の一人暮らしの家にお邪魔するなんて非常識かなあ……と五歳の子どもだってもうちょっと上手におねだりするだろうと思うような調子でぐずぐず言いはじめた。終業間近になって、書類の作成を担当の事務員に頼むときとほとんど同じ口調だった。断ったら最後、地獄の果てまで追いかけてきそうなしつこさだから、おとなしく受けてしまったほうが後々めんどうなことにならない、というのは女性社員のあいだで共有されている「生山取扱説明書」の第一項である。当時すでに彼は、「世界の生山モデル」と陰で呼ばれ、女性社員の嘲笑(ちょうしょう)の的になっていた。

学生時代にバレーボールをやっていたという生山主任は、三十歳をすぎてもたるんだところのない鍛えあげられた身体つきをしていた。センター分けした前髪を額に垂らしたツーブロックのヘアスタイルも、自分に自信があるからこそできるのだろう。学生時代、女子生徒からも男子生徒からもモテモテだった話とか、美人妻との馴れ初めとか、聞いてもないのに就業中に一方的に話しかけてくるので社内のだれもが知っていた。

どうしてそんな人がわざわざ私なんかを相手にするんだろう。二十歳でマンションを買った堅実さ以外に褒めるところがないから、そこを集中的に攻めて口説くしかない私のような女を——と思ったけれど、すぐに私ぐらいにしか相手にしてもらえないんだろうな、と気づいた。

生山主任がどんな人間かなんて、同じ会社で何年も働いていたらいやでも理解していた。それでもあの日、生山主任を部屋にあげてしまったのは、もちろんただ部屋を見せるだけのつもりだったわけではなく、生山主任が全身から放出する欲情の波動をはっきり感知してのことだった。いくら男性経験が乏しいからといって、それぐらい感知できないほど私もうぶじゃない。

決まったパートナーを作る気のない女にとって、定期的にセックスをする安全な相手を見つけるのは非常に困難なことだ。一晩だけの相手をゆきずりで見つけるのはそう難しくないかもしれないが、どこのだれともわからぬ男と密室で二人きりになるにはいろいろとリスクが高い。そうかといって出張ホストには金がかかるし、本番をしたら法に触れる。男を——性的サービスを金で買うことに対する忌避感も、男とくらべるとはるかに根強い。

生山主任は性欲処理の相手としてなにもかもがちょうどよかった。中身はカスでも、見栄えはするので体を重ねるには申し分ない。素性が知れているから危険な目に遭うこともないだろうし、長らく妻以外とは関係を持っていなそうだから性病の心配もなかった。唯一、懸念材料があるとすれば、妻にバレて慰謝料を請求されることぐらいだったが、証拠をいっさい残さないように徹底し、いざというときには生山主任に慰謝料を肩代わりさせるという誓約書まで書かせた。引き換えに私も、妻との離婚も自分との結婚も迫らない、口止め料・手切れ金等の金品をいっさい要求しない旨を誓約書に書き連ねた。

生山主任にとって、私もまたちょうどいい相手だったんだろう。会社から生山主任の家までの沿線上に私の部屋はあった。妻に厳しく小遣いを管理されている生山主任にとって、二十歳で買ったマンションで一人暮らしをしている私はホテル代もかからなければ、余分な交通費もかからないコスパのいい不倫相手だったのだ。

セックスにかかる必要経費――コンドーム代や光熱費、ボディシャンプーなどの備品代を生山主任に支払わせるのはリスクが高いので私が支払うことにした。会社帰りで腹が減ったという生山主任にかんたんな食事を提供することもあった。リターンはほとんどなかったが、さしもの生山モデルもそれでは気が引けるのか、取引先で個人的にもらった土産もののお菓子を横流ししてくれたり、なけなしの小遣いで値引きされたコンビニスイーツを買ってきてくれることもごくまれにだがあった（レシートはすぐさまその場で処分した）。

みみっちいとかせこいとか情けないとは思わなかった。むしろ、生山主任から話を聞かされるたびに、徹底的に家計管理を図ろうとする妻の手腕にしびれるほどであった。どの資産管理アプリを使っているのか、住宅ローンはどうしているのか、積立投信はどこの証券会社を利用しどんなふうにポートフォリオを組んでいるのか、直接訊けるものなら訊きたいぐらいだった。

「唯」

「だから名前を呼ぶの、やめてくださいって言ったじゃないですか」

「二人のときぐらいいいじゃない。会社では気をつけるようにするから」

「いや、そういう問題じゃなくて」

どういうつもりなのか、生山主任はときどき甘えるようなことを言ったり腕枕をしてこようとしたり、百円ショップのキャンドルに火をつけスマホでミディアムテンポの甘い男性ボーカルの曲を流してロマンティックなムードを演出しようとしたりした。セフレならセフレらしくしていてほしいのに、月に何度か、ただ部屋に来て性器を出し入れしてバイバイするだけではあまりにも味気ないと言うのだ。

「ロマンティックおじさん」とそんな生山主任をからかうと、どうして君はそんなふうなんだ、こんなことぐらいしかしてあげられないけど、俺なりに一生懸命考えてやってるのに、と悲しそうに目を潤ませた。女の子だったらふつう、もっと喜ぶものなんじゃないの?

「だったら私はふつうじゃないんじゃないですか?　とっくにご存じだと思ってましたけど」

ほんとうに私の喜ぶ顔が見たかったら、そんなピントのずれたことはしないはずだ。お金がないならないなりに、街で配っているクーポン券やポケットティッシュや化粧品の試供品を集めてきてくれたり、妻が庭で丹精しているゴーヤの一つや二つでももぎ取ってきてくれたりするほうが、耳元で甘い言葉を囁（ささや）かれるよりよっぽどいい。

月に一度か二度、うちにきてセックスをする。

それだけの関係を続けて数年が経ったころ、二人目ができないとちょうど昇進したばかりの生山課長に打ち明けられた。ここしばらく排卵日前を狙って夫婦生活を営んできたが、一向に妊娠の兆候がないのだという。いまさら夫婦生活を営んでいることを知らされたところでショックでもなんでもなかったが、しれっとそれを不倫相手に言ってしまえるデリカシーのなさには少なからずショックを受けた。

先月、妻と不妊治療のクリニックに行ってきたところだと生山課長はおかまいなしに続けた。すでに子どもは一人いるんだし、法外な治療費を払ってまで不妊治療を受けなくてもいいのではと妻をなだめたものの、本来なら三人は欲しいところだったが年齢的に難しいだろう、ならば三人目の養育費を二人目の治療費にあてるまでだと言い張ってゆずらないという。

「つきあわされるこっちの身にもなってほしいよ。クリニックに行くと、ご主人はこちらですって呼ばれて、採精室ってところに入れられるんだけど、その名の通りＤＶ

Dやエロ本が大量に置かれていて、中からお好きなものをチョイスしてって仕様になってるのね。もうほんと、屈辱以外のなにものでもないんだ。あんなところじゃ出せるものも出せないよ」

「意外にデリケートなんですね」と私は笑い、たくさん用意された中から、どんなものを選んだのかと好奇心から訊ねた。「なんてことを訊くんだよ」と生山課長は若干の動揺を見せつつ、

「もちろん、唯のことを考えてしたに決まってるだろ」

急に真面目な顔つきになり、世にもおぞましいことを言ってのけた。

「検査の結果、量も濃度も運動率も、俺のほうはとくに問題なかったから、原因は向こうにあるみたいなんだけど、ヨメが不妊治療するっていうからにはつきあうしかないよね」

その上、訊いてもないのに検査の結果まで知らせてきた。生山課長に生殖能力があろうとなかろうと私にはなんの関係もないのに、むしろ妊娠の危険がないほうがありがたいぐらいなのに、〝正常な男〟であることを知らしめずにいられないのかと思ったら、なんだか哀れだった。

「唯とは別れたくないけど、これまでみたいにはもう会えないと思う」

質のいい精子を採取するために射精まで妻に管理されることになった、と生山課長

が報告してきたのはそれから間もなくしてのことだった。病院で出される数値を見れば、前回からどれだけの回数の射精をしたのか、だいたいわかると妻に言われたそうだ。

うなだれる生山課長を前に、私は笑いを堪(こら)えるのに必死だった。どこまでバカなんだろう、この人は。

私の存在に、おそらく妻はとっくに気づいていたのだろう。生山課長のような単純な男が外に女がいることを隠しきれるとはとうてい思えない。妻のほうでもなんとなく怪しいと思いつつも、決定的な証拠がつかめないので詰め寄るわけにもいかず、そうかといって興信所は金がかかるので野放しにしていたのだろう。夫に求めるのは月々の稼ぎと種付けのみ。極めてシンプルで合理的な結婚観。そうかといって、舐められてばかりいるのも気に食わないから、射精管理という名目で釘を刺してきた――といったところだろうか。いよいよもって、しびれる女である。

「わかりました」と私はすんなり頷いた。「妻さんの負担にならないように、気を配ってあげてください」

いつだって自分のことが一番で、相手の気持ちを汲むという発想の抜け落ちた生山課長にそんなことができるとは思えなかったが、せめてもの 餞(はなむけ) のつもりだった。

「唯はそれでいいの？」

「いいの？　と訊かれましても。もう会えないと言い出したのはそっちでしょう」

「ほんとうに済まない。僕が不甲斐ないばかりに、つらい思いをさせてしまって。君はいつも強がってばかりいたね。そんな君が僕はいとしかった。震える肩を抱きしめたかった……」

放っておいたら課長はＪ－ＰＯＰの歌詞みたいなことを述べはじめた。不倫はこんなにも人をうっとりさせるものなのか、そりゃみんなハマるはずだ、と他人事のように私は思った。

部屋にあったわずかばかりの私物を持って出て行ったその日以来、生山課長と二人で会うことは一度もなかった。会社でもなるべく鉢合わせしないように気をつけていたし、仕事でも極力かかわらないようにしていた。しかし、そんなことおかまいなしに、酒の席などでやたらと向こうから絡んでくるのだからたまらない。「生山課長って、片倉さんへのあたりキツくないですか？」と目ざとい女性社員たちはすでになにかを感づきはじめている様子である。

安全なセックスパートナーと見込んだ相手が、まさかこんな度の過ぎたロマンティックおじさんだったなんて！

会社にバレたところで辞めさせられるようなことにはならないだろうが、どちらかが別の営業所に異動になる可能性は大いにある。そうなれば、九分九厘飛ばされるのは女のほうだ。

冗談じゃなかった。なんのために二十歳でいまのマンションを買ったと思ってるんだ。いまさらこんな形で私のライフプランを脅かさないでほしい——ってそんな懸念事項も、コロナウィルスの流行や我が身にふりかかったがん疑惑からのがん告知のせいですっかり忘れていたのだが、どうやらここにきて第二波が襲来したようだった。


カラオケ店のフロントで生山課長に摑みかかられそうになったところを、とっさに瀬名が私の手を引いて背中に隠した。

「唯」と甘えるような声でもう一度、生山課長が私の名前を呼んだ。白いマスクをしているせいで血走った目がより際立って見える。

「ちがうんだ、話を聞いてくれ、さっき会社の前でその男と話してるのを見かけて、なにかに怯えてるように見えたから、つい追いかけてきちゃって……」

しどろもどろに課長が説明するのを、瀬名の肩越しに聞いた。ぱっと見はひょろりと頼りなげに見えるけど、思ったより肩が広い。

「俺にはあんたのほうこそ、彼女を怯えさせてるように見えるんだけど」

やれやれといった具合に瀬名が肩をすくめ、

「それよ、まさに認知のゆがみ！」そのすくめられた肩越しに私は叫んだ。「本気で迷惑なんで、もう私のことはほっといてください。金輪際どっちかが死ぬまでソーシャルディスタンス厳守でお願いします！　もう終わったこととはいえ、私たちの関係が会社にバレたら課長だって居づらくなりますよ。あっ、それと不妊治療うまくいったって聞きました。妻さんにくれぐれもよろしく……はしなくていいけど、ほんとうにおめでたいと思ってるんで！　身重の妻さんのためにも早く帰ってあげてください。台風のピークが近づいてるし、いまごろ心細い思いをされているんじゃないですかね」

防弾シールド越しに立てこもり犯を説得する警官のように情に訴えてみたが、生山課長の妻がそんなタマではないことぐらい私だってわかっていた。もっと言えば生山課長だって家族の情に訴えたぐらいで大人しく引き下がるようなタマではなかった。

「いったいその男はだれなんだよ。まさか弟さんじゃないよね？」

「それこそ課長に関係ないですよね？　社員のプライベートに干渉するとか、絵に描いたようなハラスメントですから！　明日にでも人事部に駆け込みますよ？」

「いまは上司としてではなく一人の男としてここにいるつもりだ」

キリッという効果音がつきそうな精悍(せいかん)な顔つきになって生山課長は言ってのけた。だめだ、話が通じない。

そのとき、私はある可能性に思いいたった。不妊治療が終わったということは射精管理が終了したということだ。女性社員に吹聴してまわっているぐらいだからすでに安定期に入っているとみて間違いないだろう。つまり課長は、私との関係を復活させる機をうかがっていたのではないだろうか。いかにも誠実と書いてまさみの考えそうなことだった。

「彼は、新しいセフレです！」

背中から瀬名に抱き着くような格好になって私は宣言した。

「私、若い男じゃないとどうもだめみたいで、四十代以上の男は生理的に無理って言うか……」

見せつけるように両手で瀬名の胸を撫でまわす。笑いをこらえているのが、横隔膜の振動で伝わってくる。

「――そうか、わかったよ。すまなかったね」

それだけ言い残すと、課長は激しさを増す一方の雨の中へ、傘も差さずに飛び出していった。

「あーあ、かわいそうに。いまあのおっさんの後ろに平井堅が流れ出すのが聞こえたよ」

そう言いながら、これ以上はがまんの限界とばかりにうすっぺらな体を折り曲げて瀬名が笑い出したので、つられて私も笑ってしまった。

4

〈デメトリアス〉で七十万円分豪遊するのはどうだろう、死ぬ前に一度はホストクラブに行ってみたいし、シャンパンコールも見てみたいと提案したら、あっさり却下された。売掛で処理すればいけるはずだと食い下がったが、そんで未収で飛ぶ気でしょ？　結果俺が店から借金背負うはめになるんでマジかんべんしてほしい、っていうかあなた妙にくわしくない？　やっぱりネオ美人局なんじゃ……？　と瀬名はピンクの前髪越しに怯えた視線をこちらによこした。

「どうしても行きたいっつーんなら、まずは初回料金でお試ししてからでも遅くないんで。それにともみさんは、ホストクラブ行ってもあんま楽しくないいんじゃん？」

「なんでよ、勝手に決めつけないでよ」

んー、と瀬名は目玉をぐるりとまわしてから、あまのいわとってあんじゃん？　と最後に黒目をこちらに向けた。

「洞窟に隠れて出てこなくなっちゃった女神さま的な？　ああいうタイプのお客さん、たまにいるんだよな。こっちがなにやったってぴったり心閉ざしててとりつくしまがないかんじの。じゃあなんでホストクラブなんか来てんだよって言いたくもなるけど、そんなん客の勝手だし、こっちとしてはなんとか扉をこじ開けるしかないから、アホのふりして踊るしかないっつーか」

「私って、そんなふうに見えるんだ？」

「だから言ったろ？　鼻がきくんだって」

こっちが肯定も否定もしていないうちから、ふふんと瀬名は得意そうに笑った。それがまた引っぱたきたくなるほどかわいいものだから腹が立つ。

「まあそんでも、ハマるときにはずっぽりハマってのちのちリピーターになるケースも、この和牛たたきぐらいのレアレアでまったくないわけじゃないけど」

「ハマらせたこと、あるの？」

「いんや。俺みたいなおバカ系にはその手の不機嫌な女神さまの攻略はまず無理めだね。酸いも甘いも嚙み分けた話術の達者なアダルト系か、逆にきゅるんとした癒し系ワンコじゃないと」

「じゃあ、だめじゃん。チェンジで」

「いやいやいやいや待って？　ともみさんのことはぜってー俺が攻略してみせるから！　ホストクラブは基本、永久指名制だからチェンジとかねえし！」

こういうことをさらっと言えてしまうのも才能だなと思った。日常ではなかなか聞くことのない歯の浮くような台詞も、瀬名の口から飛び出てくるとそんなもんかと聞き流せてしまう。これが生山課長だったらたちまちノイズになって耳に引っかかるだろうに。

台風のせいか、店内には私たちのほかに二組ほどしか客がいなかった。コロナも台風もおかまいなしってかんじのいまを生きる若者グループと、あからさまに訳ありっぽい若い女性と中年男性のカップル。傍から見たら私たちはどんなふうに見えるんだろう。

注文した肉がくるのを待っているあいだに交渉した結果、これから七十時間かけて七十万円を返してもらうということで契約は成立した。

一時間一万円（経費別）。レンタル彼氏や出張ホストのデート料金よりはやや高めの設定だけれど、〈デメトリアス〉に出勤してる時間を除いて二十四時間対応、お泊まり可、性器の出し入れサービス込みという条件はそんなに悪くないと思えた。

「そんじゃま、カンパーイ！」

「乾杯ってなにに？」

「七十時間のシンデレラに」

危うく噴き出しそうになりながら、泡の消えかけたビールを飲んだ。生山課長に向かってわめきちらしたせいで熱を持っていた喉がすっと冷える。久しぶりに飲んだビールは全身の細胞にしみじみといきわたるような気持ちよさで、そのままがん細胞まで駆逐してしまいそうだった。

「余命一年を宣告されたヒロインが、出会ったばかりのイケメンに一ヵ月百万円で恋人になってもらうって映画が去年ぐらいにやってたんだけど、ともみさん観た？」

極楽極上タン千八百八十円を手際よく炙る瀬名の手つきに見惚れながら、私は首を横に振った。

「お客さんと同伴で観に行ったんだけどさ、クッソ安って思ったの。一ヵ月百万とかシャビすぎんだろ、なめんじゃねーよって。そしたら映画館出てすぐ、いっしょに観に行ってた客も同じこと言ってて笑ったわ。一ヵ月で百万ならぜんぜん買うよねって」

「それ、Ｎｅｔｆｌｉｘにあるかな」

「なんで？」

「ちょっと観てみたい」

「マジでえ？」

画面をさっと炙っただけの極楽極上タンは、舌がとろけそうな旨さだった。安い食材でも工夫を凝らせばそれなりに美味しいものはできるけど、高い食材をなんの工夫もなく素人が焼いただけでこんなに美味しいなんて。

四十年間の人生で、こんなふうに取り逃してきたものが数えきれないほどあるのだろう。お金では買えないものだってあるのかもしれないが、この世にはお金でしか買えないもののほうがはるかに多いし、それ相応の金額を出せばだいたいなんでも手に入る。健康も命も時間も安全も自由も——愛でさえ。なにより、その価値をお金に換算できるということに私は安心をおぼえるたちだった。そのほうがわかりやすくてシンプルだから。

いまさら後悔するわけではないが、この七十時間で多少取り戻しておくのも悪くないだろう。思わぬ形で七十万円が戻ってきたから、そんなふうに考える余裕が出てきたのかもしれない。瀬名といると、つい見栄を張って、自分でも信じられないほど豪気になれた。塩タンではなく極楽極上タンを、並カルビではなく極楽極上カルビを注文できるぐらいには。

「あっ、ある、あるわ、ネトフリに」

トング片手にスマホをいじっていた瀬名が声をあげた。

「じゃあ、後でうちでいっしょに観よう」

「うけたまわりー！」

放っておいたら瀬名は、最後の最後までトングを手離さず、注文した肉をぜんぶ焼いてくれた。どの肉も、絶妙な焼き加減のうちに皿に放り込んでくれる。

「うまいね、肉焼くの」

「好きなんだ、肉焼くの。これでもいちおう調理師免許持ってんだよ。一時期、親の店手伝ってたから」

　どうやら、素人がなんの工夫もなくただ焼いているというわけではなさそうだった。小さな洋食店では息子の給料まで捻出するのが難しかったのと、頑固一徹、昔ながらの職人気質の父親との折り合いも悪くて、ホストに転向したのが二十二歳のころだと肉を焼きながら瀬名は話した。

　他にも職業はいろいろあるのにどうしてホストだったのかと訊ねると、「ほら、ボク、顔がいいでしょ？」とトングを持ったまま両手の拳（こぶし）を顎にあてて、小首を傾げてみせた。

「うん、そうだね」

　この店でいちばん高い四千五百円の極楽サーロインステーキを口に入れながら真顔で頷くと、「いや、ここツッコむとこだし！」というツッコミが即座に返ってきた。

「だって、事実は事実だし」

「……うん、まあそうね、そうなんだけど、〝自分で言うな！〟とかさ、いろいろツッコみようはあるわけじゃん？」

「顔がいいことを自覚して口にすることのなにがいけないの？　それよりも謙遜を他

人に強いることのほうが私には理解できない」

「やべえ、正論すぎてぐうの音も出ねえ……」

「話しながら食べてたから肉に集中できなかった」

文句を言うと、すぐに新しい肉を皿に入れてくれた。噛みしめた瞬間、脂の甘さが口の中に広がる。脳天を突き抜けるような旨さだけど、中年の胃には二切れでじゅうぶんだった。

「それで？　顔がいいからホストになったってこと？」

残りぜんぶ食べていいよ、と手で示しつつ、私は続きを促した。

「まあ、かんたんに言うとそうなるかな。ちょうど震災があったばかりで、学もなければ取り柄もない俺みたいなやつが職探すのもなかなかにキビい時期で、飲食業も一瞬考えたんだけど俺が好きなのは自分んとこの店であって、そこまで食に興味があるわけでもねえなって思ってたところに、地元の先輩がいまの店に誘ってくれたんだよね。その先輩は半年かそこらでトンズラかましたんだけど」

レア、ミディアムレア、ミディアム、ウェルダンといろんな焼き具合でサーロインステーキを楽しんでおきながら、食に興味がないだなんてどの口が言うんだろう、と思っていたら、

「いまの仕事はじめてから同伴やアフターでいいもん食わせてもらってるうちに、飲

食も面白いかもって思えるようになったんだけど」

　こちらの考えを読んだように瀬名が言った。察しがよすぎる。

「ガキのころなんて、外食といえば商店街の鮨屋か中華屋か鰻屋のローテだったから、親父の作ったオムライスが世界でいちばんうまいって信じて疑ってなかったもん。……ぶっちゃけいまだにそう思ってるようなとこはあるけど。卵がとろとろしたしゃらくせえやつじゃなくって、昔ながらの硬派一徹――待って、写真どっかにあったはず。見てよ、この曲線美。あーあ、ともみさんにも食わせてやりてえな。どんだけ金積んだところで、二度と食えないんだけどな」

　なんと答えていいのかわからなくて、甕で注文した生マッコリをぐびりと飲んでごまかした。ほの甘いのに後味はさわやかで、かすかに発泡している。宴会の飲み放題コースにはなかったからはじめて飲んだ。うまいよね生ッコリ、このへんじゃ置いてるとこあんまねえんだ生ッコリ、としんみりしかけた空気を吹き飛ばすように、瀬名が柄杓でおかわりを注いでくれる。

「まあそんなこんなでこの業界に足突っ込んでもうすぐ十年になるけど、顔がいいから売れるかといったらそういうわけでもねえし、なかなか奥深い世界なんすよね、これが。過酷なわりにそんな儲かる仕事でもねーしさ。テレビに出てるような月に何千万円も売り上げるホストなんてごく一部っていうかもはやレジェンド、景気がよかったころのおとぎ話っすよ」

〈デメトリアス〉のサイトには、所属ホストのプロフィールが写真付きでナンバー順に掲載されていた。二十名ほどいるホストの中で瀬名は三番目。地方の中規模クラスのホストクラブのナンバースリーが月にどれぐらいの稼ぎを得られるのか私には計りかねるが、瀬名の困窮ぶりや身につけているものを見るかぎり、おおよその見当はついた。

「人を楽しませるのは嫌いじゃないし、なんだかんだ適性はあったんじゃないかって思ってるけど、そうは言っても俺もいい年だし？　毎日浴びるように酒飲んでたらいいかげん肝臓ぶっ壊しそうじゃん。そろそろ潮時かなと思ってた矢先にこのコロちゃん騒ぎだろ？　転職しようにも職なんてどこにあんのってかんじだし、うちのオーナーが新しくアロママッサージの店出そうとしてて——ウケるっしょ？　ホストあがりの顔のいい男を集めて女性向けのリラクゼーションサロンをやるんだって。いかがわしいサービスはいっさいなしの、ガチのやつ——そこの店長やらないかって話もあったんだけど、コロナのせいでぶっ飛んじゃって、どこにも行けず宙ぶらりんのまま居残りぶちかましてるとこ」

いいかげん私もわかってきた。深刻な話になるほど、瀬名はチャラくふるまおうとする。

私も似たようなものだった。どこにも行けず宙ぶらりんのままこの世に居残りぶちかましてる。

飲みきれるか心配だった甕マッコリは、最後の一滴まで啜るように二人で飲みほした。

嵐の中を二人でタクシーに乗り込んだ。突風が吹いて車体が大きく揺れるたびに、どちらからともなく声をあげてほとんど抱き合うような格好になった。洗車機の中を突っ込んでいくみたいに四方八方から雨が吹きつけて、ぎゃーすごい、わーすごいとそのたびに声をあげて笑った。

一人でいるときは坦々とやり過ごしていた台風も、瀬名と二人でいるとたちまちお祭り騒ぎになってしまうのがおかしかった。生ビールと生マッコリでいいかんじに酔っぱらって、しかも台風の夜とくれば、いい年した大人だってはしゃがずにはいられない。

「めっちゃいいとこ住んでんじゃん！」

築三十三年になる1LDKの部屋に招き入れると、瀬名は目を丸くしてあちこち見まわした。

専有面積は四十平米にやや足りず手狭ではあるが、リビングと一続きの寝室のドアを取っ払い、代わりに間仕切りのカーテンだけぶらさげて、大きなワンルームとして使用している。

家具だけは間に合わせで済ませず、時間をかけて気に入るものを選んだ。そのおかげで越してきてしばらくのあいだは、実家から持ち出した折り畳み式のちゃぶ台と布団だけで過ごすはめになったが、いまではアーリーアメリカンスタイルの家具一式に手製のキルトを配置し、ファンシーすぎずレトロ趣味にも陥らないラインで落ち着いている。だれに気兼ねすることなく四肢を伸ばして眠れるようにベッドは思いきってダブルサイズにした。

「ここ家賃クソ高えっしょ？　俺も店の近くに部屋借りてるけど、極狭のワンルームよ？　キッチンは狭いし一口コンロだし、おまけに風呂トイレいっしょ。も、死ぬまでおまえを離さないとばかりに抱き合っちゃって熱愛続行中。場所が場所だけに家賃もそれなりにするし、ときどき家賃を払うために働いてんじゃねえかって錯覚しそうになる……」

会社が寮として借り上げているマンションの一室もあるにはあるのだが、２ＬＤＫの部屋に隙間なくせんべい布団が敷き詰められ、常時七、八人がそこで生活をしているのだという。そこらじゅうにコンビニ弁当の容器やエロ本が打ち捨てられ、キッチンは水垢でどろどろ、風呂はカビに汚染され、コンセントというコンセントがタコ足に継ぐタコ足でぐっちゃぐちゃになっている、衛生観念が滅亡した世界。とてもあんなところには住めないと、ホストとして働くようになってしばらくのあいだは実家やツレや先輩の家を渡り歩いていた。だから、ある程度の売り上げをあげられるようになっていまの部屋を借りたときはほんとにうれしかった。

立て板に水ってこのことだろうかと感心してしまうほど、つらつらと瀬名はしゃべり続けた。

「わかる。うれしいよね、自分だけの部屋って。賃貸だったら私もこんなとこ、とてもじゃないけど住めなかった」

「は？」

心の底から意味がわからないという「は？」だった。

「二十年前にローンを組んで買ったの」

笑いながら答えると、さっきよりも大きな「は？」が返ってきて、私はさらに笑う。「二十歳で買ったマンション」というパワーワードが周囲に浸透してしまったおかげで、こんな鮮烈な反応を見るのはずいぶん久しぶりだった。

「ともみさんには驚かされてばっかかだわ。毎回、俺の想像の斜め上をズバッと超えていく」

「こいつ金持ってそうだなと思って近づいてきたんでしょ」

「それはそうだけど、せいぜい実家暮らしで小金貯めてそうだなぐらいの感触だったっつーか、まさか二十歳でマンション買ってるとは思わないでしょ」

対面式でもアイランド式でもない独立したキッチン（ただし小窓付きのカウンター有り）で湯を沸かしているあいだにも、瀬名は犬のように後をついてきて、おっ、食洗機ついてんじゃーん、１ＬＤＫなのに三ツ口コンロってどんなシェフ仕様？　へーなるほど、この抽斗の中に調理器具一式収まってるわけね、機能的ー！　といちいち驚いてみせては私を喜ばせた。髪型や服装を褒められるより、部屋を褒められるほうがずっとうれしかった。

よくよく考えてみると、家族と業者を除けば、部屋に人を入れたのは生山課長に続いて二人目だ。丸山さんをはじめとする女性社員たちが「二十歳で買ったマンション」を見にきたがっているのはひしひし感じていたが、そうさせない空気を私のほうで作っていた。生山課長のときは欲望に流されてしまった感があるけれど、瀬名に関しては抵抗を感じる隙さえなかったというか、焼肉を食べてタクシーに乗って二人で部屋に帰るのがごく自然な流れのように感じられた。

カラオケもしないのにカラオケ店に入った。

二人の男に挟まれて修羅場らしきものを繰り広げた。

焼肉店でいちばん高い肉を注文した。

一日で二回もタクシーに乗った（しかも、タクシーの中でいちゃつくカップルみたいなことまでしてしまった！）。

今日行ったはじめてのことを指折り数えながら、ツイード張りのソファに横並びになって映画を観た。男の人と二人でこんなふうに部屋で過ごすのもはじめてだった。嵐の音に身をすくませ、こわいね、なんて囁きあうことも。

「どうしてこの手の映画で死ぬのは、若くてきれいな女の子ばかりなんだろうね。でなかったら小さな子どものいるやさしくて美しい母親か」

エンドロールが流れ出すころに、思ったことをそのままつぶやいたら、

「そっちのほうがかわいそうに見えるからじゃん？」

と言って瀬名がへらへら笑った。背もたれにだらんと頭をあずけ、家主の私でさえここまでリラックスしたことがあっただろうかと思うほどにソファと一体化している。

「なにそれ。独身の中年女が死んでもかわいそうじゃないってこと？」

「じゃあ聞くけど、ともみさんはかわいそうって思われたいの？」

「……言われてみたらたしかに。むしろいやかも」

「でしょ？」

それで気づいた。私たちは相手のことをかわいそうだと思っていない。だからいっ

しょにいて居心地がいいのだ。気楽で。なんの責任もなくて。

「なんか眠くなってきちゃった。ちょっとここで寝かしてくんない？　あ、その分の時給はロハにしてくれていいんで」

　言うなり、ソファに沈み込んだ格好のまま鼾をかきはじめた瀬名の寝顔を眺め、私はため息をついた。

どこまで本音で話しているのか底の見えないかんじはあるものの、悪い人間ではないんだろう。狡猾に立ちまわれるタイプならとっくにナンバーワンになって、父親の入院代からなにから客にたかっているはずだ。

　家族のために路上に立つマッチ売りの少年。ほんのいっときの気まぐれで、私はマッチを籠ごと買ってやっただけのことだ。罪悪感などこれっぽっちもおぼえる必要がなかった。

　時計を見るとすでに零時をまわっている。雨は止んだのか、窓を叩く風の音だけが時折聞こえてくる。

　会社を出たのが十七時だから、これでもう七時間いっしょにいたことになる。この調子だと、七十時間なんてあっという間に終わってしまうだろう。残りの時間でできることなんて、たかが知れている。

　ベッド脇のライティングビューローの抽斗から、私はノートを取り出した。インテリアを揃えるためにあちこちの店をまわっていた時期に見つけたものだ。銀色の厚紙にレースの切れ端を気ままに貼り付けたようなデザインに一瞬で目を引かれた。不完全で繊細で自由。二千八百円とノートにしては高額だったが、どうしても手元に置いておきたくて衝動買いした。

いざというときに使おうと大事に取っておいたせいで、実に二十年ものあいだ未使用のまま眠らせていた。エンディングノートとしてこれほどふさわしいものはないだろう。いま使わないと、ほんとうに文字通り死蔵してしまうことになる。レースの凹凸を指の腹に感じながら改めてしげしげと眺めてみても、二十年前と変わらずその意匠は私をうっとりとさせた。

一ページ目を開き、まずは残り六十三時間でしたいことを書き出すことにした。

どこでもいいから海外旅行をしたい——という案はすぐさま却下した。コロナのせいでいまや国内の移動でさえ憚(はばか)られるというのに、海外なんて行けるはずもなかった。そもそも海外に行こうと思ったら六十三時間ではとても足りない。このままだと父と継母の結婚式でハワイに行ったのが最初で最後の海外旅行になりそうだ。

回らない鮨屋のカウンターで鮨を食べる。

ホテルのスイートルームに泊まる。

温泉。

映画館のプレミアムシートでＩＭＡＸ３Ｄ上映を正規料金で観る。

デパ地下の総菜を値段を気にせず思うままに買う。

ケーキをホールで食べる。

ルンバ。ドラム式洗濯機。電気圧力鍋。

手近なところでできる豪遊なんてその程度しか思い浮かばず、途中からは単に欲しい家電製品リストと化していて、我ながら想像力の乏しさに呆れた。

端から順に、私たちはリストをこなしていった。

二人でつまみから握りに移行し、お酒もあれこれ飲んで六万円。

デラックススイート宿泊料、朝食、ルームサービスなど諸経費込み、ＧｏＴｏキャンペーン利用で十万円。

温泉旅館宿泊料、レンタカー代など諸経費込み、ＧｏＴｏキャンペーン利用で十二万円。

プレミアムシートでＩＭＡＸ３Ｄ鑑賞料金、ポップコーンとコーラ付きで九千二百円。

シャンパンの泡のように一晩で消えてなくなる夢。その瞬間はたしかに気分が高揚するけれど、指のあいだからすり抜けていくピンク色のかすみのようだ。この夢を何度でもくりかえし見るために、みんなお金を稼いでいるんだろうか。

「大人の社会見学」を実行するのに瀬名はうってつけの相棒だった。いっしょにいる相手にいかに気持ちよく時間を過ごさせるか、どんな場面でも先回りして動くことに長けている。「お客さまはお姫さま」が身にしみついているのだろう。ふだんから年配の客を相手にしているだけあって年齢差もさほど感じさせなかった。かなりおしゃべりなほうだとは思うけど、よけいなことや不快なこと、押しつけがましいことはいっさい言わないし、子どもの頃どんなアニメが好きだったかとか、修学旅行はどこに行ったかとか、特別定額給付金の使いみちとか、あたりさわりのないことを訊くぐらいで必要以上にあれこれ詮索もしてこなかった。私の十万円は投資に回したが、瀬名の十万円は実家の援助のため一瞬で溶けたそうだ。

訓練されたものなのか、生まれ持った資質なのかはわからないが、目の前の相手との適切な距離をすぐさま見極めて、そのキワを攻めてくるような「接客」を瀬名はした。危うく、私のために存在しているような男だと錯覚しそうになる。そう思わせるのが彼らのやり口だというのに。

趣味の悪いことに私たちは、余命ものや闘病ものの映画を片っぱしから観ては、忌憚のない感想を言いあった。すぐ隣で瀬名が泣くのを堪えている気配を感じることもあったが、たいていの場合は、こんなのありえない、ばっかみたい、お涙頂戴ウゼえ、映画館でチケットを買って観たわけでもないのに、「金返せ！」と拳をふりまわすこともあった。

「時間返せ！」

「そうだ、残り少ない貴重な私の時間を返して！」

渾身の余命ネタは、瀬名にめっぽうウケた。

「ともみさん、すげー元気だよな。病人とは思えない」

自分の中で日に日にがん細胞が育っているなんて、私自身、実感が持てないでいるのだから、瀬名からすればなおのことだろう。目の前で突然ぶっ倒れたり、痛みに耐えかねて暴れまくったり、出血が止まらなくて殺人現場みたいに部屋中を血まみれにしたり……闘病ものの映画によく見られるような場面に出くわしたら、またちがっていたかもしれないけれど。

もうすぐ死んでしまう人間が自暴自棄になって、老後の資金を使い果たそうとしている。花咲かじいさんみたいに札束をばらまいて、最後に一花咲かせようとしている。

瀬名の目にはそういうふうに映っているのかもしれない。

そこに同情を入り込ませない彼の潔癖さに私は救われていたし、彼もまた、彼の抱えている問題をことさらに憐れんだりしない私のドライさを好ましく思っていたのだろう。踏み込まず、踏み込ませず、甘いお菓子をつまみながらシャンパンの泡に身をまかせるだけの無責任な関係。快適な距離を保ったまま、私たちは残された時間を指先で弾いて遊んでいた。

「笑うと免疫力が高まるっていうけど、それってどれくらい実証されてるものなんだろうね」

「それ俺に訊いちゃう？　大丈夫？　がん細胞、頭にまでまわってない？」

そう言って瀬名が頭をやさしく撫でるので、私は爆笑した。どこまでもあっけらかんと軽くて、いくらでも笑えた。

「笑いにだっていろいろあるし、しょうもない下ネタや人をバカにしたような笑いでゲラゲラ笑ってもがん細胞をやっつけられるなら、ガサツな人間の勝ちってことになっちゃうよな」

「そういうのは逆にがん細胞が増えそうな気がするけど」

「わー、俺たち繊細でよかったー」

転げまわって笑っているあいだは、もうすぐ死ぬということも、べったりとつきまとう不安の影も忘れていられた。

あと何回、美味しいものが食べられるだろう。

あと何回、心から笑えるだろう。

あと何回――。

七十時間のシンデレラタイムを消費する一方で、それまでどおり地味で平凡な四十歳独身ＯＬの日常は続いていた。

コロナ以降、社内でのおしゃべりは極力禁止ということになっていたが、おかまいなしに話しかけてくる丸山さんをあしらいながらしゅくしゅくと業務をこなしているうちに就業時間は過ぎる。なにが楽しくて生きているのかわからないさびしい独身女だと周囲に思われている私が、七十万で男を買ったことはだれも知らない。想像すらしないだろう。そのことを考えると、腹にダイナマイトを隠し持ったテロリストにでもなったみたいで、愉快でたまらなかった。

会社が好きかと訊かれたら微妙なところだけど、なんだかんだで仕事は嫌いじゃなかった。だれにでもできるかんたんなお仕事と言われたらそれまでだが、画期的なファイル整理法を編み出した瞬間やエクセル関数がぱしっと決まったときの快感といったらない。こうした小さな達成感とひそかな喜びが、毎日倦むことなく私を会社に向かわせるのだと思う。

あれ以来、生山課長もおとなしくしているし、コロナのおかげで無駄口を叩く上司も減り、お愛想で相槌を打つ必要もなくなった。女性社員にだけ課せられていたお茶出しの慣習も消滅し、これまでになく快適な会社員生活を送れている。病状が悪化すればいずれは辞めることになるだろうが、このまましばらく通勤を続けるのも悪くないかもしれないと思うほどである。

「最近、どうもゆいぴの様子がおかしい」

瀬名の休みに合わせて有休を取ったり、瀬名と会う日だけ私服で通勤したりしていたら、さすがに丸山さんは見逃してくれなかった。

「彼氏でもできた？——っていまどきは彼氏ともかぎらないのか。彼氏でも彼女でもなんでもいいけど、それに類するものでもできたんじゃない？　ねえ、そうなんでしょ？」

完全に名探偵コナンの目になって真相を追及しようとする丸山さんに、「それ、セクハラです」などと言ったところで無駄だった。「うんまあ、生山課長に言われたとしたらセクハラになるかもしれないけど、私とゆいぴの関係性でそれはなくない？」とおかまいなしである。

「前々から肌きれいだなとは思ってたけど、化粧品を変えたわけじゃないよね？　前にも増して、こう、つやがちがうっていうか……」

それはおそらくオキシトシンのしわざだろう。瀬名とのスキンシップによりオキシトシンが大量に分泌され、肌つやがよくなっているのだ。「これって濃厚接触？」「いまさらでしょ」と軽口を叩きながらじゃれあった場面を思い起こし、体がじわっと熱くなる。

「彼氏っていうか……推し？　そう、推しができたんです」

とっさに口をついたでまかせだったが、妙にしっくりきた。

「前に丸山さん、言ってたじゃないですか。推しとはふいに出会っちゃうものだって。そういう対象に、私も出会ってしまいまして。詳しいことはちょっと言えないんですけど……」

「えー、なになに、それならそうと早く言ってよう。お願い、ヒント、ヒントちょうだい。二次元か三次元かだけでもいいから！」

たちまちテンションMAXになった丸山さんの声が会議室にこだました。どうしたら他人の推し事にここまで興奮できるんだろう。

「そっか、ゆいぴもついに推しを見つけたか。そりゃあ浮かれて冷凍食品も買っちゃうよねえ」

「冷凍食品、いま関係なくないですか？」

「冷凍食品っていうのはもののたとえだけど、これだけ毎日顔を突き合わせていればいやでも伝わってくるものがあるんだよ。この人いましあわせなんだろうな、なんか浮かれてるな、楽しそうだなって。いくら他人に興味のないゆいぴだって、それぐらいわかるでしょ？」

「えっ、私、他人に興味がないって設定なんですか？」

「ちがうの？」

「ちがわなくは、ないかもしれないですけど……」

「ほらあ〜」

「うーん、でもまあ、そうですね。同じフロアの女性社員の生理周期ぐらいならなんとなく把握してますけど……」

「やだゆいぴ、それこそセクハラじゃーん！」

　恋人の存在についてはセクハラと言われようとなんだろうとズケズケ訊いてもかまわないが、推しともなるとむやみに立ち入ってはならないという独自ルールが丸山さんの中にはあるようで、それ以上突っ込んだことは訊いてこなかった。恋人や配偶者の類は現実的で生臭いものだけど、推しは精神的で神聖なものだからと大真面目な顔で丸山さんは言うのだった。

　ならば瀬名はそのどちらでもなく、そのどちらでもある気がした。

「奥さん、奥さん、今日の夕飯はこれで決まりだよ」

マスク越しに早口で言われたから、聞き間違いかと思った。百貨店の食料品フロアの一角、期間限定の販売ブースにはザンギやホタテの唐揚げ、カニやイカのシューマイなど、北海道の特産物がずらりと並んでいる。

「これ四人家族で食べるのにちょうどいいよ。あったためるときはレンジじゃなくてトースターがおすすめ。カリッとするから」

詰め合わせになったパックを差し示され、私はいやいやをするように首を振って、その場を離れた。札束を握りしめる勢いでデパ地下にやってきたのに、膨らんだ気持ちがぺしゃんこに潰されてしまった。

夕方の六時を過ぎたばかりの総菜売り場は、会社帰りと思しき買い物客ですし詰め状態になっている。九割方が女性客だが、中には男性客の姿もちらほら見える。みんなマスクをしているけれど、ここまで混雑している上に人との距離が近いと、どうしたってひやりとする。

平日のこんな時間に、私ぐらいの年齢の女がハンターのような目をしてこんなところをうろついていれば、「奥さん」と呼びかけたくもなるだろうし、子どもが二人ぐらいいると思われてもしかたがない。そうやって自分を納得させようとしてみたけど、なにか釈然としない気持ちが尾を引いた。自分でマンションを買い、自分で働いて稼いだお金で一人で生きてきた私の人生に対する侮辱じゃないかとさえ思った。

てりてりした焼き豚や、意外性に富んだ組み合わせのサラダ、彩りよくパック詰めされた炊き合わせなんかを見るともなしに眺めながら総菜売り場をうろつき、結局なにも買う気になれないままエスカレーターで一階の待ち合わせ場所に向かった。私は総菜を、瀬名はケーキとシャンパンを調達してくることにして二手に分かれたのが三十分前のことだった。

今日、私は四十一歳になる。

ちょうど〈デメトリアス〉の定休日だったので、瀬名を呼んで誕生日パーティーをしようと前々から決めていた。残された時間はあと六時間。今夜零時をもってシンデレラタイムは終了する。お祝いだからいっちょうらでキメてく、と会社を出る前に瀬名からLINEが送られてきたので、どんな格好でくるのかとさして期待もせずに待っていたら、サバ色スーツで現れたので心底がっかりした。

「あれ、早かったね。ぜってえ俺のほうが早いと思ったのに」

ボロボロの通勤バッグから、バッグ以上に使い込んだボロボロの財布を取り出して小銭を抜き出していると、片手にケーキ、片手にシャンパンを提げた瀬名がやってきた。

「ごめん、実は総菜、なんにも買えてなくて……」

ことの顚末(てんまつ)を話すべきか迷ったが、説明したところで瀬名には伝わらないだろうと思った。侮辱だなんて大げさな、と笑われて軽く流されるのがオチだ。

「人がいっぱいで、マスクしててもあの中に飛び込んでくの、ちょっと怖くて」

「まあな。ちょっとしたフェスみたいになってたもんな」

ちょっとしたフェス……？　と首を傾げながら、私はサービスカウンターに設置されていた募金箱に小銭を素早く投げ入れた。

「それ」ピンク色のリボンが描かれた募金箱を顎で指して瀬名が言った。「前もどっかで募金してたよね、おんなじ募金箱に」

「よく覚えてるね」

「そりゃあね。自販機でお茶を買うのにもケチケチしてるのに、募金はするんだと思って不思議だったから」

ホテルのスイートルームや高級温泉旅館に連れて行ってやったのに失礼な、と一瞬むっときたが、やっぱりよく見てる。ルームサービスのシャンパンを呷るように飲んだところで、私という人間の本質は自販機の百五十円のお茶を買い渋るところにある。

「この募金箱だけは、見かけたらぜったいに募金するって決めてるんだ。そのとき財布に入ってる小銭ぜんぶ。小銭がなければ千円。千円がなければ一万円って――さすがにまだ一万円を入れたことはないけど、そのために、いつも財布に小銭を欠かさないでいるようなところはあるかもしれない。五百円玉が二枚入ってたりすると、かなり躊躇するけどね」

「ふうん？　あれ、でもこれって……」

話の途中で瀬名のスマホが鳴った。わりぃ、とケーキの箱を私に預けて電話に出る。

「なに？」

これまでに聞いたことのないような荒っぽい声から、相手は客じゃないとすぐにわかった。電話の向こうで何事かまくし立てる女の声が、館内放送のクラシックに紛れて聞こえてくる。

「は？」「意味わからん」「どういうこと」「俺が知るかよ」「いや無理だって」と低い声でぼそぼそ応じていた瀬名は、やがて電話を切ると、

「ごめん！」

と拝むような格好になってピンク色の頭を下げた。

「いまの電話、妹からで、母親と連絡が取れなくて困ってるらしい。いつも保育園の迎えを任せてるんだけど、まだ迎えにきてないってさっき連絡があったらしくて……」

私の手からケーキの箱を取り上げると、そのまま瀬名は出口のほうに向かって歩き出す。コロナ対策で入口と出口が分けられているので、おしろいのにおいのする化粧

品フロアを突っ切るはめになった。香水瓶やコンパクトミラーがやたらと光を撥ねかえし、まぶしくて目を開けていられない。これまでもこの先も、通り過ぎるだけで私には一生縁のない場所だった。

「それって――」

「いや、大丈夫なんだけど」

「大丈夫ってなにが。ぜんぜん大丈夫じゃないでしょ」

「前にもあったんだ。ちゃんと俺の定休日を狙って失踪かますあたり、計画的犯行っていうか、最低限の理性はあるからおかしなことにはならないと思う。たぶん」

瀬名の母親ということは、六十歳に差しかかったぐらいの年齢だろうか。洋食店を切り盛りしながら二人の子どもを育て、やっと子どもたちが独立したと息をついたところで夫が倒れ、介護と孫の世話と金の工面に追われる生活を想像したら、なにもかも放り出して一人になりたくなるのも無理はないと思った。

「マジで申し訳ないんだけど、俺いまから姪っ子を迎えに行かなくちゃなんなくて。妹、これから出勤だから迎えに行ってる暇がないんだ。遅刻とか当日欠勤とか、ペナルティがかなりエグいからそれだけは避けたくて。家にぶち込んで飯食わせて、眠剤かまして寝かしつけたらすぐともみさんち行くから、ちょい抜けさしてくんない？マジでせっかくの誕生日に悪いんだけど」

「そんな小さな子どもに睡眠薬なんて飲ませていいの？」

「あ、いや、それはもののたとえっつーか、腹いっぱい食わせてあっためた牛乳でも飲ませりゃすぐコロッといくから」

「私も行く」

「――は？」

外へ出ると、乾いた風が正面から吹きつけた。二人そろって同時に首をすくめる。ペラペラの上着じゃもう寒い。戸惑う瀬名をよそに、行きかう人の流れをかき分けてタクシーを停める。

「ほら乗って。急いだほうがいいんでしょ？」

「とんだわがままジュリエットだな、もう」

渋滞する繁華街の大通りをタクシーがゆっくり走り出す。陽の暮れた街にイルミネーションが灯り、どこかで待っている人でもいるのか、通りを行く人々の足取りが一様に忙しなく見える。

帰りたいな。

車窓を流れていく景色を眺めながら、なぜか私は焦がれるような強さでそう思っていた。だけどそれは、待っている人のいないあの部屋にではなかった。

5

古い商店街の一角に、その白いモルタル壁の洋食店はあった。シャッターの下りた正面には、つる草風の装飾文字で〈一葉亭〉と書かれた看板が掲げられている。マンションから近いこともあって、休日にぶらりとこの商店街まで散歩しにくることもあったが、食料品も日用雑貨も大型スーパーと比べるとどうしても割高で、次第に足が遠のくようになっていた。二十年前のような活気はいまではもう感じられない。

勝手口から中に入り、厨房を抜けると、ホールの片隅にテーブルや椅子が寄せられていた。一組だけ残されている六人掛けのテーブルには赤と白のギンガムチェックのクロスがかかっている。よく使いこまれた一枚板のカウンター、ドアベルや建築金具類は真鍮、ランプシェードはそれぞれ色や形の異なる吹きガラス。鉛枠の窓には、おもての様子が透けて見えるレースのカーテンがかけられ、つる性の観葉植物がさりげなく配置されている。すみずみまでこだわって作りあげられた店だということが、ひとめで伝わってきた。

「いいお店だね」

「えー、そうかー？　こんなくっちゃくちゃなのに？」

口ではそう言いながら、瀬名はまんざらでもなさそうだった。

「そこ、座って待ってて」

一組だけ残されたテーブルを顎で指すと、瀬名はサバ色の上着を脱いで黒いシェフエプロンを腰に巻いた。二階の住居にはしみったれたちゃぶ台しかないので、子どものころから食事は店舗のほうでしているのだという。

「ミーナ、なんか食いたいもんあるか？」

「オムライス！」

もうすぐ六歳になるという姪の実稲が飛びあがるように片手を突きあげた。

保育園にタクシーを横づけすると、瀬名はサバ色スーツ姿で園内に飛び込んでいった。何度か迎えにきてるから問題ないとは言っていたけど、お迎えが集中する時間帯にあんなホスト丸出しの男がやってきたら、保護者のあいだでおかしな噂になりかねない。ピーク時間を過ぎていてよかったと、身内でもなんでもないのにタクシーの車内でほっと胸を撫でおろした。

「これ、うちの姪っ子。実る稲と書いてみいなっていうの。すげー名前だろ？　最初聞いたときは我が妹ながらむちゃくちゃするなと思った」

自嘲気味に瀬名が笑うので、どうして？　いい名前だと思うけど、とお世辞でもなんでもなく思ったまま答えた。

「ヨネとかイネとか昔の名前にはよく使われていたし、実る稲ってつまり豊穣ってことでしょう？　一生食うのに困らなそう。あやかりたいぐらい」

「……ともみさんって、つくづく思考回路が常人とはちがうよな」

ほら、ミーナ、挨拶しな、と突っつかれても、恥ずかしがって瀬名の腕に顔をこすりつけるばかりで、実稲はまともにこちらを見ようともしなかった。

「ごめんな、いつもはもうちょっと愛想いいんだけど、人見知りしてんのかな」

子どもは好きでも嫌いでもないが、へんに懐かれても対応に困るだけなので、別にかまわなかった。大人に媚びる術を知らないままでいられるなら、それに越したことはない。

「オムライスっつってもなー、親父のデミソースもねーしなあ……」

ぶつぶつ言いながら冷蔵庫を探る瀬名の背中に貼りついていた実稲が、はっとなにかを思いついたように顔をあげた。

「たか兄、コロ丸を下に連れてきてもいい？」

「いいけど、気をつけろよ」

「大丈夫」

言うなり実稲は跳ねるような足取りで階段を駆けあがり、茶色い犬を抱えて下りてきた。厨房にいる瀬名の手がふさがっているのを見ると、「餌、取ってくるから」と私に犬を押しつけ、すぐに羽根でも生えているような足取りで二階に取って返した。

両腕にずしりと生温かい重みがのしかかる。六歳児がこれを二階から抱えてきたとは、にわかに信じられなかった。

「何年か前に知り合いの知り合いがセンターから保護してきたとかで、親父がもらってきたんだ」

「コロ丸」

「言っとくけど、コロナが由来じゃないから。コロッケみたいな色してて丸っこいからコロ丸」

「思ってた以上にそのまんまのネーミングだった」

ピンク色の舌をちろりとのぞかせたコロ丸のつぶらな黒い瞳と目が合う。雑種犬だろうか。知らない他人の腕の中にいるというのに、吠えも身じろぎもせずおとなしくしている。もしかしたらそこそこの老犬なのかもしれない。どっ、どっ、と規則正しい鼓動が手のひらに伝わってきて、なんだか慄（おのの）いてしまう。

「ミーナ、ドライのほうからやんなきゃだめだって、前にばあばに言われただろ」

犬用の食器と缶詰を持って降りてきた実稲に、カウンター越しに瀬名が声をかける。

「でも、ドライはぜんぜん食べないんだもん」

「ドッグフードも賞味期限近くなるとやっぱ味落ちんのかな。去年、消費税があがる前に母親がアホみたいに買いだめしてたんだよ。賞味期限切れで処分するはめになったら、逆に損だっつーのに、ばかみてえだよな」

厨房でざくざくとなにかを刻みながら瀬名が言う。もし私が瀬名の母親でも同じことをしたとは思うが、私だったらきっと賞味期限内に消費できるだけの量を——犬が餌に飽きることや品質が劣化することまで加味して厳密に計算し、決してロスを出したりはしないだろう。消費税引き上げ前にタイムスリップして相談に乗れるものなら乗りたいぐらいだった。

油の爆ぜる音がして、玉ねぎを炒める甘いにおいがフロアまで流れてくる。おままごとみたいな手つきでコロ丸の世話をする実稲を眺めているうちに、何度かおなかが鳴った。

「お待たせしましたー。ありもんで作ったからこんなんしかなくて悪いけど」

エビとトマトの即席マリネ、ハムステーキ、缶詰のコーンスープ、ナポリタン、オムライス、いちいちメニュー名を述べながら、瀬名はできあがった料理をテーブルに並べていった。

「じいじのオムライスとちがう！」

実稲が叫んだ。片手にスプーンを握りしめておきながらよくそんなことが言えたものだ。

「ごめんな。じいじのデミソース、もうないんだよ。それにあれナツメグ入ってるから、食ったらミーナ寝れなくなるだろ。その代わり、ケチャップでなんでも好きなの描いてやる。なにがいい？　ミーナって書く？　それともハートマーク？」

「アンパンマン！」

「うわっ、ハードル高っ」

鮮やかな黄色いキャンバスの上に赤いケチャップで瀬名が描いたのは、アンパンマンだと言われればそう見えなくもない、丸い顔をしたなにかだった。

「……なんかちがう」

「わかったわかった、次までに練習しとくから、今日のところはこれでかんべんしろ。はい、いただきまーす」

次のときにはアンパンマンではなく他のものを描けと言い出すんだろうなと思いながら、私も手を合わせた。その次を私が見ることはないのだけど。

「やべ、忘れるとこだった。シャンパン開けないと。ちょっと待ってて」

そうは言われてもおなかがぺこぺこだったので、スープやマリネをちょっとずつつまんで待っていると、ワインクーラーに突っ込んだシャンパンと数客のクープグラス、ろうそくを差したケーキをワゴンに載せて瀬名が運んできた。
「今日のためにプラスチックのグラス、買っておいたんだ」そう言いながら手際よくグラスを積みあげ、小さなシャンパンタワーを作り出す。「えー、今日はともみ姫の誕生日ということでー、心を込めてシャンパンコール、させていただきますっ！」

宣言すると、スマホから流れ出した音楽に合わせて瀬名がシャンパンコールをはじめた。今日はー、姫のー、誕生日ー、生まれてー、出会えてー、ありがとねー。唐突な余興に私も実稲も面食らっていたが、瀬名は最後まで全力でやりきった。コールに合わせてコロ丸が吠える。ハピバ、ハピバ、ハピハピバースデー！　バースデーバースデーババババースデー！

「ほら、ろうそくの火、消して消して」

瀬名に促され、私は大きく息を吸い込んだ。そこへ、一瞬早く実稲が身を乗り出してろうそくの火を吹き消した。

「ミーナ、おま、なにやってんだよ！　だめだろこれは、ともみさんのバースデーケーキなんだから」

実稲の体がびくりとはねた。叱られるなんて思ってもなかったのか、目を丸くして驚いている。

おそらくこの家では、だれのバースデーケーキであろうとろうそくの火を消すのは実稲に許された特権だったのだろう。蝶よ花よと甘やかされるだけ甘やかされ、瀬名家のお姫様として大人の愛情を独り占めしてきた実稲にしてみれば、自分を差し置いて突然あらわれた見知らぬ女が姫扱いされるなどあってはならないことだった。

――たぶん、泣くな、これ。

見開いた大きな瞳に涙の膜が張っている。ああ、やだな、めんどくさい。吐き捨てるように思ったそのとき、厨房のほうから声がした。

「なにやっとんの、あんたたち」

赤茶色の上着を着た小柄な女性が、厨房の入り口に立ち尽くしてこちらを見ている。疲れ切った顔をしてるのと、どことなく顔立ちが似ていることから、瀬名の母親だと見当がついた。

「なにって……」

瀬名が答えるより先に、実稲が飛び出していった。そのまま女性のお腹に抱きつき、わあああんと泣き声をあげる。

やっぱり子ども、嫌いかもしれない。

火の消えたろうそくから細い煙があがっている。まだ乾杯もしていないのに、タワーのてっぺんからグラスを取りあげて、私はぐいっとシャンパンを飲みほした。

「今日はマジでごめん。せっかくの誕生日に」

「さんざんな誕生日になっちゃったな」

「身内の恥をさらすようなことになっちゃって……」

商店街からマンションまで歩いて帰る道すがら、百メートル進むごとにしつこく瀬名が謝ってくるので、さすがにうんざりした。

「ケチがついたってことならデパ地下の時点でついてたし気にしないで。逆に？楽しかったし」

「逆に？ってなによ逆に？って。逆に不安なんだけど……そんでもまあ、ともみさんが楽しかったんなら、結果オーライってことで？」

げんきんなもので、とたんにいつものチャラい調子に戻っている。こうした彼の朗らかさはつくづく美点だと思う。いっしょにいる相手だけでなく、彼自身をも救っているようだ。

母親や妹に対する遠慮のない口調は、身内にだけ発現するものなのだろう。子どもだからと手加減しているようなところはあるものの、実稲に対してもふとした瞬間、片鱗がのぞいていた。あちら側に加わりたいとかそういうことではないけれど、無意識のうちに引かれる境界線に疎外感をおぼえなかったといったら嘘になる。

「どこ行ってたんだよ」

ふてくされた声で訊ねる瀬名に、「横井さんのとこ」と気の抜けた声で母親は答えた。

「仕事紹介してくれるって。パチンコ屋のまかないさん。お給料もけっこういいみたいで」

「は？　仕事ってなんだよ、そのあいだミーナはだれが見るんだよ。それでなくたって、あっちもこっちもとっ散らかってんのに」

「でも、このまま働かないわけにいかんでしょう」

「だからそれはおれと那智がなんとかするって言ってんじゃん」

「あんたらにばっかりまかせとれんわ」

身内だからこその取り繕ったところのない会話を、機械的にオムライスを口に運びながら私は聞いていた。瀬名の作ったオムライスはすでに冷め切っていて、おいしいのはおいしいけど、世界一かと訊かれたらちがうと首を横に振る。

「すいませんねえ、こんな話、お客さんの前で」

瀬名の母親が急にこちらに首を突き出してきたのでぎくりとした。いえ、どうぞお気になさらず、ともごもご言って俯いた。

「こちらはともみさん、親父の入院代、立て替えてもらってて……」と言いにくそうに瀬名は私を母親に紹介した。

「ああ、それはどうも、お世話になって、すみません」

たちまち恐縮したように頭を下げる母親に、いえ、こちらこそ、とやはりもごもご返すしかなかった。謝らなきゃいけないのは私のほうだった。その金で私はあなたの息子を買ったんです。

「あの、お――」

――母さん、とつい呼びかけそうになって、それじゃ「奥さん」と呼びかけるのと変わらないと気づいた。

「おなか、空いてませんか？　ちょうどいま、パーティーをやってて……」

後ろめたさのあまり口走ってしまい、四人と一匹でしめやかかつ気まずい晩餐をするはめになった。いけるクチなのか、瀬名の母親は遠慮もせずシャンパンをさぷさぷと飲み、バキュームのようにナポリタンを吸いあげた。

ケーキにたどり着く前に目をしょぼしょぼさせて実稲がぐずり出し、そのままお開きになった。後で俺が片づけとくからと母親たちをさっさと二階の住居に追いやると、瀬名はサバ色の上着を再び羽織り、意地汚くシャンパンの残りをさらっていた私に、送ってくよ、と言った。商店街から私のマンションまで十分かそこらだから、たまにはタクシーじゃなくて歩こうよ、と。

川沿いの道を私たちは並んで歩いた。足もとを流れる川はもったりと水面を揺らしている。あ、あそこ、子どものころに通ってた習字教室。あっちは保育園からずっといっしょのツレんち。建ち並んだ家々の屋根を指しながら、瀬名が声をあげる。

「三月になると、この両端に桜の花がパアッと景気よく咲いて、隣の県からはるばるやってくる客もいるぐらいなんだ。そんときだけは商店街も昔の活気を取り戻す」

そうしていると、今日で終わりなんて信じられなかった。こんな時間が死ぬまで続いていくんじゃないか、なんて錯覚しそうになる。満開の桜の下、日の暮れた街をこんなふうに二人で歩く日がこの先にも待っているんじゃないかって。

「この埋め合わせは必ずするから。今日の分のギャラはなしってことで」

マンションが見えてくる頃になって瀬名が切り出した。値段に見合ったサービスを提供するのがホストの本分だと思っている彼が、いかにも言い出しそうなことだった。

「いい。今日で最後って決めてたから、そういうのいらない」

お金さえ払えばこれからも瀬名は会ってくれるだろう。一時間一万円。いつ死ぬか、はっきりしたことはまだわからないけれど、スイートルームに泊まるとか、一晩で何本もシャンパンを空けるとか、無茶なお金の使い方さえしなければ払えない額ではなかった。

だけど、これ以上はやめておいたほうがいい。

サーロインステーキと同じだ。おいしすぎるものはちょっとでいい。あんまり食べ過ぎると胃にもたれるし、エンゲル係数が爆上がりして家計を圧迫する。

「はい、これ借用書」

すでに印鑑は捺してあった。これでさっぱりさよならだ。

「待って、まだ二時間ある」いつもつけている黒い文字盤の腕時計に目を落とし、「待った」をかけるみたいに瀬名が手の平をこちらに向ける。「まだ二時間残ってるから、いまからでも仕切り直そ? あっ、しまった、ケーキ忘れてきた……」

「もういいや。なんか疲れちゃった。明日も仕事だし、もう帰って」

食い下がろうとする瀬名に、私は借用書を押しつけた。客がいらないと言うなら、瀬名も引き下がるしかない。

「……ともみさんのおかげでいろいろ助かったよ。ちょっとのあいだだったけど、楽しかった。どの口が言うってかんじだけど、あんま酒飲みすぎないように、体だいじにしろよ」

ピンク色の前髪に隠れて表情はよく見えなかった。通りを走っていく車のライトが、サバ色のスーツをぬらりとあやしく光らせる。このトンチキな姿も見納めかと思ったら急に惜しくなってきたが、後ろ髪をみずから裁ち切るように「じゃあね」と背を向けた。

ケーキをホールで直食いするというタスクを完了できないまま、四十一歳の誕生日は幕を閉じた。

楽しかった秋は一瞬で終わり、あっというまに冬が来た。

クレジットカードが二枚とも限度額を超え、それだけはやるまいと思っていたのに、どうしても我慢できずに瀬名と出会った日からの三ヵ月で使った全額を計算してしまった。数字を目にした瞬間、寿命が一年ぐらい縮んだ気がしたが、最長でも二年九ヵ月しか残ってないので生きられるとしてもあと一年九ヵ月ということか、と考えたらすっと冷静になった。引き落とし用の口座に入っている分では到底間に合いそうになく、しぶしぶ定期を一つ解約した。残りは冬のボーナスでなんとか賄える（まかなえる）はずだ。

移動はタクシーで、レストランで値段も見ずに好きなものを好きなだけ注文し、一粒五百円のチョコレートを躊躇なく端からぜんぶ買う……なんて調子に乗ったお金の使い方をしていたのに、金銭感覚が狂うこともなければ破滅を迎えることもなく、私は私のままそれまでと変わらぬ単調な生活に戻っていた。日常――というか身にしみついた小市民根性というか――の強靭さにちょっとたじろいでしまうほどだった。

冷凍食品はあれから一度も買っていない。

卵を焼き、冷凍玄米を温めて弁当箱に詰め、髪をひっつめ、制服の上からコートを羽織って出勤する。午前中は丸山さんのおしゃべりに耳を傾けながらメールや今日のタスクを確認し、茶色く煮しめた色合いの弁当を食べたら、午後からは定時に上がれるよう猛然と仕事をする。

退勤したらどこか寄り道するでもなく、まちがっても帰宅途中にあるコーヒー一杯五百五十円もする雰囲気のいいカフェでほっと一息ついたりなどせず、水筒にわずかばかり残ったお茶で渇きをしのいで、脇目も振らずにまっすぐ帰宅し冷蔵庫の作り置きおかずで夕飯にする。むろんノンアルコールである。

一日分の食器と弁当箱をまとめて食洗器にかけ、風呂に入って髪を乾かしたらあとは自由だ。あったかいお茶を淹れ、吹替でアメリカのシットコムかイギリスの時代劇（コスチュームプレイ）でも流しながらキルトを縫う。三時間おきに石油ファンヒーターが自動消火の合図を送ってくるのでそのたびに延長ボタンを押す。

万が一、孤独死したときのために暖房器具の類はタイマーで切れるように設定してあった。それとは逆に、真夏の就寝時には切タイマーと入タイマー二段使いが必須である。そうすれば遺体が腐るのを多少遅らせることができる。

遺体を最初に発見する人にも検死を行う人にもマンションの管理人にも葬儀社の人にもクリーニング業者にも、それからなんといってもマンションを相続し、処分するなりなんなりしなければならない家族にも――だれにも迷惑をかけたくないと思うあまり、余命宣告を受けるずっと前から心がけていることだった。「困ったときはおたがいさま」なんて言葉は私の辞書には存在しない。自分のことは死んでも自分で面倒を見る。以上。解散。

末期に備え、すでにいくつかホスピスの資料も取り寄せてある。これで少なくとも孤独死の心配はなくなったと考えていいだろう。お金さえ払えば看取ってもらえる。これほど安心することがあるだろうか。決して安くはない金額だが、それだけの価値はじゅうぶんあるように思えた。

問題は、どのタイミングで周囲に告知するか、だった。

家族への告知はしないで済ませられるならそのほうがよかったが、ホスピスに入るには身元引受人の署名が必要になる。いまのところ、それを頼めるのは父ぐらいしか思い浮かばない。

ならばいっそ自殺するのはどうだろうと、人に迷惑をかけない自殺方法をネットで調べてみたが、そんなものはどこにも存在しなかった。手首を切るのも睡眠薬もガスも確実性が薄く、マンションかホテルの一室か、どこで実行するにせよ、迷惑を被る人が必ず出てくる。では、入水自殺もしくは樹海か雪山に軽装備で入るのは？　とも考えたが、下手に捜索隊など出されでもしたら、多額の捜索費用が身内に請求されることになる。なにより、私なんかのために多くの人が捜索に駆り出されるなんて考えただけでもぞっとする。

——だめだ、死ぬに死ねない。

なんたることだろう。一人で生きていくことも困難ならば、一人で死んでいくことも許されないなんて。

これまで私はずっと、生きることを恐れてきた。いつか訪れるかもしれない貧困に怯え、自分で自分に責任を負い続けなければならない人生にうんざりしていた。やみくもな不安に駆られていた私にとって、いつだって死は救済だった。

医者からがんだと告げられて、やっとこの苦しみから逃れられると思っていたのに、いざ死ぬとなったらだれかの手を煩わせないわけにはいかないだなんてあんまりだ。

死ぬときぐらい好きに死なせてくれ。

最後に会ったときから、瀬名とは連絡を取っていない。誕生日の翌日にＬＩＮＥがきたけれど、開かずにそのままにしてある。

道端ですれちがうこともあるんじゃないかとびくびくしていたのは最初のうちだけで、あんな目立つ男が近くにいたらすぐに気づくはずだと思ったら気が楽になった。

向こうに見つかる前に、その場を立ち去ればいいだけの話だ。

そもそも家と会社をひたすら往復するだけの毎日に、瀬名とばったり出くわすようなイレギュラーなど起きるはずもなかった。がん細胞みたいなものだったんだから当然だ。なにかのまちがいで突然、日常に姿を現した異物。私にとっての瀬名がそうだったように、瀬名にとっての私もそういう存在だった。どちらかが自分の領域を超えてどちらかの領域に踏み込まないかぎり、決して交わることはない。

いまごろ瀬名はどうしているだろう。今日はお店の定休日だから、実家に帰ったりしてるんだろうか。働きに出はじめた母親に代わって実稲を保育園に迎えにいき、あの厨房でオムライスを作ってやったりしてるんだろうか。病院の支払いはどうしているんだろう。高額医療費は戻ってきただろうか――考えはじめると止まらなくなって、無理やりほかのことを考えて断ち切った。

なんてこともなかった。

たったの七十時間。日にちに換算すれば三日にも満たない。それぐらいではなにも変わらない。変わるわけがない。定期預金は手つかずのままだいくつか残っているし、確定拠出年金も積立投信もなにより二十歳で買ったマンションだってある。私はなに一つだって奪われてなんかいない。天岩戸は閉ざされたままだ。私は攻略されなかった。

神様からのプレゼント——なんて陳腐な言葉で瀬名と過ごした日々を片づけるつもりはない。あれは神からの施しなどではなく、私がお金を払って自分に与えた自分へのご褒美だ。サービスや味や体験に見合うだけの対価を「大人の社会見学」に支払い、労働に見合うだけの対価を瀬名に支払った。等価交換は経済活動の基本中の基本である。

あの七十時間が楽しかったのは、いつか終わるとわかっていたからだ。生きていることをびりびり痺れるように実感できたのは、タガが外れたようなお金の使い方をして興奮していたからだ。あの瞬間、たしかに私は自由だった。浮世の憂さを忘れて解放されていた。

だけど、それだって結局は期間限定の話だ。シンデレラの魔法が解けたとたん、ドレスのレンタル代やかぼちゃの馬車のチャーター代にあくせくしてるんだから、私という人間はとことん金銭の奴隷なのだった。すぐ先に死が待ち構えているとわかっていなければ、ガラスの靴に足を入れてみようとも思わなかっただろう。

楽しかった時間の残滓がまだ身体のどこかに残っていて、ときどき二日酔いにも似ためまいを起こす。ふいに襲ってくる飢餓感は、狂騒の七十時間の後遺症にすぎないとちゃんと自分でわかっているから大丈夫だった。いずれ時間が解決してくれる。なにも心配する必要はない。配信の映画を見ているときについ隣の空白に呼びかけそうになったり、誤ってコーヒー豆を二杯分挽いたり、ふとカルバンクラインの幻臭がした気がしたり、「夢見る少女じゃいられない」やシャンパンコールが頭の中をヘビーローテーションしたりと、なにを見てもなにをしていても瀬名の幻影が追いかけてきたとしても、ぜんぜんまったくなんてこともないはずだった。

二人で寝るのにはいささか窮屈なダブルベッドで、隣にだれかの体温を感じながら眠るのには最後まで慣れなくて、瀬名が泊まっていった次の日はいつも寝不足だった。朝起きると首を寝違えていることもあった。だから、毎日一人で手足を伸ばしてベッドに眠れるようになったことは喜ぶべきことであってさびしがるようなことではないはずだった。

オキシトシン。そう、すべてはオキシトシンのせいだ。一時的に急上昇したオキシトシンが、再び急降下しだしたのでホルモンバランスが乱れておかしくなっているだけなのだ。セックスした相手に執着し、愛情を感じるのはオキシトシンの作用の一つにすぎない。だから生山課長のロマンティックが止まらないのも、ふいに襲ってくるこのさびしさも、すべてオキシトシンのしわざなのである——。

そんなふうに自分をごまかし、すべての責任をオキシトシンになすりつけているうちに、日本列島に寒波が押し寄せ、本格的に冬がはじまろうとしていた。

一時は落ち着いていたように見えたＣＯＶＩＤ‐19感染者数も、十一月に入ったあたりからじょじょに増えはじめ、いまや世界中が第三波に飲み込まれている。それでなくとも人肌が恋しくなる季節だというのに、新しい出会いも家族や友人たちとの触れ合いも禁じられ、人類史上、類をみない厳しい冬になりそうだった。例年ならクリスマス前の気忙しさと甘やかさでごった煮になっていた街も嘘みたいに静まりかえり、カラスとネズミが覇権を争っている。

いよいよやばいことになっていると自覚したのは、キルトの材料を買いに会社帰りに立ち寄った大型手芸用品店で、財布に一万円札しかないことに気づいたときだった。入口のところにピンクリボンの募金箱が設置されていることは前々から把握していたはずなのに、この私としたことが、財布に小銭の一枚も、千円札、五千円札すら入っていないなんて。

ルールはルールである。さんざん出鱈目(でたらめ)な金の使い方をしておきながら、いまさらなにを躊躇(ためら)うことがあるだろう。震える手で一万円札を募金箱に差し入れる。指を離す勇気が出せずにいつまでもしつこく入口に佇んでいる私のすぐ横を、両手いっぱいに布地やらつめ綿やらを提げた中年女性が通り過ぎ、自動ドアから冷たい空気が滑り込んできて、ひやりと頬を叩いた。しっかりしなさい、とママに言われたみたいだった。

このままじゃだめだ。

残りわずかな月日をこんなふうにぼんやりと食いつぶしてちゃいけない。

音もなく一万円札が箱の中に吸い込まれていく。そのあっけなさに、気の抜けた笑いが漏れた。

七十万円のバンジージャンプに比べたらずいぶんしょぼいけど、それだって私にはかなりの覚悟を要することだった。


自分のことをさびしい独身女だなんて思ったことは一度もない。

家族や会社の人たち、疎遠になったかつての友人たちからはそう思われているのかもしれないが、最近じゃ適齢期を過ぎても一人で暮らしている女なんて掃いて捨てるほどいるわけだし、そもそも私は結婚願望もなければ子どもが欲しいと思ったこともないのだから、自分の境遇にさびしさを覚える必要なんてあろうはずもなかった。同情めいた視線を投げかけられるぐらいならまだいいほうで、「あれじゃしょうがないね、嫁の貰い手もないよ」と陰口を叩かれる（ときには聞こえよがしに言ってくる）会社の男性たちにはさすがに閉口したが、いちいちむきになって否定したらしたで「あの日」とみなされ、「女特有のヒステリー」と笑われ、「男日照りで早めの更年期がきた」と憐れまれるだけなので、しれっとした顔でのびのびとシングルライフを謳歌することだけが、私にできる唯一のレジスタンスだった。

さびしさをまったく感じないわけじゃない。

ふと人肌が恋しくなったり、話し相手が欲しくなったりすることぐらい私にだってある。

でもそれは、年齢とか性別とか既婚未婚とか恋人の有無とかそういうことにはいっさい関係なく、もっと根源的で、おそらくほとんどすべての人間にひとしく備わっているものだ。一人でいるよりだれかといるほうがさびしいことだってあるし、さびしさを紛らわせるために適当なだれかを見繕おうとするほうが、もっとさびしいことなんじゃないかって思う。

実際私は、父と継母と弟と暮らしていたときのほうがさびしかった。あの身を切るようなさびしさがだんだん薄らいでいったのは、マンションを買って一人で暮らすようになってからだ。緊急事態宣言中にリモートワークを余儀なくされたときでさえ、一ヵ月の隔離生活などものともせず坦々と暮らしていたため、「鋼(はがね)のメンタルを持つ女」と丸山さんに言わしめたほどである。孤独への耐性はあるほうだと自分でも思っていた。

なのに、どうしたわけだろう。瀬名との契約を満了してから、なんだかすっからかんになったような気分でいる。日々のルーティーンは取り戻せても、自分の輪郭のようなものがあやふやにぼやけて見失いそうになっている。三食ちゃんと食べてるはずなのに、いつもおなかが空いているような心細さがあって、四十一歳にもなってさびしさと空腹が似ていることに気づいた。

端のほうだけ一口齧られたアンパンみたいにわずかばかり目減りした総資産額を眺めても、満たされるどころかどんどんおなかが空いていく。なんのために貯めて、なんのために使うのか。考えても答えは出ないままで、自分が死んだことにも気づかずこの世に居残りをかましている幽霊みたいな気持ちで日々を漂っていた。

一方で、自分でも不思議なほど、仕事のパフォーマンスは上がっていた。みなぎる集中力で猛然と仕事をこなすようになった私に、「片倉さん、どうしちゃったの」と同僚たちはみな目を丸くしていた。取引先からのクレーム対応もすすんでやり、みんながやりたがらない検品作業も一手に引き受け、大掃除のチェックリストを早いうちから貼り出して、時間を見つけては少しずつこなしていった。おかげで担当欄のほとんどが「片倉」のシャチハタ印で埋められている。

「そんなバリバリと音がするほど仕事されると、逆に迷惑なんだけど」

めずらしく深刻な顔をして近づいてくるのでなにかと思ったら、作業効率を上げたら上げたで、こちらにまわってくる仕事が増えるだけだと丸山さんに忠告された。

「そんなたいした給料もらってるわけでもないんだし、うちらなんて、てきとうにぬるくこなせるぐらいの仕事量でいいんだって」

それもそうかと思って仕事の手をゆるめたら、今度はあり余るエネルギーのやり場に困って、なぜかクリスマスに鶏の丸焼きを作ることになっていた。

会社の忘年会がコロナで中止になったので、浮いた分の会費でいつもより豪勢なクリスマスディナーを作ろうと思い、一日の業務をとっとと終わらせて会社のパソコンでレシピを検索しているうちにそうすることになっていたのだった。ピラミッドや万里の長城を作り出した人たちも、おそらく私のようにいろんなものを持て余していたんじゃないだろうか。週末だったらケーキまで焼くことになっていたかもしれない。

イブの前日、会社帰りに立ち寄ったスーパーで丸鶏とローズマリー、シャンパンではなく一本千五百円のカヴァを買った。鶏肉は今日のうちにオリーブオイルとはちみつでマリネし、詰め物用のピラフも作っておこう——あれこれ算段しながらマンションに帰ると、部屋の前にしゃがみ込んでいた人影が待ちかねていたように立ちあがった。

一瞬、瀬名かと思ったけど、そんなわけがなかった。

「唯……」

生山課長が憔悴(しょうすい)したような顔で近づいてくる。額に垂らした一筋の前髪まで、演出のように見えた。クリスマスイブにはケーキを買ってまっすぐ家に帰らなきゃいけないから、イブの前日にここにやってくる。そういう周到さに私が気づかないとでも思ってるんだろうか。

「帰ってください、生山課長」

「少しだけでも、話ができないかと思って」

「話すことなんて、なにかありましたっけ？」

「唯のことが心配で。最近、会社でも様子がおかしいだろ？　このあいだの、あの男に騙されてるんじゃないか？　金をせびられたりなんてしてないよな？」

生山課長にしてはよく見てるなと感心しかけたが、両手に鶏一羽とカヴァを提げているのもおかまいなしに、すぐさま背中に伸びてきた手に下心が透けていた。もしこれが瀬名だったら、私に触れる前に重たい荷物を引き取ってくれるはずだ。

この人は私を心配しているんじゃない。男に騙されて金をむしり取られた可哀想な女だと思いたいだけなんだろう。そのほうが自分にとって都合がいいから。

なめられたものだ。情けなさにため息が出る。

「こんなところじゃあれなんで……」

どこかの階から玄関ドアを開閉する音が聞こえる。ちょうど人の出入りが多くなる時間帯だ。だれかに見られたらと思うと気が気でなく、やむをえず私は生山課長を部屋の中に招き入れた。

「変わってないなあ」

ひさしぶりに私の部屋に入った生山課長は、感慨深げにあちこち見回すふりをした。やっぱり節穴だ。生山課長と別れてから貯めに貯め込んだポイントを使ってスマートテレビに買い替えたし、廊下に飾ってあるタペストリーもソファカバーも新しいものに変わってる。

「いまお茶淹れるんで、てきとうに座っててください」

やかんを火にかけながら、リビングに突っ立っている生山課長に声をかけた。最初は気のせいかと思ったが、部屋の中にいると妙にかさばって見える。瀬名より体格ががっしりしてるからというのもあるかもしれないが、一つだけテイストのちがう家具を置いたみたいに、はっきりと異物感がある。

「唯……」

コートを脱いでベッド脇のハンガーラックにかけていると、後ろから生山課長が抱き着いてきた。まあ、そうなるわな、とさして驚きもせず私はそれを受け入れた。冷たくかわいた衣服をとおして生きた人間のぬくもりが伝わってきて、とっさに撥ねつけることができなかった。世界の生山モデルだろうと、人肌であることには変わりない。

「つめたっ」

制服の裾から手を差し込まれ、思わず声をあげた。冷たい金属の感触が、肌の表面を通り過ぎていく。

ひさしぶりだったから、結婚指輪を外しておくのを忘れていたようだ。部屋にくる前に結婚指輪を外してスーツのポケットに収めておく。そういうところにだけは気のまわる男だったのに。

生山課長もすぐに気づいたのか、胸に伸ばしかけていた手を抜き取り、あわてて指輪を外そうとしている。

「ダブルウェディングリング」

ベッドカバーを見下ろし、私はつぶやいた。実に三年の月日を費やして完成させた大作だ。

「え？」

「このキルトのパターンの名前です。二本の結婚指輪がモチーフになっていて、永遠の愛を象徴しているそうです――なんて言うと意味深に聞こえるかもしれませんが、ご覧のとおり、めちゃくちゃかわいくないですか？　かわいいですよね？　作り甲斐のあるパターンだから、キルト者としてはやっぱり一度は作ってみたくて」

乱れた裾をスカートの中にたくし入れながら、私は早口に説明した。危ないところだった。一瞬の気の迷いで、コロッといってしまいそうになるところだった。

「あ、やかんのお湯わいてる。そうだった、そうだった、お茶を淹れるところでしたね」

シャッターが完全に閉ざされたことも感知できず、なおもこちらに手を伸ばそうとしてくる生山課長をさっぱりと振りきってキッチンに向かい、激安ＰＢのティーバッグで雑に淹れた紅茶を供した。規定値以上のソーシャルディスタンスを取って、ソファに座る生山課長と向き合う形で床に正座し、渋さやえぐみばかりが先に立つ茶色い液体を啜る。

「課長にとって、結婚ってなんですか？」

ふと訊ねると、カップに口をつけかけていた生山課長が身構えるように顔をあげた。

「いや、だから深い意味はまったくなくて、単に気になっただけです。どうして結婚しようと思ったのかなって」

妻との馴れ初めは前にも聞いたことがあった気がしたが、どうして妻でなければいけなかったのか、生山課長みたいに自己愛の強い人が結婚に踏み切った理由を聞いてみたかった。

「そうだなあ……責任、かな」

前かがみの姿勢でソファに浅く腰かけ、愁(うれ)いを帯びた顔つきで言う。いまにも平井堅が聞こえてきそうだ。ここまでくると、ある意味才能だと思う。

「つきあって三年になるころだったかな。妻も三十歳手前だったし、いつまでも宙ぶらりんにさせとくわけにはいかなかったから、男らしく責任を取ろうと思って……」

「責任」

「そう、責任。愛情だけで結婚はできないよ」

そりゃそうだろう。愛情とパッションだけで成り立つ結婚なんて、一部の特権階級に許された嗜好品だ。女にとって結婚が経済活動の一種なら、男にとっての結婚は責任。性器の出し入れサービス込み。愛情なんてのは、結婚というシステムの体裁をよくするための建前に過ぎない。そんなのいまどき小学生だって知ってる。

「帰ってください」

そこまで考えたところで、私は立ちあがっていた。そうか、その手があったか。どうしてすぐに思いつかなかったんだろう。こんなかんたんなことだったのに。みんながしていることなのに。

思い立ったら吉日とばかりに、制服の上から再びコートを着込み、まだお茶に口をつけてもいない生山課長を部屋から追い出した。

「気を悪くしたなら謝るよ。だけど、嘘偽りのないほんとうの気持ちなんだ。妻にはもう愛情はない。最初のうちはそれでも——」

「あー、はい、その件については了解しました。ちょっと私、いますぐ行かなきゃいけないところがあるんで」

なおもなにごとか言い募ろうとする生山課長をその場に置き去りにし、通りを走ってきたタクシーをつかまえて乗り込んだ。

私としたことが暖房も照明もつけっぱなしで出てきてしまったことに、タクシーが走り出してから気づいた。


市内でいちばん大きな歓楽街の外れに、〈デメトリアス〉はあった。

一階から最上階まで、風俗店や接客飲食店で埋められている雑居ビルの地下一階。

「お客さま、ご来店です！」

「いらっしゃいませー！」

自粛ムードで閑散とする路上とは裏腹に、ほとんど怒声のような声で迎え入れられた。黒で統一された店内は思っていたよりギラギラしたかんじはなく、つるりとして酷薄な印象を受けた。

「リューマをお願いします」

ホストの写真がずらりと並んだタブレットを見もせずに、案内係の男性に告げた。待機室でもあるんだろうか。ざっと見渡したかぎり、フロアに瀬名の姿はない。

「リューマですね。すぐにお呼びいたします。ほかにも気になるキャストがいれば、お選びいただけますが……」

「ほかはいらない。リューマだけでいいです」

まだ早い時間だからか、薄暗い店内に客はまばらだった。ＥＤＭリミックスされたクリスマスソングが会話の邪魔になるぐらいの音量でかかっている。言葉をかわそうと思ったら、いやでもホストとの距離が近くなる。

受付でコートを預け、会社の制服のまま入店するはめになってしまったが、プチプラばかりの手持ちの服の中では縫製も生地もしっかりしてるし、むしろいっちょうらと言っていいぐらいだった。場違いも行き過ぎると、かえって開き直りに近い心境になるのだから不思議なものだ。

「どうもはじめまして、ご指名いただいたリューマです」

初回料金の三千円に含まれている安い焼酎のボトルセットが運ばれてくるのとほとんど同時に、サンタ帽にサンタコートを着た瀬名がテーブルにやってきた。マウスシールドの下には白いひげまでつけている。

「お酒の濃さ、どうされますか？」

顔色一つ変えずに名刺を差し出すと、瀬名は私のすぐ隣に座って訊ねた。

「濃いめで」

すかさず答えたら、首を傾げるみたいにして少し笑った。一ヵ月会わないでいただけなのに、懐かしさにめまいがするかと思った。

「私の財産、いまぜんぶでこれぐらいある」

スマホの資産管理アプリを開き、瀬名のほうに差し出す。私のために焼酎の水割りを作っていた瀬名は、面食らったようにまばたきをして、ゆっくりと視線を画面に向けた。

「最近ちょっと浪費しちゃって若干目減りしたけど、その分は死ぬまで働いて補塡する。死ぬ直前に退職金をもらってマンションのローンも完済するつもり。貴金属は母の形見の婚約指輪やパールのネックレスぐらいしかないけど、売ればコロ丸のドッグフード代ぐらいにはなると思う。あ、あと1／2オンスのメイプルリーフ金貨がある。今日のレートはわからないけど換金すればたぶん十万円ぐらいには——」

「ちょっと待って。話が見えない。なに？　なんの話？」

「ぜんぶあげる」

私は、いままさに人生でいちばん大きな衝動買いをしようとしていた。バンジージャンプどころじゃない。地上五千メートルからのスカイダイビングだ。

「だから、結婚しよう」

長いあいだ女は王子様を待ちわびるばかりで、うやうやしくガラスの靴を差し出すのはいつだって男の役目だった。

これまで私はなんて大きなかんちがいをしていたんだろう。シンデレラは私ではなく、瀬名のほうだったのだ。

6

「専業主婦は家政婦であり売春婦である」

家庭科の授業中に、教師がなんの前触れもなく言い出した言葉だ。ほとんど丸刈りに近いベリーショートで、化粧っ気もなく、ウーマンリブの時代のフェミニストのイメージをそのまま具現化したような女性教師だった。

ちょうど家庭科の男女共修が導入されたばかりのころで、「売春婦」というセンセーショナルな言葉に男子たちが大騒ぎしていた。教師がなにを伝えようとしていたのか、当時十七歳だった私には理解できず、長いあいだ記憶の彼方に追いやっていたのだが、七年前にお見合いをしたときに出番を待ち構えていたみたいに記憶の奥底からひょっこり姿をあらわした。

お見合いといっても正式なものではなく、だまし討ちのようにセッティングされたものだ。弟の恭弥(きょうや)の成人のお祝いをするから帰ってくるようにと継母から執拗な電話攻撃を受け、根負けして実家に帰ると、そこがお見合い会場だった。成人のお祝いに、私にしては奮発してカナダのメイプルリーフ金貨1／2オンスを用意していったのに台無しだった。老後の世話を弟に頼むつもりはなかったが、父が死ねばたった一人の肉親になる。望む望まざるにかかわらずなにかと面倒をかけることになるだろうから、その手間賃のつもりだった。

「ごめんね、あの子ったら、唯ちゃん帰ってくるからまっすぐ帰ってきなさいよって何度も言っておいたのに」

実家に戻ると恭弥の姿はどこにもなかった。地元密着型リア充の恭弥が成人式の日にすんなり家に帰ってくるはずもないことぐらい、よくよく考えたらわかりそうなものなのに迂闊（うかつ）だった。

「まったく、袴姿でどこをほっつき歩いてるんだか。汚したりしてなきゃいいけれど」

言葉とは裏腹に継母はひどく上機嫌で、テーブルの上にはすでにスモークサーモンをバラの花に見立てたオードブルや、薬味をたっぷり散らしたちらし寿司、とろとろに煮えた豚の角煮なんかが並んでいた。どれも継母の得意料理である。恭弥がいないのであればさっさと食べて帰るまでだと箸を握りしめた私を、継母はすかさず制止した。

「あ、ちょっと待って、お客さんが――」

そこへ、タイミングを計ったように玄関のベルが鳴った。はーい、と甘い声をあげて継母が飛んでいく。

いったいこれはなんのつもりだと正面に座っていた父を見ると、父は気まずそうに目をそらし、テレビを見ているふりをした。ちょうどお昼のワイドショーの時間で、巨大リーゼントに真っ赤な羽根飾りを首からぶら下げた袴姿の男子など、花魁風に振袖を着崩した女子の集団や、成人式にはしゃぐ若者の姿が映し出されていた。

「こちら、徳永博和さん。お父さんの事務所で長いことお世話になってる会社の社長さんの息子さんの同級生さんのお勤め先の……」

途中から、ぜんぜん頭に入ってこなかった。

――はめられた。

その段になってようやく気づいた自分の鈍さにあきれるばかりだった。

モバイルアプリやコンシューマーゲームを手掛けるソフトウェア会社でプログラマーをしているという徳永さんは、銀縁眼鏡に灰色のスーツ、中肉中背でこれといった特徴のない四十三歳の男性だった。よくよく見ればシュッとしていると言えなくもない顔立ちをしていたが、決して目を合わせようとせず、早口にべらべらしゃべるところがいかにもオタクといったかんじだった。

「唯は中学生のころから子ども好きでね、弟の世話もすすんでやってくれたから、ほんとうに助かったんですよ。細かいことにもよく気の付く子で……」

「徳永さんは世界的にも有名なアプリのプロジェクトに関わってるんですって。あの、ほら——いやだ、出てこない、ど忘れしちゃったみたい——なんて名前のアプリでしたっけ？」

それからは継母の独壇場だった。食事しているあいだずっと、せめてもの抵抗に私は苦虫を嚙み潰したような顔を心がけ、「べつに子ども好きってわけじゃ……」「目の前で赤ん坊が泣いてたらそりゃなんかしら手出しはするでしょうよ」などと逐一小声で反論していたが、驚いたことに徳永さんはまんざらでもない様子で、勤め先の会社がジャスダック上場企業であることを付け加えたり、聞いてもいないのにこれまでに手掛けたソフトウエアのタイトルをつらつらと挙げたりした。父ですら名前を知っているビッグタイトルを手掛けたこともあるらしく、苦労話なのか自慢話なのかよくわからない開発秘話まで披露していた。

食事を終えると、継母の取り計らいで私と徳永さんは客間に二人きりにさせられた。向かい合ってお茶を啜っているあいだに、徳永さんはいくつかの質問を私に投げかけた。

「唯さんは事務のお仕事をされているとか」

「はい。機械商社で営業事務をしています」

「結婚したら仕事を辞めたいという希望はありますか？」

「結婚する予定はありません」

「あくまで結婚すると仮定しての話です」

「いまどき結婚したら仕事を辞める女性のほうが少数派だと思いますが」

「……家事さえちゃんとしてくれれば仕事を辞めろと言うつもりはありませんが、子どもが生まれたら現実的に仕事を続けるのは無理じゃないですか？」

「子どもを産む予定もないんですが」

「だったら、親の介護は？」

「は？」

「あ、ご心配なく、まだうちは両親ともにぴんぴんしてますから」

そこで、なぜか徳永さんは愉快そうに笑った。

この人は、家政婦兼売春婦として扱える女が欲しいだけなのだろう。さらには自分の子を産み育て、親の介護までしてくれる便利な女型ロボット――なるほど、よくよく考えてみれば家事も性処理も出産も育児も介護もそれぞれアウトソーシングするより、結婚という名目で女を一人囲ってしまったほうがずっとコスパがいい。家事や育児や介護の合間にパートに出して、稼ぎ手にすることだってできる――そこまで考えたところで、ようやく私は家庭科教師の言っていたことを思い出したのだった。

そうか、あのとき先生は女子生徒たちに種を植えつけたのだ。それが二十年近くの時を経て、たったいま時限爆弾のように花を開かせた——。

「徳永さんの年収はいくらですか？　それと、資産総額を教えていただけますか？　銀行預金だけでなく生命保険や株や投資信託、不動産の有無などすべて詳細に。あ、それと、厚生年金はどれぐらいもらえる見込みですか？」

私の質問返しに、徳永さんはぱたりと笑うのを止めた。結局、メイプルリーフ金貨は弟には渡さずそのまま持ち帰ることになった。

数日後、この話はなかったことにしてください、と先方から連絡がきたと継母に電話口で嘆かれた。

「初対面でぶしつけにお金のことを訊ねるなんて、さすがに庇（かば）いきれなかったじゃない」

先にぶしつけなことを訊いてきたのは向こうのほうなんだけどと腹が立ったが、つとめて抑えた口調で私は答えた。

「もう二度とこんなことはやめてください。はっきり言って迷惑です。今後もし同じことがあったら、こちらもまた同じように相手に年収や資産総額を訊ねることにしますから」

「ごめんなさい。唯ちゃんのためを思ってしたことだったけど、余計なお世話だったみたいね」

しめった息が受話器をとおしてこちらまで伝わってきた。

継母が結婚して幸せだったかどうかなんて、私には計りようのないことだ。それでもさすがに女の幸せは結婚だなんて、なんの疑いもなく信じているわけでもないだろうに、どうして私にまで同じことをさせようとするのだろう。

高校卒業後に入社した印刷会社を三年で辞めた継母は、次の就職先が見つかるまでのつなぎのつもりで働きはじめた地元のキャバクラで私の父と出会った。母を亡くしたばかりでさびしかった父と、早く結婚したいと思っていた継母の目論見が合致したからこそのスピード婚であったといまだに私は思っている。継母のことは決して好きにはなれないが、家政婦兼売春婦の役目を引き受け、息子を産んで育てるばかりか生さぬ仲の娘の世話まで一身に背負わされ、夫の会社の経理や雑務までさせられている彼女の人生を思うと、いやでも苦いものがこみあげる。

　私の母だって似たようなものだ。お見合いで父と結婚し、人生を奪われたまま死んでいった。丸山さんも、生山課長の妻も、保育士をしていた友人も、シンデレラも白雪姫も紫の上も、みんなそうだ。私の知っている女たちはお金のために男と契約した。唯一かぐや姫だけは並み居る求婚者を袖にしていたが、結局のところ実家（というか月）が太かったから男に頼らなくて済んだだけの話である。

ならば私も金で夫を買えばいい。男娼であり介護人であり、看取りと死後処理までこなしてくれる便利な男型ロボットを。

「死ぬまでいっしょにいてもらうにはいくら払えばいい？」

どんな映画やドラマでも見たことがない。

こんなに誠実なプロポーズの言葉がほかにあるだろうか。

「あんた、俺のことバカにしてんだろ」

しかし、瀬名の反応は私が思っていたのとはちがっていた。

「やべえ女だとはうすうす思ってたけど、本気で頭おかしいんじゃねえの」

クリスマスは稼ぎ時だからというので、クリスマス当日の退勤後――二十六日の明け方にうちにやってきた瀬名は、入ってくるなりそう言って私を詰った。二十三日の夜にプロポーズを請けてからこの二日間、あまりに腹が立って私のことが頭を離れなかった、おかげでクリスマスのお祭りムードを楽しむ余裕もなかったと怒り心頭である。

すんなりＯＫしてくれるとは思っていなかったが、まさかここまでの非難を受けるとは思わなかったので驚いた。いまさらこの人はなにを言っているんだろう。お金をもらって自分を切り売りするのがホストの仕事のはずなのに。実際、瀬名は七十万円で時間やサービスや肉体を私に売り渡したではないか。切り分けたケーキをサーブするのはかまわないが、ホールで提供するのには抵抗があるとでも言いたいんだろうか。

「そんなに深刻に取らなくても、推しに課金するようなものだと思ってくれればいいのに。あなたを私の専属にするつもりなんてない。遺産相続の手続きや、親に遺留分を放棄してもらうことを考えたら、形だけでも婚姻届は出しといたほうがいいと思ったまでのことだよ」

「だからそれがバカにしてるって言ってんだろ。〝きゃっ、熱烈なプロポーズ受けちゃった♡〟って俺がきゅんとなるとでも思ってんの？　思ってたとしたら重症だぞ？」

「もしかして、あの額じゃ足りなかった？」

「そういうことじゃねえよ！　てめえ、マジでふざけんなよ！」

最初に病院で見かけたときのどこか投げやりなかんじ、家族に対しての遠慮のないぶっきらぼうな態度を彷彿とさせるもの言いだった。不思議と怖いとは感じなかった。

「私、ずっとあなたに会いたかった気がする」

「は？」

「いまはっきりわかった。ホストのリューマじゃなくて、私は瀬名吉高に会いたかったんだ」

「おいババア、いよいよもってきめえんだけど頭大丈夫?」

「お腹すいてない? 昨日焼いたチキンの残りを参鶏湯風のスープにしたんだけど食べる?」

コーヒーを淹れるためにやかんに手をのばしかけたところで、コンロの上の鍋が目に入った。

はじめて挑戦したわりにチキンの丸焼きは上々の出来だったが、予想していたとおり一人では食べきれなかった。残りはにんにくといっしょに骨ごと鍋でぐつぐつ煮込んで、仕上げに赤飯のレトルトパックとむき甘栗、カシューナッツをぶち込めばなんちゃって参鶏湯になるよ、と丸山さんに教えてもらったとおりにしたら、コストはかかるにせよ、それなりにおいしいスープに仕上がった。

「…………食べる」

部屋に満ちるにんにくと鶏のにおいに抗えなかったのか、それともこの「やべえ女」にまともに取りあってるのがバカバカしくなったのか、瀬名はおとなしくカウンターの椅子に腰をおろした。鍋に火を入れ、温めなおしたスープを丼によそってやったら、アツアツ言いながらあっというまに平らげてしまった。飲んだ後にはうってつけだったのだろう。「おかわりあるよ」と言ったら、亭主関白の夫みたいに黙ったまま空の丼をカウンターの小窓越しに突き返してきた。

クリスマス仕様なのか、真っ赤なスーツを瀬名は着ていた。いっちょうらのサバ色スーツと同様に、袖口や肘などあちこち着古してくたびれている。「トシちゃんみたいだね」と思わず口にしかけて、瀬名には通じないかもしれない、もしくは年配の客にさんざん言われてうんざりしているかもしれないと思って呑み込んだ。

二年か三年、死ぬまで私につきあうだけでけっこうな額のお金が転がり込んでくるのだ。瀬名にとっても悪くない話のはずだった。そのお金があれば新しいスーツだって買えるし、父親を施設に入れられる。瀬名さえその気になれば、実家を改装し洋食屋を再開することだってできるだろう。誘いに乗らない手はない。だからこそ瀬名もこうして出向いてきているのだ。

「私、人からケチだと思われてもぜんぜん気にしないほうだったんだけど、なぜか瀬名の前では見栄をはっていたみたい。お金がなければ相手にしてもらえないんじゃないかってどこかで思ってたようなところがあるのかも」

いったいなにがここまで彼の気を尖らせているのかわからなかったが、思ったことをそのまま口にした。おかわりをよそってやろうと蓋(ふた)を開けると、鍋からたちのぼる湯気で眼鏡がくもる。

「どうしてみんな、他人からケチだと思われたくなくて必死に隠そうとするんだろうね。お金がないことはみじめで恥ずかしいことだとされているのに、それと同じぐらいお金に執着することはいやしくて醜いことだとされてる。いったいそんなこと、だれが決めたんだろう」

片手にスプーンを握りしめたまま瀬名はなにかを口にしかけ、やっぱりやめた、とばかりに首を横に振った。

「熱いから気をつけて」

スープの入った丼を差し出してから、そういえば瀬名に手料理をふるまうのはこれがはじめてだと気づいた。私の作ったビンボー臭い飯を食べさせるのはなんとなく申し訳ない気がして、いつもレストランに行くか、ウーバーイーツで出前を取っていたから。

「お金のために結婚する人間がこの世にどれだけいると思う？　愛というオブラートでくるんではいるけど、実際のところ結婚ってM&Aみたいなものでしょ？　もし瀬名が、お金がないことやお金を受け取ることを恥じているのであれば、そんな必要はないよ。私は瀬名を恥ずかしいとは思わないし、自分のことを恥じるつもりもない。あなたに渡せるだけの金額を提示した、あれが私の誠意のつもり。値段の半分が広告費に消えていくような高級ブランドのエンゲージリングを差し出されるよりよっぽどいいと思わない?」

いまにも丼に顔を突っ込みそうな勢いでぽきりと首を折っていた瀬名が、「……じゃねえだろ」と小さくつぶやいた。「え?」と訊き返したら、「結婚ってそんなもんじゃねえだろ」と今度は顔をあげてはっきりと声にした。

「じゃあ、瀬名の思う結婚ってどんな?」

「それは……」瀬名にしてはめずらしく一瞬、言葉を詰まらせた。「なんつーかもっとこう、ずっといっしょにいたい的な? あと、守ってあげたい、とか?」

思わず私は噴き出してしまった。ホストのくせに、髪をピンクにしてるくせに、ときどきびっくりするぐらい保守的なことを言う。

「守るってなにから? 具体的にどんなシチュエーションを想定してる? 連続殺人犯とか敵国のスパイとかゾンビとかそういうのから守ってくれるってこと?」

「またそうやっておちょくる……」

照れ隠しのつもりか、そう言って瀬名は丼に直接口をつけてスープを啜ろうとし、アツ! と飛びあがった。耳が赤くなってるのはスープのせいだけではないだろう。

「あーあ、もう、熱いから気をつけてって言ったのに……」

清潔なふきんを差し出しながら、母親みたいなことを口にしている自分に気づいて、のぼせたように頰が熱くなった。金で男を買うことはなんでもないのに、母親のようにふるまうことには抵抗があるなんて自分でも屈折してると思う。

「私はあなたの生活を、あなたの家族を守ってあげたいって思ってる。それじゃだめ？」

瀬名のつむじを見下ろして、私は言った。言ってから、これじゃまるで愛の告白みたいだなと思った。

「それで、あんたになんの得があるんだよ」

丼から顔をあげた瀬名の鼻に玉の汗が浮かんでいる。さっきまで尖った目で私をにらんでいたのに、すっかり毒気を抜かれたような顔になっている。

「ほらやっぱり、瀬名だって損得勘定で結婚をとらえてるじゃん」

「だから、それは、言葉のあやっていうか……」

「私は死ぬまでそばにいてもらいたいだけ。看取ってもらえればそれでいい」

いっしょにいたいし、守ってあげたい。それが瀬名の思う結婚だというなら、じゅうぶんに条件は満たしているはずだった——少なくとも、私のほうでは。

これまで私は自分の人生を背負うだけで精一杯で、他人の人生を背負うことなど考えたこともなかった。どうしてみんな結婚なんて煩わしいことをわざわざしようと思うのか、理解できないでいたぐらいだ。

しかし、結婚だって雇用契約の一つだととらえれば、こんなにわかりやすいことはない。

お金を支払う代わりに、私は瀬名の人生の一部をもらう。私が死んだ後も、瀬名の人生になんらかの影響を残すかもしれないが、それも報酬のうちに含まれる。私が望んでいるのはそういうことだった。

「だから、関わらせてほしい、瀬名の人生に」

ピンクの前髪から覗く瞳が、たっぷりと水分をたたえて揺れていた。触れなば落ちんとはこういう状態のことを言うのだろう。あとはただ慎重にゆっくりと近づいていって、手の中にぽとりと落ちてくるのを待つだけでいい。

「……いつ死ぬんだったっけ？」

うすく唇を開いたまましばらくなにかを考え込んでいた瀬名は、やがて観念したように笑った。

その日をもって、エンディングノートはウェディングノートに早変わりした。すでに空が白み始めているというのにコーヒーを何杯もおかわりし、額を突き合わせるようにして私たちはこの計画を詰めていった。
・結婚式はしない

金がかかる、意味がない、なんのメリットもないことから、これについてはあっさり可決された。「白いタキシード着るの、夢だったんだけどなー」と瀬名がぼやくので、「それは、本番の結婚のときにやれば？」と提案したら、「本番の結婚って……」と笑っていた。

・結婚指輪について

偽装結婚を疑われないため、安物でもいいから用意する必要があるとの結論に達した。「激安　結婚指輪　ペア」で検索をかけた瀬名が、ステンレスのペアリングで三千円のものを発見し、「じゃあ、それにしよう」とデザインも見ずに即決した。

・姓は〈瀬名〉にする

どうせ死ぬのだから〈瀬名〉姓になってもかまわなかったのだが、私が〈瀬名〉姓にするものだという前提で瀬名が話を進めていこうとするので、ちょっとだけ揉めた。

「いやだって、おれ長男だし、片倉になるわけにはいかないでしょ」

「待って。それで言ったら私も長女だから」

「だってともみさんのとこは――」

「ともみじゃなくて唯だって！　これから間違えるごとに罰金千円徴収するからね！」

「でもそれ徴収したって結局は俺の金になるんじゃ……」

「ざんねんでしたー、瀬名から徴収した罰金はすぐさま私のランチ代に消えますー。弁当用にデパ地下で西京漬けとか買っちゃいますー」

「くそっ、絶妙にムカつく顔しやがって……」

「──で、ともみさんのとこはなんだって？」

「その手に乗るかよ。唯んとこは弟がいるから別にいいじゃんって言おうとしたの！」

「それ関係なくない？　なんで女は長子でも下に男兄弟がいたら結婚で姓を変えてもかまわないって思うの？　その考え方がまずおかしいから。それにどうせ二、三年もすれば私死ぬんだから、それから瀬名に戻したって遅くはないでしょ」

「……たしかに？」

ひともんちゃくあった末に、結局じゃんけんで私が負けて、〈瀬名〉姓にすることになった。
・遺産はすべて瀬名に

遺言状にその旨、忘れずに書いておくこと。よほどのことがないかぎり父は遺留分を放棄してくれるだろうが、万一のことがあるといけないので、生前贈与としてマンションの名義を変更しておくのも手かもしれない。多少、税金で持っていかれてしまうがやむを得ないだろう。

それとは別に、生前贈与の免税範囲内の金額を瀬名名義の口座に毎年入金すること。瀬名の父親の治療費や家族の生活費など、それで足りなければ別途相談に乗ることも可能だと申し出たら、「いや、それはこっちでなんとかするから」と硬い顔で固辞されてしまった。

・共同生活について

家賃がもったいないので瀬名が借りているワンルームは引き払い、私の部屋で共同生活をすること。食費・光熱費等は私のほうで負担する。食事は基本的に各自で済ませるものとするが、余分が出た場合はすかさずその旨を伝え、食材を無駄にしないよう助け合うこと。掃除は気づいたほうが率先してやるようにし、不公平が生じる場合は都度交渉し改善に努めること。

洗濯機、食洗機、風呂などは省エネのためなるべくまとめて使用すること、洗剤を規定量以上使わないこと、トイレットペーパーは一回につき二ミシン目まで、冷暖房の設定温度を無断で変更することはなにがあっても許さない、食材は自由に使ってかまわないが、卵は一日一個、牛乳は一日一カップまで、野菜室にある野菜は一週間に一度しか追加されないことを念頭に置いて使用すること、コンビニで弁当を買ったらその場で温めてもらうこと。

「うすうす気づいてはいたけど、唯って正真正銘、堂々たるケチだな」

共同生活における注意事項をことこまかに述べていたら、心底感心したように瀬名が言った。

「ブランド品でこてこてに着飾ってても、ロマネやドンペリゴールドを何本入れても、なんかせこいなって感じる人はいるけど、そこへくると唯は正統派、もう殿堂入りってかんじ」

・必要以上に干渉しない

たがいにプライベートを尊重し、なるべく干渉しない。ただし、正月やお盆など、それぞれの家の行事には不自然にならない程度に協力しあうこと。

・性器の出し入れサービスについて

必要に応じ、その都度交渉すること。気分が乗らないときや体調がすぐれないときには応じなくても良いものとするが、別料金を請求することも可能。
・瀬名の仕事について
ホストは続けてもかまわないが、性病が心配なので枕営業はしないでほしい旨を伝えたら、

「だから最初のときに言ったじゃん、客とはもうずっとやってないって」

若干、苛立ったような声が返ってきた。

「俺みたいなタイプはぱーっと楽しく騒ぎたい客向けで、色恋需要はあんまないんだって」

「そうなの？」

「色恋もいけてたら、もっと売上も出せてるって」

「すごくいまさらだけど、彼女とか彼氏とかいたりする？」

「マジでいまさらじゃね？」

「干渉するつもりはないけど、いちおう把握しておきたいから念のため教えておいて」

「……いないよ、決まった相手はもうずっと。俺にとってはお客さんが恋人のようなものだからさ☆」

「営業トーク下手すぎない？　そんなんだから色恋需要がないんだよ」

瀬名の言うことをそのまま鵜呑みにするつもりはなかったが、表向きは私に忠誠を誓うポーズを見せてくれることにひとまずはほっとした。

本心では私のことをどう思っていようとかまわなかった。たとえほかに女がいたとしても、私のことを憎んでいたとしても、瀬名はうまく隠してくれるだろう。それだけのお金は払うつもりだし、瀬名には最低限の礼儀を尽くす義務があった。

どんなに心を凝らしてみても、顔もわからない女たちへの嫉妬心は一片も見つからなかった。生山課長の妻に対して感じていた好奇心のようなものすら湧いてこない。これが恋愛感情なのかどうなのかも私にはよくわからなかった。

いずれはホスピスに入ることを検討していたが、自宅で緩和ケアを受けられるようなら死の間際までこの部屋で過ごしたいこと、そうすれば瀬名に遺せる額も多少は増えるので、その際は介護のために一旦仕事を辞めてもらうことになるかもしれないということで双方合意にいたった。

ホストクラブも世間一般の休みに合わせて正月休みに入るというので、元旦に婚姻届を役所に提出し、実家にはその足で挨拶に向かう段取りになった。あくまで事後報告という形にしたほうが良さそうだと踏んでのことだ。

父も継母ももはや私に関してはあきらめているだろうから、よほどのことがないかぎり結婚に反対などしないだろうが、ひとまわり近く年下のすこぶる顔のいい男と結婚するというのは、よほどのことのうちに入るかもしれなかった。瀬名の職業や家族について、継母が興信所を使って調べあげないともかぎらない。

このあいだの借用書みたいに契約書を作っておかなくていいのかと訊ねたら、

「これ以上有名な契約書、他にないでしょ」

と言って瀬名は、書きかけの婚姻届をぴらぴらと宙に舞わせた。

「唯が死んだら実録本出してもいい？　『余命二、三年ぐらいの花嫁』ってタイトルで。やば、映画化して印税がっぽがっぽ入ってきちゃうかも」

「四十過ぎた女ががんになってホストと契約結婚する話なんて映画になるわけないじゃん。本になるかも危ういとこだよ。あ、瀬名の顔を表紙に使えばいけなくもないかも……」

「やだよ、作者の顔写真を表紙に使ってるような本にろくなのねーじゃん。あっ、いっそのことＹｏｕＴｕｂｅデビューしちゃう？」

「【老後資金で男を買ってみた】って？」

「ウケる」

そんなふうに無駄口ばかり叩いているから、いつまで経っても〈夫になる人〉の欄が書き終わらなかった。リビングのソファでお茶を飲みながら、夫になる人が婚姻届を書き終えるのを私は辛抱強く待っていた。

「なんか唯って、がん患者らしくないよな」

「がん患者らしいって？」

「そう訊かれるとぱっとすぐには思い浮かばないけど、とりま死ぬのがぜんぜん怖くないみたいに見える」

怖くないよと答えたら瀬名はなんて言うだろう。それより私は生き続けなきゃいけないことのほうがずっと怖い。そう言ったら、このすこやかで幸福な男はなんと言って私を窘(たしな)めるのだろう。

「瀬名っていまいくつ？」

答えが返ってくる前に書きかけの婚姻届を覗き込んで、私は「げっ」と声をあげた。〈平成〉に○がしてある。予想はしていたけど、実際に目の当たりにすると衝撃だった。

「三十一歳か。私もそれぐらいの年齢だったら、死にたくないと思っていたかもしれないけど、四十歳すぎるとまあいっかってぐらいの心境にはなるんだよ」

「そんなもんかなあ。俺は四十になっても五十になってもまだまだ生きたいと思ってる気がするけど」

「瀬名はそうかもしれないね」

六十になっても七十になっても百歳になっても、この調子で女に愛嬌を振りまいている姿が目に浮かぶようだった。

私が死んだ後も、瀬名の人生は続いていく。私と過ごした時間よりはるかに長い年月を過ごすことになる。そのことを思うと、言いようのないさびしさに指先から体が透けていくようだった。母もこんな気持ちだったんだろうか。こんな気持ちで私を遺して逝ったんだろうか。

「こんな女を主人公にしてもぜんぜん可哀想じゃないでしょ？　映画になんかなるわけないよ」

そうかなあと不満そうに唇をとがらせて、ようやく瀬名は婚姻届を書き終えた。

家族には事後報告で済ませるとして、そうなってくると差しあたって困るのが、婚姻届の証人をどうするかということだった。

「オーナーに頼もうかな」と瀬名が言い出したので、結婚を報告するつもりなのかとぎょっとした。

「そりゃするよ。前例がないわけじゃないし、なにかあったときのために伝えておかないと」

「なにかってなに?」

「そんなのわかんないけど、念のため?」

「信じられない。既婚のホストが許されるなんて」

「あのねえ、今日びアイドルだって結婚する時代よ? 場末のホストが結婚するぐらいなんだっていうの」

「アイドルにだっていろいろあるじゃん」

「そんなことありませんー、木村拓哉は人気絶頂のときに結婚しましたー」

それならばというわけでもないけれど、他にてきとうな相手が思いつかなかったので私も職場の上司に頼むことにした。黙っておけるものなら黙っておきたかったが、会社の規定で社員には結婚の報告義務があった。どちらにしろ姓が変わるので諸々の手続きも必要になってくる。

「急な話で申し訳ないんですが、このたび結婚することになりまして。つきましては、生山課長に証人になっていただけないものかと……」

年内最後の出勤日、手の空いた隙を見計らってお願いにあがると、生山課長は絶句していた。

「そう、この欄です、ここに署名していただいて、あ、はい、住所と本籍地もいっしょに、で、印鑑をいただければ……はい、ありがとうございます!」

魂の抜けた人形のようになっている生山課長に万年筆を握らせ、人形使いの要領でサインをもぎとって自分のデスクに戻るまでわずか三分足らずのことだったが、すぐに名探偵が隣から顔を突っ込んできた。

「なになに、ゆいぴ、生山課長になんの用だったの？」

「それについては後ほど……」

いまこの場で騒がれても困ると思い、小声で追いやった。

業務最終日ということもあって、社内は半分寝ぼけたようなのんびりムードで、ふだんは外回りに出ている営業部の男性社員もほとんどがデスクで残務整理を行っていた。「えーっ、ケチ！」と文句を言いながら丸山さんはいったん引き下がったが、このときすでにある程度予想していたんだろう。

例年、業務最終日には十五時ごろから社内でささやかな納会を行うことが慣例になっていたが、今年はかわりにパック詰めされた助六ずしを全社員に配ることになっていた。昼休み前に業者が運んできた助六ずしを各部署ごとに振り分ける作業をしているときに、実は結婚することになりましてと報告しても、丸山さんはさして驚いた様子を見せなかった。それどころか、「写真見せて、写真。一枚ぐらいあるでしょ。ほら早く」と仕事でも聞いたことのないパキパキした口調で指示してきた。

「えっ、写真ですか、しばしお待ちを」

フォルダを探っても、ネットで見つけたクーポンや節約レシピやお役立ち百円ショップ商品情報などをキャプショしたものばかりでなかなか見つからない。〈デメトリアス〉のサイトに写真があるのはわかっていたけれどさすがにそれを見せるわけにはいかず、かなり遡った末に二人で温泉に行ったときの写真を見つけた。揃いの浴衣を着て食事しているところを、仲居さんに頼んで撮ってもらったものだ。

「げっ」写真を見るなり、丸山さんが声をあげた。「ゆいぴって面食いだったんだ……」

「丸山さんの目から見ても、作画がいいですか？」

「うーん、まあ、素人にしては、悪くないんじゃない？」

それからは怒濤の質問タイムに突入した。どこで出会ったの？　若く見えるけど年下？　相手の職業は？　新居はどうすんの？　いまのマンションに二人で住むの？　次から次へとくりだされる質問に、あらかじめ瀬名と二人で決めておいた設定を答えているうちに、計画が動き出したのだという実感が湧いてきた。

「夫はウーバーイーツの配達員をしながら売れない役者をしていたんですが……」

「夫は――」と口にした瞬間、これまで感じたことのないような波動が指先まで走り、私はその甘やかさに酔った。夫。なんべんでもくりかえし言いたかった。まさかそのワードにこんな威力があるなんて。

「ふーん、役者やってるんだ。あ、だからピンクの髪してるんだね。これだけかわいい顔してるんだからいくらでも売り出し方があるんじゃないの？」

「あ、いや、うちの夫、絶望的に演技が下手で。もう目も当てられないぐらい、幼稚園のお遊戯会のほうがまだましってレベルで」

「幼稚園のお遊戯会より下ってどんなよ？」

「三十歳を超えてさすがに役者の道は諦めようってことになって、いまはウーバーイーツも辞めて飲食業をしています。なかなか生活リズムが合わないからいっしょに暮らそうって話になって、じゃあいっそのこと結婚する？　という運びになりまして……」

昼休みに入る前に全社員に行き渡るように、女性社員で分担して助六ずしを配る作業に追われているあいだも、丸山さんがしつこくあれこれと質問してくるので、最年長の独身女性社員が結婚するというニュースはたちどころに会社中に知れ渡ることとなった。

――まあいっか、どうせ死ぬんだし。

「えっ、ゆいぴ、なんか言った？」

助六ずしを頬張りながら訊ねる丸山さんに、なんでもないと私は笑って首を振った。

一人暮らしの部屋から瀬名が運び込んだ荷物はごくわずかだった。スーツ数着とスウェットやジーンズなどの普段着、成人祝いに父親に買ってもらった包丁セット、料理とワインの本が数冊。後の荷物は同僚のホストに譲るか、処分するつもりだという。退去が急だったので一ヵ月先まで家賃を払うことになるが、冬はなにかと光熱費がかかるから早いうちに越してきたらと私のほうから勧めた。クロゼットの一部を瀬名のために明け渡しただけで、引っ越しはあっけなく完了した。

「正月、どれ着て唯んち行こう？」

三十日の夜、キッチンでおせちの代わりに大量のおでんを煮込んでいたら、寝室の間仕切りのカーテンからひょっこり瀬名が顔を出した。

サバ色スーツもトシちゃんスーツももちろん却下、大きく斜めにブランドロゴの入ったシュプリームの真っ赤なパーカ（偽物の可能性大）は論外、膝にぱっくり穴の開いたダメージジーンズなど穿いて行こうものなら継母に塩を撒かれてしまうだろう。落ち着いた色のスーツやシンプルなセーターや穴やほつれのないチノパンなど、瀬名の数少ないワードローブの中には妻の実家に挨拶しにいくのにふさわしい服が一枚もなかった。

「しかたない、プリティ・ウーマンするか」

ベッドの上に広げられた衣類を腕を組んで見下ろし、私はつぶやいた。『プリティ・ウーマン』を知らないのか、「？」を顔に浮かべて瀬名が首を傾げていた。

翌日、年も押し詰まった大晦日に私たちは二人で連れ立って百貨店まで出かけた。アルマーニ、ドルチェ＆ガッバーナ、プラダ、ｅｔｃ．……雲の上のブランド名ばかり瀬名があげるのでありのままの現実的な予算を告げると、「えーっ、ケチ！」とすかさずブーイングが起こった。うるさい知るか、スーツ一着買ったらもう一着ついてくるような量販店じゃないだけマシだと思え、とエスカレーターで上階にある紳士服売り場に向かおうとしていたところを、

「着てみるだけタダだし、ね、ちょっとだけ」

かわいくおねだりされて、ハイブランドのフロアで引きずり降ろされた。

「サバスーツとか言って唯はバカにするけど、これだって昔、お客さんに買ってもらったそれなりのものなのに」

そう言って瀬名は、私でも知っている有名ブランドの名前をあげた。だったらなおさら高い金を出してブランド物を買う必要などないではないか。私は名より実を取る女である。地味と言われようとなんだろうと質実剛健を愛する。広告費に半分持っていかれるような虚像に金を払うつもりはない。うんぬんかんぬん。

「あーもう、うるせえなあ。ちょっと黙っててくんない？」

ぎゃあぎゃあ騒ぎながらハイブランドのフロアを流し、そのあいだに何着かスーツを試着して、着せられてるとか馬子にも衣装だねとか好き放題に言い放ち、値札を見て泡吹いて倒れそうになったり、ちょっとした軽自動車が買えるじゃねえかと大騒ぎしたり——バカみたいなお金の使い方なんかしなくても、子どもみたいにじゃれあって益体もないことを言い合っているだけでめちゃくちゃに楽しかった。瀬名といるとこんなにもたやすく無敵の気分になれるのだ。

「俺の服買うのもいいけど、唯もバッグの一つぐらい買ったら？　いつも使ってるそのバッグ、もうボロボロじゃん」

そろそろ紳士服のフロアに向かおうとしていたところで、エレベーターの手前にあるテナントのショーウィンドウを覗きながら瀬名が言った。視線の先には、スマホと財布を入れただけでぱんぱんになってしまいそうなハンドバッグが飾られている。ぴかぴかした黒い革に金色の金具。原付バイクが新車で買えるぐらいの値段だった。

「いいんだよ、私はこれで」

脇にバッグを抱え込み、できるだけ人の目に触れないようにする。楽しかった気分に急に水を差された気がした。

「ブランドものでなくたって、安くて丈夫なバッグなんていくらでも売ってるだろ。それこそ質実剛健なやつ。そういうのに買い替えればいいじゃん」

急に顔を強張らせた私に気づかなかったはずもないだろうに、なおも瀬名は重ねた。

「私はこれでいいって言ってるじゃん。どうせ死ぬんだし」

冗談で済ませようとしたのに硬い声になってしまった。ははっ、とそれでも瀬名は笑い声をあげようとしたが、不発に終わった。

気まずい空気を引きずったまま、紳士服のフロアで仕事にも冠婚葬祭にも使えそうな黒いスーツを買い、家から着てきたサバ色スーツを包んでもらって、そのまま百貨店の近くにある美容院に向かった。

「毎年、大晦日はあんまりお客さんも来ないんだけど、こうやって急ぎのお客さんがいらっしゃったりするから、ぼく一人でも店を開けるようにしてるんです」

中折れ帽を斜にかぶり、あご髭を生やした美容師はそう言って愛想よく笑い、瀬名の髪を指で梳いた。ピンク色の髪じゃさすがにまずいだろうと大晦日も営業している美容院を昨晩のうちにネットで予約しておいたのだ。とにかく真人間っぽく見えるようにしてくださいという私からのオーダーに、「真人間……」と美容師はつぶやいて、鏡越しに瀬名の顔を見つめる。

「そうだな、ここから落ち着いた色にするとしたら、目の色にちょっとヘーゼルが入ってるから、暗めのアッシュグリーンなんてどうだろう。前髪は短くしすぎずにざっと流すかんじで、清潔感の中に遊びを入れてやってもいいかな。あんまりガチガチに真面目っぽくしちゃうと彼の持ってるいい意味でのラフさみたいなものと相殺されて、中途半端になっちゃうと思うんだよね。これならスタイリング次第でクールにもカジュアルにもできるし……」

「じゃあそれで！　もうぜんぶおまかせします！」

美容院なんてもう何年も来ていなかったから、途中からまともに説明を聞くのを耳が拒否した。「――っていうことですけど？」と美容師はいちおう瀬名にも確認を取ろうとしたが、「あーそれでお願いします。俺、この人の言いなりなんで」と投げやりに答えていた。

薬剤のつんとしたにおいとスタイリング剤の甘いにおいの中で、山積みになったハイファッション誌の中からやっと一冊だけ見つけ出した女性週刊誌を舐めるように読んでいたら、一時間ほどで施術は終了した。

「どう？　これでホストっぽくなくなった？」

ケープを脱いで目の前にあらわれた瀬名を見て、私はあやうく声をあげそうになった。

やばい。想像していた以上にかっこよくてまともに見られない。鬼太郎の前髪もすっきりして、黒いスーツによく似合っている。こんな姿でホストクラブに出たら瞬く間にナンバーワンになってしまうんじゃないだろうか。

「すごい。瀬名じゃないみたい。真人間に見える」

「ならよかった」

皮肉っぽく笑って、瀬名が肩をすくめた。なにか胸にぎざぎざと引っかかる笑い方だった。

「この後、予約入ってないみたいだし、せっかくだから唯もカットしてもらったら？人の見栄えをあれこれ言うんだったら自分だってもうちょっとなんとかしろよ」

「私はこれでいいって言ったでしょ」

髪に向かって伸びてきた瀬名の手を、とっさに強い力で振り払った。

「さっきからなんのつもり？私を変えようと思わないで」

かっとなって、思わず声を荒らげた。ここまで苛烈な反応が返ってくるなんて思ってなかったのだろう。驚いたように瀬名が目を丸くしている。

受付カウンターの向こうで会計を待っていた美容師が、我関せずとばかりに百戦錬磨の笑顔で微笑んでいるのが視界の端に映った。

7

母に教えてもらったことはたくさんある。

花の名前と雲の名前。外から帰ってきたら手を洗うこと。お米の研ぎ方。洗濯物の畳み方。裏の白い広告は四分割してメモ用紙にする。赤いギンガムチェックの少女小説。労働にはそれに見合った対価が与えられること。それから母の趣味だったアメリカンキルト。

記憶の中のある時期をすぎると、母の背景は白一色になる。乳がんが発見されて死ぬまでの数年間、母が病院で過ごしたのはわずかな期間だけで、ほとんどの時間を自宅ですごしていたというのに。

色のない世界に押し込められてしまった母に捧げるために、いまも私はいろとりどりのキルトを縫っているのかもしれない。

「いつもちまちまやってる、それなに？」

作りかけのキルトを指して、瀬名が訊ねてきたことがあった。まだ七十万円の契約期間中のことだ。

アンティークキルトの図案集を引っぱり出してきて、私は瀬名に見せてやった。母が生前使っていたものだから、もうボロボロで綴じも甘くなっているそれを、壊さないように慎重に繰る彼の手つきが好きだった。

おばあちゃんの夢。壊れた皿。生命の木。

キルトの図案につけられた名前をいちいち瀬名は読みあげた。「羽根の生えた終わりなき世界」ってエモすぎ、ヴィジュアル系の歌詞みたい。「酔っぱらいの小道」って俺の退勤後のことかな。「うるさい蠅」はうちの家の女どものことだろ。ともみさんはさしずめ、この「クレイジーキルト」ってとこだな。

「つーか、あれもそれも自分で作ったとか言わないよね？」

クッションカバーやベッドカバー、ミトンやティーコゼー、部屋のいたるところに配置された手製のキルトを順繰りに図案集と見比べながら瀬名が訊ねた。

「ぜんぶ自作だよ。本物のアンティークキルトを買おうと思うとすごく高いから、図案集を真似して作ってるの。ベッドカバーみたいな大作は作るのに何年もかかっちゃうけどね」

「なんだそれ、作ってるあいだに腐っちゃいそうじゃん。ミシンでひと思いにやっちゃうわけにはいかねーの？」

「ミシンだと、すぐ完成しちゃうでしょ」

私は笑って首を横に振った。

「ふだんから私、いかに効率的で合理的に生きるかを突き詰めてるようなところがあるから、せめて趣味のキルトぐらいは非効率的で非合理的にやりたいっていうか……あ、あと材料代がけっこうかかるから、すぐに完成させちゃうとコスパが悪いんだよね」

「その考え方自体が、俺からするとものすごく合理的な気がするけどね」

物資の乏しかった開拓時代、寒さをしのぐために一片のはぎれも無駄にしまいとキルトを縫いつないだ女たちの努力と知恵の結晶から生まれたのがアメリカンキルトである。その質素倹約の精神は、時代を超え海を渡って私が受け継いだ――と大真面目に語っているのに、「やば。開拓者の精神受け継いじゃった」と瀬名はおちょくって笑った。

ていねいに作られたキルトは使い方次第で百年も二百年も長持ちするのだという。それで言ったら私はもう一生分のキルトを作っていることになるだろう。クロゼットには使われずに眠っているキルトがいまも山積みになっている。私が死んだらおそらくそのまま処分されてしまうだろうから、どこかの施設に寄付するか、二束三文でもいいからネットで売りに出して、だれか使ってもらえる人の手に渡したい――この世になんの未練もないつもりでいたのに、自作のキルトには長生きしてもらいたいと無意識のうちに考えていることに自分でも驚いた。

母の死後、突如あらわれた継母の手によって母のキルトはほとんど処分されてしまった。母は電話にもティッシュにもドアノブにも父のゴルフクラブにも、カバーをかけられるものにならなんにでも、ちまちま作ったキルトのカバーをかけずにいられない人だった。ランドセルにまでカバーをかけようとしてきたので、さすがにやりすぎだと私も呆れていたぐらいだ。

野暮ったくてどうしても好きになれない、実家を思い出してうんざりする、と家じゅうのいたるところに残された母の手製のキルトを、薄汚いものでも見るような目つきで見やりながら継母は言っていた。

その言葉に嘘はなかったんだろう。前妻の痕跡をすべて消し去ってやろうとむきになっていたわけでも嫉妬心に駆られていたわけでもなかったんだと思う。父と結婚したとき、彼女は二十三歳だった。まだあまりにも若く率直で、ろくに分別もついていないだけだった。

年を取ったいまでこそそんなふうに考えることもできるようになったが、母を失って間もない十二歳の私にとっては当然、許しがたい行為だった。

ある日、学校から帰ってきたら、生まれ育った自分の家ががらりと姿を変えていた。キルトだけじゃない。家具やカーテンや陶器や木彫りの置物、玄関の壁にかかっていた静物画や白磁のティーポットや九谷焼の大鉢、ねむの木やフランスゴムなどの観葉植物にいたるまで、母が時間をかけて選び、買い揃えたものが忽然と姿を消していた。午前中に業者が来てぜんぶ持って行ったのだとまったく悪びれずに継母は言ってのけた。温かみのあるカントリースタイルだった我が家は、黒を基調にしたモダンなインテリアに取って代わられていた。

青く燃えさかるような怒りが、痩せっぽちの少女だった私の全身を貫いた。音も光もにおいも遠のいて、すべての感覚が怒りに支配される。そんな経験をしたのは、後にも先にもあのときだけだ。

私は黙って二階に上がり、継母のクロゼットから継母のお気にいりだったオレンジ色の肩パッド入りスーツを引っぱり出した。そのまま一階に降りていき、継母が見ている目の前でスーツをコンロの火にかけた。おまえがしたのはこういうことなのだと思い知らせてやりたかった。こんなものじゃ手ぬるい。この家に継母が持ち込んだもののすべてを燃やし尽くしてやらなきゃ気が済まなかった。

「家のことはまかせるって言っただろう」

仕事から帰宅し、ことの顚末を聞かされた父は、継母に向かってそう言い放った。もともと父は家のことなんてほとんど顧みない人だったけれど、新しく若い後妻を迎えたところで変わらなかった。仕事で疲れて帰ってきてるのに面倒なことを持ち出すな、結婚早々かんべんしてくれ。暗に父はそう言っているのだった。

「唯、おまえもわがままばかり言ってないで、お母さんの言うことを聞かなきゃだめだろう」

青褪める新妻をさすがに気の毒に思ったのか、父は私に形ばかりの説教をした。

った。

「お母さん」と口にするとき、ちょっと照れたように笑ったのがよけい癇に障った。

だめだ。こいつになにを言ったところでしょうがない。

私はそう思ったし、おそらく継母も同じ気持ちでいただろう。

中立とは名ばかりに我関せずを貫く父をあいだに挟んで、私と継母の冷戦がはじまったのはそれからだ。

大晦日の夕方、気まずい空気のまま美容院から帰宅した私たちは、前日に仕込んでおいたおでんを突っつきながら紅白を見て、気まずい空気のまま年越しをした。自分の部屋でだれかと年を越すのははじめてだというのに、特別なイベントが起こることもなく、明日早いからと早々に解散し、私はベッドで、瀬名はリビングのソファでありったけのキルトにくるまれて、それぞれ眠ることにした。

どうしてあんなにも過剰に反発してしまったんだろう。

すぐにぱっと頭に浮かんだのは、コンロの上で溶けるように燃えていたオレンジ色のスーツだった。あのことがあってから、私は自分の殻に閉じこもりがちになった。もともとその傾向はあったのかもしれないが、変えられることへの忌避感がより強まった。

おでんといっしょにちびちび飲んだ熱燗のせいか、ベッドに入ってからもまだ少しのぼせている頭を冷えた枕に押しつける。こんなに近くにいるのに気やすく触れられなくて、瀬名の体温を恋しがって指が疼いた。

瀬名の考えそうなことならわかる。自分ばっかりスーツを新調するのはなんとなく気が引けるから、さっぱりとした髪型で新年を迎えるのは気持ちがいいから、良かれと思って私にも「そうすれば？」と勧めただけだったんだろう。なにも本気で私を変えてやろうとしたわけでも、ましてや私からなにかを奪おうとしたわけでもないのに、あれはやりすぎだったかもしれない。起きたら謝ろうと決めて私は眠りについた。

翌朝、目が覚めるとすでに予定していた時間を大幅に過ぎていて、あわてて瀬名を叩き起こし、五分で出かけるしたくをして部屋を飛び出した。やむをえずタクシーで区役所まで行き、時間外窓口に婚姻届を提出した。おめでとうございますの一言もなくあっさり引き取られ、まだ夢の続きを見ているような気分でバスに乗ってターミナル駅へと向かった。これから二人で県境の町にある私の実家へ挨拶にいくことになっていた。

電車がくるのを待っているあいだに、正月だからまあいいかと缶コーヒーではなく一杯二百五十円のドリップコーヒーを駅の売店で買い、やっとひとごこち着いたところで、昨日はごめんなさい、と私から切り出した。それはいいんだけどさと瀬名は苦笑しながら、ファンデーションよれてると言って、空いているほうの親指で私の頬をぐいぐいと拭った。急いでコーヒーを飲み干し、すぐにマスクで隠した。

人類が滅亡してしまったんじゃないかと疑うほどにがらんとした元旦の電車の中で、スーツ炎上事件の顛末を包み隠さず瀬名に話した。継母とのいざこざをいまだに引きずっているなんて恥ずかしくもあったが、四十過ぎてファンデーションもまともに塗れず、全財産を注ぎ込んで十も年若の男と結婚しておいていまさらなにを取り繕うことがあるだろう。うんうんと相槌を打ちながら話を聞いていた瀬名は、継母のスーツを燃やしたところに差しかかると、「モーレツだな」と言って笑った。思っていた以上にあっさりした反応に、ふっと心が軽くなった。

「俺も悪かったよ。あんな嫌がられるとは思ってなかったからさすがにびっくりしたけど、唯がそういう人だってことはわかってるつもりだったのに」

「そういう人って、どういう人よ？」

「ほらまたそうやってむっとする。わかったようなこと言われるとムカつくんだよな？　うんうん、わかるよ、唯ちゃんはそういう子だもんなー」

思わず私は舌打ちし、すぐ隣に座る瀬名の腕を殴りつけたが、マシュマロマンみたいな白いダウンジャケットにあっけなく吸い込まれた。

スーツに合うような上着がほかになかったので、しかたなく着てきたがあまりにもミスマッチだ。初売りセールが始まったらコートを買わなくては。つくづく金のかかる男……と恨めしい気持ちになりながら目線をあげる。窓から射し込む陽を透かし、染めたばかりの瀬名の髪がけぶったような紫色に光っている。

私の夫。

晴れて、今日から、この人が。

意識すればするほどくすぐったいような、申し訳ないような複雑な気持ちになる。

「さっきの話でだいたい親父さんと義理のお母さんがどんな人なのかはわかったけど、弟は？　俺とそんなに年変わんないんだっけ？」

「私と十三歳離れてるから、いま二十八かな。恭弥っていうんだけど……うーん、そうだな、真面目ないい子、だよ」

どうしても歯切れの悪い口調になってしまう。

正直なところ、私は弟のことをよく知らないのだった。いっしょに暮らしたのは弟が生まれてからわずか数年のことで、私が家を出てからは正月などにたまに顔を合わせるぐらいだった。きょうだいといっても瀬名と妹のように遠慮のない言葉を投げつけあえるような仲ではなく、どちらかというと遠い親戚の家の子どもみたいな感覚に近い。実家に帰るたびに、ぽこりと突き出た喉仏や髭の剃り跡なんかを見るとぎょっとしてしまう。あの小さかったきょうだいが、いつのまに、大人になって。

「いまは父のアシスタントをしながら税理士の資格を取るために勉強してる。三歳年下の彼女がいて、資格を取るまで結婚を待ってもらってるみたい――あ、これぜんぶ本人から聞いた話じゃなくて、継母から一方的に聞かされたんだけど――あの子を見てると、同じきょうだいで、こうもちがうものかってびっくりする。規範に従って生きてるってかんじ」

保守的な田舎で保守的な親に育てられたからというのもあるのだろうが、思えば恭弥はまだ五歳やそこらからそういう子どもだった。めったに車が通らないような交差点でも信号はきっちり守るし、横断歩道は手をあげて渡る。努力は必ず実を結ぶと信じ、決してズルはしない。親に感謝し、地元愛にあふれ、仲間との絆を尊ぶ、なんの屈託もなくすくすく育った男の子。

「戦隊ものでいったらまちがいなくレッドタイプだね。成績も運動神経も容姿も中の中、我が弟ながら感心するほど平凡極まりないスペックのくせして、小学校低学年のころから何度も学級委員をまかされて最終的に生徒会長にまでのぼりつめたのは、ひとえに溢れんばかりのレッドオーラのおかげだと思う」

「よく知らないとか言ってたわりに、ガチめの分析どーもね？」

目的の駅に着くまで、戦隊ものだったら自分は何色だと思うかについて私たちは語りあった。「俺ピンク～！」と迷うことなく瀬名は言い、「だろうね」と私は笑った。

「うーん、私はブラックかなあ。黒だと汚れが目立たないし、好きな四文字熟語は〝経常黒字〟だし」と迷った末に私が言ったら、「なんか主旨変わってね？」と瀬名が笑った。

死ぬまでこんな話ばかりしていたかった。婚姻届を出してきたばかりだというのにロマンティックなムードのかけらもなく、次の瞬間にはなにを話していたかも忘れてしまうようなくだらない話ばかり。年齢のことも契約のことも病気のこともお金のことも、私たちのあいだに横たわるなにもかもを忘れ、ぴったりと合わさっていると錯覚できるような話を。

車窓から見える景色はとうに高層ビル群を過ぎ、住宅街も通り越して、のっぺりとした田園風景にスライドしている。天気もよくて、がらんとした車内に二人きりで、このままずっとどこにも辿り着かなければいいと願うほど、その瞬間、私は幸福に満ち足りていた。

私が生まれ育ったのは、人口五万人に満たない郊外のベッドタウンだ。衣料品や日用雑貨も扱う大きめのスーパーが駅に隣接し、ところどころ歯の欠けた商店街が駅前ロータリーからまっすぐ伸びている。元日で駅前のマクドナルドまで閉まっているから、いつにも増してゴーストタウン感がすさまじかった。

「すごいでしょ？　ロッテリアもミスドもサーティワンも恐れをなして撤退していった飲食チェーン不毛の地。当然スタバなんて来てくれるわけもない」

「逆に天国じゃん。唯が死んだら、俺ここで洋食屋やろうかな？」

あまりに軽々しく言ってくれるから、痛みも感じなかった。

「バカだね。チェーン店ですら生き残れないのに、新規でやってきた個人経営の店が生き残れるわけないじゃん」

駅舎から出てすぐのところに銀色のベンツが停まっているのが見えた。継母の愛車だが、運転席の窓から恭弥が顔を出してこちらに手を振っている。バスは三十分に一本、タクシーだと軽く二千円はかかるので、電車に乗る前にあらかじめ迎えに来てくれるよう連絡を入れておいたのだ。

「レッド？」

目線をそちらにやりながら瀬名が訊いてきたので、

「レッド」

と手を振り返しながら私はうなずいた。

「あけましておめでとうございます」

なんとなく照れながら新年のあいさつをし、夫婦で後部座席に乗り込んだ。

「はじめまして。弟の恭弥です」

「あ、こちらこそ。夫の吉高ですう」

軽い調子で瀬名が自己紹介すると、恭弥は一瞬驚いたようだったが、夫というのはある種のメタファーだろうと忖度(そんたく)したのか、瀬名に調子を合わせて笑った。我が弟ながら如才がなさすぎる。

去年のお盆はコロナを理由に帰省しなかったから、実に一年ぶりの帰省になる。瀬名とのことがなかったらこの正月もコロナを理由にパスしていたかもしれない。

元日に連れて行きたい人がいるということは、あらかじめ父には伝えてあった。継母や弟がどのようにそれを受け取ったのか知る由もないが、四十過ぎた独身の娘が元日に人を連れてくるというのはそういう意味でしかなかった。少なくとも彼らの世界においては。

「お母さん、はりきっちゃって大変だったよ。肉やら蟹(かに)やらおせちの材料やら、年末にあちこち買い出しに走らされてまいったのなんの」

「わー、目に浮かぶ。おつかれさま」

一時期、私のことを同性愛者だと疑っていた継母は、どこから新たな知識を仕入れてきたのか、最近では無性愛者ではないかと疑っているようだったから、さぞ喜んだにちがいない。

「ごちそうなんて準備しなくても、おせちとお雑煮だけでじゅうぶんだって言っておいたのに」

「あの人がそう言われてはいそうですかって聞くわけないだろ。ここぞとばかりに、今日も朝早くからキッチンにこもってたよ」

「朝ごはん食べずに出てきて、ちょうどよかったかも」

いつも恭弥が迎えに来ると、駅から家までの十五分ほどの道のりの最初の三分で話題が尽きる。これが父だったら無言でもまったく気にならないし、継母だったら勝手にしゃべってるのを聞いていればいいだけなのだが、相手が弟となると話は別だった。たがいに気を遣いあい、必死に話題を提供し、気まずい空気に気づいていないふりをしなきゃいけないからどっと疲れる。

「きょうくんはさ——あっ、唯が呼んでたからそう呼んじゃうけど、よかった?」

途切れた会話の隙をついて、瀬名が身を乗り出した。運転席のシートに手をかけて、ねえねえと子どもみたいに揺さぶる。

「あ、はい、もちろん。俺はなんて呼べば?」

「唯は、瀬名って呼んでるけど」

「じゃあ、瀬名さんで」

「他人行儀だなあ——ってゆうても、他人なんだけどね」

そう言ってげらげら笑い出した瀬名に、私も笑ってしまった。もう笑うしかないというかんじに、恭弥もつられて笑っていた。

実家のガレージに車を入れると、待ち構えていたかのようにすぐさま玄関から継母が飛び出してきた。卵色の小紋の上から割烹着を身につけているのを見て、いくらなんでもはりきりすぎだと私はげんなりした。

「あらやだ、イケメンじゃない」

瀬名を目にした継母がいちばん最初になんと言うか、行きの車中で予想していたのだが、そのものズバリを当てた恭弥が静かにガッツポーズした。口調までそっくりだった。

いくらあの人でもそこまで直截(ちょくせつ)的な物言いはしないのではないかと私は言ったのだが、「いや、お姉ちゃんはうちの母さんのことをわかってない。若い男の前ではわざとそういうあけすけな態度を取りがちなんだよあの人」という反論に、さすが実の息子だけあると感心した。自分の母親をわりあいに突き放して見ているのだなと少し意外でもあった。

「ずいぶんと若そうに見えるけど、瀬名さんはいくつなの？　えっ、三十一歳？　それじゃ唯ちゃんとは十も年が離れてるってこと？　やだ唯ちゃんやるじゃない」

年齢差に難色を示されるかと心配していたが、どうやら第一関門は無事に突破できたようだ。私と瀬名とではいくらなんでも不釣り合いではないか、結婚詐欺ではないのかなどといらぬ口出しをされないだけでもじゅうぶんだった。自分たちだってひとまわり以上年の離れた相手と結婚しているのだから、言えた義理ではないだけかもしれないが。

「どうも、はじめまして、唯の父親です」

継母の騒々しさとのバランスを取るみたいに、玄関で待ち構えていた父は静かに落ち着いたトーンで挨拶した。はにかんだような笑顔がどことなく恭弥に重なる。てっきり恭弥は母親似だとばかり思っていたけれど、そうでもないのかもしれないと認識を改めた。

「瀬名さん、なにが好きかわからなかったからいろいろ用意しちゃった。遠慮せずにいっぱい食べてちょうだいね。瀬名さんはビールでいい？　唯ちゃんは——あとで運転するんだっけ。ノンアルコールビールもあるけど？」

それからは継母の独壇場だった。騙し討ちのようにセッティングされたお見合いのときとはまたちがったテンションで、根掘り葉掘りあれやこれやと瀬名に質問を投げかけ、答えを聞いては大げさなリアクションを取る。そうかと思えば、「ですって、お父さん」とさりげなく父に水を向け、「って言ってるけど、唯ちゃんはどうなの？」と私にまでマイクを差し向け、「ちょっときょうくん、いまの聞いた？」と恭弥からもコメントを引き出そうとし、トーク番組の大御所司会者もかくやとばかりに場をまわしていく。

「じゃあいまは、そのお店の厨房で働いてるってこと？」

「あ、はい。もともとバイトしてた店で社員登用してもらえるって話になって、コロナの煽（あお）りを受けて人員削減してるところも多いって聞くのに、とんでもなく恵まれた話なんですけど」

「だったら一度、お店に食べにいかなきゃ。ねえ、お父さん？」

「いやほんと、なんてこともないチェーンの居酒屋なんで、わざわざ来ていただくほどのことでは……」

　ホストをやっているということは伏せ、打ち合わせで決めた設定どおりに瀬名は受け答えをした。まったく危なげのないその様子に「クソ狸（たぬき）め」と内心思いながら、なんだか私は拍子抜けしてしまった。

　十も年の離れたイケメンという時点で怪しさMAXだというのに、加えてピンクの髪を暗く染めたぐらいでは隠すことのできないこのチャラさである。いくら社員とはいえ居酒屋の厨房勤務ではたいした給料は望めないだろうし、将来性もあまり期待できない。

　父も継母もあからさまに反発するようなことはないだろうが、多少は戸惑いを見せるだろうと予想していたので、思っていたより好意的な対応に肩透かしを食らったような気分だった。四十過ぎた娘をもらってくれるんだから、多少のことには目をつぶろうということなんだろうか。あるいは、私が一度言い出したらなにを言ったところで聞きやしないとはなから諦めているのかもしれない。

「もしかしてこのローストビーフ、家で作ったんですか？　どっかのお店のやつかと思った。横に添えられてるのは……あ、西洋わさびか。お母さん、料理お上手なんですねえ」

「やだ、恥ずかしい。料理のプロの方にお出しするようなものじゃないかもしれないけど」

「いやいやいやいや、プロって言ってもチェーン店の厨房なんてバリバリにシステム化されてますからね。創意工夫の余地ゼロってかんじですから。まあそれでも、水切りをきっちりやるとか素材の下処理に手を抜かないとか、基本中の基本ですけどやれることはやってます。同じレシピで作ってても他の店舗よりうまいもの出してるって自負はぶっちゃけありますね」

「ほら急にプロっぽいこと言うー。そんなレベルの高い話されてもよくわからないわよ」

「レベル高いっていうならこのローストビーフでしょ。ほれぼれするほど絶妙な火入れじゃないっすか。先にフライパンで焼き色をつけてからオーブンで仕上げ……いや、待てよ、もしかしてこれ、いま流行りの低温調理ってやつっすか？」

「そうそう。よくわかるわね。うちの人たち、料理のことなんてなんの関心もないからこんな話ができるなんてうれしい」

　片倉家の正月は、継母が一人でべらべらしゃべっているのをあとの三人が言葉少なに聞き流すというのが常であったが、瀬名もだてに十年近くホストをやってるわけじゃない。ここぞとばかりに磨きあげた話術で応戦すると、好敵手を見つけたとばかりに継母の目がらんらんと輝き、二人のトークバトルはゴジラvsキングギドラの様相を呈した。あとの三人はいつもと同様もくもくと蟹の身をほじくり、継母お手製のローストビーフに舌鼓を打ち、口の中に入れた瞬間とろける大トロに目を見張っているだけでよかった。

「瀬名さん、グラス空になってるけどビールでいい？　日本酒も用意してあるんだけど。毎年お正月用にしぼりたてを酒屋さんにお願いしてあってね」

「うわー、しぼりたて！　飲みたい！」

「はいはい。いまお持ちします」

「あ、いいよ、ともみさん」

　継母が腰を浮かしかけたのを呼び止めて、私は立ちあがった。

「私もノンアルビールのおかわり欲しかったから、ついでに取ってくる」

それまで調子よく舌戦をくりひろげていた瀬名が急に口をつぐみ、食い入るようにこちらをにらんでいる気配がしたが、気づかないふりをしてそのまま私はキッチンに逃げた。


「マジで信じらんねー」

呆れたように放った瀬名の大声が、うわんと空中で一瞬たわんで、鬱蒼とした山の茂みに吸い込まれていった。

「もとはと言えばそっちがはじめたことでしょ。リューマって呼んでくれって最初に言い出したのはそっちじゃん」

「それとこれとは話がちげえだろ。いくら気に食わねえからってホストに継母の名前で呼ばせるなんて、マジでそういうの趣味悪いと思うぜ」

片手に手桶と柄杓、もう片方の手に白い水仙の花を提げて、瀬名はなおも言いつのる。背後にその声を聞きながら、山腹を切り拓いて作られた墓地の中を私は進んでいく。いつもは父と二人で墓参りをしているが、今日は瀬名と二人で行きたいと父のプリウスを運転してここまできた。

「あんまりホストホストって大きな声で言わないでよ。聞かれたらどうするの」

「聞かれるってだれにだよ？」

寒風吹きすさぶ墓地には、見渡すかぎり私たちのほかに人影はない。

「……ママに」

唇をとがらせて、私はぼそりと言った。笑われるかと思ったが、それきり瀬名はむっつりと黙り込んで、静かに後をついてくる。

瀬名とのあいだに再び降りてきた気まずい空気の幕に私はため息をついた。午前中は青く晴れていた空もどことなくどんよりとして見える。さすがに会社の制服で来るわけにはいかなかったので、今日はクロゼットの中でいちばんましなワンピースと三年前にセールで買ったPコートを着てきたが、タイツを貫いてお尻のほうまでのぼってくる冷気にじっとしているのが耐えられない。マシュマロマンみたいな瀬名のダウンジャケットが羨ましかった。

耳元で風の唸る音がして、継母のすすり泣くような声を思い出す。

すでに婚姻届を提出済であることをいつ切り出そうか、思いのほか瀬名と継母の話が盛りあがってしまったためにタイミングを見失っていたが、「ともみさん」と私が継母に呼びかけたとたん、主に瀬名のせいで場の空気がぎくしゃくとしはじめ、その流れに乗ってどさくさで報告を済ませた。

「ちょっと待ちなさい」

するとたちまち、継母が鋭い声をあげた。

「あなたたち、それはだめよ。順番がおかしい。いくらなんでも親をバカにしてる」

こぼれてきた涙を割烹着の袖で拭って、継母はうっと喉を詰まらせた。

この人にとってはどこまでも面子(メンツ)の問題でしかないんだな、とそれを見て私は鼻白んだ。

私の結婚を望んでいたのは、継娘を立派に育てあげたという証明が欲しかったから。事前の報告なしに婚姻届を出してきたことに憤るのは、親に対しあまりにも礼節を欠いているから。自分が、、、蔑(ないがし)ろにされていると感じるから。

「どうして、どうしてよ――」

わっと泣き伏した継母の姿が、スーツを燃やされて泣いていた若かりしころの姿に重なった。私がなにをしたって言うの、文句の一つも言わずに血もつながらない子どもの面倒を見てあげたのに、なんだって言うのよ。ひりひりと悲痛な叫び声がいまにも聞こえてきそうだった。

もし私がこの人のことを素直に受け入れ、自分の母親のように慕っていたらなにかがちがっていただろうか――想像しようとしてみたが、うまくイメージできなかった。私は私で、ともみさんはともみさんだ。何度やりなおしたところで、ちがう未来なんてあるはずもない。

「ともみさん、なにか思い違いをしているようだから念のため言っておくけど、私がこういうふうなのはともみさんのせいじゃないよ。私が私だからこういうふうなの。だから、そんなふうに泣かれても困るっていうか、私にはどうすることもできない。自分が悪いわけじゃないから謝ることもできない」

責めてるわけでもあてつけてるわけでもないのだとそれで伝わったかはわからないけれど、重くたれこめた空気から逃れるように水仙と線香セットだけ持って瀬名と家を飛び出してきた。

私だってほんとうはわかってる。

二十三歳の若さでいきなり十二歳の子どもの母親になれと言われ、新婚早々あんなひどい目に遭わされたのに、育児放棄もせずに忍耐強く世話を焼くなんてなかなかできることじゃない。恭弥が生まれてからも決して私を諦めようとはせず、あれこれと気を配っていたともみさんは立派だったと思う。

この水仙の花だって、花屋が開いている大晦日のうちにともみさんが用意しておいてくれたものだ。正月には水仙、夏にはひまわり。どちらも母の好きだった花だ。父に任せておいたら、墓地の近くで売られている一束三百円の仏花で済ませようとするだろう。

ぜんぶわかっていて、気づかないふりをしてきた。

「はじめまして、唯のほんとのお母さん。夫の吉高です」

母の墓の前までたどり着くと、瀬名は慣れた手つきで枯れた花や線香の灰を片づけ、墓石をきれいに拭き清めた。いつも私がそうするのを、父はぼんやり突っ立って眺めているだけなのだが、今日は私がその役にまわった。

「調理師免許を持ってるのは嘘じゃないですが、ほんとはホストをしています」

私は絶句し、マシュマロマンの背中に拳をめりこませた。瀬名は微動だにせず、墓碑に刻まれた文字のつらなりを見つめてへらへら笑っている。

「この道十年のベテランです。十年選手のベテランホストです」

「なんのつもり。やめてよ」

「このたび、金目当てで唯と結婚することになりました」

「やめてってば！」

思わず叫び声をあげると、墓地にかぶさるようにせり出した梢から、数羽の鳥が羽根を鳴らして飛び立っていった。

「いまのなし。ぜんぶ嘘だから」

墓石に示すように胸の前でバツを作ると、「どっちが」と吐き捨てるように瀬名が笑った。酔っぱらっているのか、目が据わっている。

形だけの墓参りを済ませると、私は瀬名を引きずるようにして再び下山した。なんだっつーんだよ、意味わかんねー。そうしているあいだにも、ちぎって投げるように瀬名は言葉を吐き出し続けた。なにを言っているのかほとんどわからなかったが、責められているということだけはわかった。このまま実家に戻ったら大変なことになると判断し、酔い覚ましのために市街のほうへとでたらめに車を走らせた。

「なんだよ、さんざん悪口吹き込まれたから身構えてたのに、いい人たちじゃんか」

歩行者どころか車さえ一台も走っていない交差点で信号待ちしているときに、いくらか落ち着いた声で瀬名が言った。目のふちが赤く染まっている。

「唯の考えてること、ぜんぜんわかんねえよ。どうして家族に病気のこと伝えないのか。こんな他人に金払ってまで――」

「そうだよ」

瀬名の言葉にかぶせるように、私はきっぱりと言いきった。

「いい人たちだよ。もし私が病気だとわかったら、家族だからそばにいてあげなきゃと思ったりするような人たち」

目に浮かぶようだった。きっと父は、母のときもそうだったように狼狽(うろた)えるばかりで仕事に逃げ込む。肝心なときに頼りにならない夫に代わり、ここぞとばかりに継母は大はりきりで私の世話を焼こうとするだろう。そのお祭り騒ぎの渦中で、恭弥はこれ以上離れるわけでも近づいてくるわけでもなく所在なく立ち尽くしている。きっと彼らは、治療もせずに死んでいくことを許してくれないだろう。

「でもね、家族だからって理由でそばにいられたら、そっちのほうが私はさびしい」

こんなことを言ったたって瀬名には伝わらない。家族を愛し、家族に愛され、家族が病に倒れたら身売りしてまで金を作ってくるのがあたりまえだと思っている。そんな男に私の気持ちなんてわかるはずもない。

ママ、と私は胸のうちでつぶやいた。なんで死んじゃったの、ママ。

これまでに何度もくりかえし考えたことが、自分でもたじろぐぐらいの強さでこみあげてきて、拳で乱暴に涙を拭った。ファンデーションの剝がれ落ちる、もっちゃりとした感触。

ママが生きてたら、一人で死のうなんて思わなかったのに。


堤防沿いの道を車で走っていくと、対岸に大きな総合病院が見えた。白く巨大な建物に並んだ無数の窓が鈍く陽光をはねかえしている。

「あれ、ママが入院してた病院」

ハンドルを握ったまま顎で指し示すと、助手席のシートに沈み込んでいた瀬名がだるそうに頭を持ちあげた。

家からここまで、小さな子どもの足ではどんなに急いで歩いても一時間以上かかった。子ども用の小さな車輪の自転車で勾配のきつい住宅街の坂道を勢いよく降りていっても、病院に着くまでに長くなだらかな坂道を二つも乗り越えなければならなかった。

たったこれだけ。

大人になってから車で走ってみれば、たったこれだけと驚くほどあっけない道のりを、雨の日も風の日も私は通いつづけた。学校から帰ってきたその足で、ランドセルを玄関に投げ捨ててロケット弾のように飛び出すのが日課だった。乗るバスをまちがえて山奥に連れていかれたこともあるし、見渡すかぎり田畑しかないあぜ道のど真ん中で自転車のタイヤがパンクして往生したこともあった。

毎日行ったってママを困らせるだけだと父は言い、日曜日にしか病院に連れて行ってくれなかった。当時はまだ母方の祖父が生きていて、見かねて車を出してくれることもあったが、それだって稀なことだった。大人にはそれぞれ生活があって、家族のだれかが病気になったからといってそればかりに囚われてはいられないということを私はわかっていなかった。私にとって母の病気はすべてだったから。

自力で病院までたどり着いても、治療中で母に会えないことは何度もあった。ベッドに伏していて起きあがれないこともあった。痩せ細った母の手はかさかさに乾いていて、ところどころ点滴の針の跡が紫色に変色し、触れるのがいつもこわかった。強い力で握ったりしたらビスケットのようにほろほろと崩れてしまいそうで、慄きとともに手を伸ばした。

母の入院中、祖母が助けにきてくれることもあったけれど、家の中のことはほとんど私がしていた。もちろん完璧には程遠かったし、夕飯はカレーかラーメンか缶詰のパスタのローテーションだったが、退院して家に帰ってくると、「ごめんね」と母は言ってブタの貯金箱に財布にあるだけの小銭をぜんぶ入れてくれた。小銭がなければ千円札を、千円札がなければ五千円札を。さすがに一万円札を入れてくれたことはなかったけれど。

家にいるときの母は、なるべくそれまでと変わらぬように過ごそうと心をくだいていた。家事や炊事もそれまでどおりにこなそうとし、私に弱っているところを見せまいとことさらに大ざっぱでお茶目でしっかり者のママぶろうとした。病人っぽいふるまいを他人に見られたらすぐさま死んでしまうゲームでもしているみたいだった。

「もうお姉さんなんだから一人で入りな」

左胸にできた大きな傷を見られるのをいやがって、母はいっしょにお風呂に入るのを拒むようになった。

「寝るときは自分の部屋で寝なって」

幼児返りして甘えたがる私を、そう言って突き放すこともあった。

「えー、やだ、ママ一人で寝たいもん。あっち行ってよ、じゃまだって」

と投げやりな言葉で追い払うことさえあった。

いまから思えばあのときすでに、母は死を予感していたのかもしれない。

私を鍛えるためにそうしていたというよりは、自分のためにしていたんだと思う。なるべくこの世に未練を残さないように。心配事を一つでも消していけるように。だれにも迷惑をかけまいと気を張り、弱音の一つも漏らさず、ごめんね、ごめんなさいといつも他人に気を遣ってばかりいた母は、私にもそうふるまうように求めた。

「そのおかげで二十歳でマンションを買うような、こんな自立心の強い娘になっちゃった」

冗談めかして私は笑ったが、窓のほうに首を向けたままで、瀬名がどんな顔をしているかはわからなかった。

「自分が病気になって、ママの気持ちがちょっとだけわかった気がする。ママもほんとはだれにも知られず、だれにも迷惑をかけずに自分だけで処理したかったんじゃないかって」

母を乳がんで亡くしたときから、自分もいずれ乳がんで死ぬのだと思っていた。乳がんの一部が遺伝性だからというよりは、母の死によって強烈な死のイメージが刻印されてしまったのだろう。ピンクリボン基金への投げ銭はだれかのためではなく自分のためにしていることだった。ママを救えなかったから。ママを救いたかったから。

家中のものにカバーをかぶせていたくせに、自分の身につけるものには頓着せず、祖母がどこからか調達してきたジャージー素材の帽子をかぶっていた母に、帽子を作ってあげたことがある。キルトでハット型の帽子を作ったらかわいいんじゃないかと思いついたまではよかったが、手芸をはじめたばかりの私にそんな高度なものが作れるはずもなく、大きめのティーコゼーのようなものを帽子だと言い張って押しつけた。実際にかぶってみるとカリメロみたいに目の半分まですっぽりと覆ってしまい、帽子と言うよりただカバーをされているみたいな状態だったが、母はその帽子を気に入り、家にいるときも入院中も外出するときでさえずっとかぶっていた。

「あとで写真見せてあげる。ほんとにひどいんだよ。すごくバカみたいで、ぜんぜん死んじゃう人には見えない。だからこそ、ママも気に入ってたのかもしれないけど」

対向車とすれちがうのもやっとなぐらいの堤防沿いの道を、スピードをあげてぐんぐん走り抜ける。ふだんはなるべく避けて通るこの道も、今日は車がほとんど通らないので快適だった。だるまみたいに着ぶくれした子どもたちが、川辺で凧揚げをしている姿が遠くのほうに見える。

「俺も、あみもの勉強しようかな」

ずっと黙り込んでいた瀬名が、ようやく言葉を発した。子どものようにあどけなく、思いついたことをただぽっと口にしただけというかんじの声だった。

「あみもの」

「帽子、編んであげたいし」

「ふーん、だれに？　あ、お父さんに？」

「えっ」

「えっ」

しまった。この話の流れで、まさか私に、とは思わないじゃないか。

あ、やばい、ととっさに私は身構えた。瀬名がなにを言おうとしてるのか、その先を聞く前からわかってしまった。

「前から不思議だったんだけどさ」

「唯、病院に行ってる様子がぜんぜんないよね？　なんの薬も飲んでないみたいだし。がんってふつう、げーげー吐いたり髪が抜けたりするもんなんじゃねえの？」

「バレたか」

前を向いたまま、なるべくなんでもないことのように言った。ちらりと舌を出し、悪びれていないふりをする。

「治療なんてしてないもん。げーげー吐いたり髪が抜けたりするわけない」

「は？」

驚きの中に、ほんの少しだけ笑っているようなニュアンスがまじっていた。

「なにふざけたこと言って――」

途中まで口にしかけ、私の表情が妙に硬いことに気づいたのだろう。続く言葉を失い、瀬名が息を呑んだ。

このまま車を走らせていたら県境を越えてしまうというところにまで差しかかり、やむをえず私は引き返すことにした。

8

扉を開けると、真鍮のカウベルが正月の澄んだ空気を震わせた。表にささやかなお正月飾りが出てはいるものの、店内はあいかわらず雑然としていて、十一月に訪れたときと大差ないように見える。

「うわ、だれかと思った」

奥から若い女が顔を出した。

「なにその髪。どしたん？」

「正月、実家、挨拶行くからって。さすがに、髪ピンクじゃ、まずいからって」

ぶつぎりの言葉で彼女には伝わったようだ。ふうん、と感情の読めない表情でじろじろ瀬名の頭を見て、最後にちらりとだけこちらに視線をよこした。

「これ、うちの妹」

妹のほうを顎で指し、ついでのように紹介する。私に向かってというよりは、虚空に放つような言い方だった。

「那智です。はじめまして」

「唯です。はじめまして」

家族にどこまで話してあるのか、わからないから曖昧(あいまい)に微笑んでおくしかなかった。私が父親の入院費を立て替えたことはすでに母親には知られているから、なんらかの思惑があっての結婚だということを承知した上で、こうして家に招いてくれているのだろう。

「おかーさん、吉高きたよー」

再び奥に引き返し、二階に向かって那智が叫んだ。どたばたとちいさな足が階段を踏み鳴らす音が聞こえ、実稲とコロ丸が降りてくる。

「ほら、ミーナ、ちゃんと挨拶して」

「ぁけましてぉめでとうござぃます……」

母親に突っつかれてもじもじと身をくねらせる実稲につられ、おめでとうございますと頭を下げながら、これはもしかしてお年玉をせびられるやつではとぎくりとする。昨日、瀬名のICカードにチャージしてやったときに細かいお札を使ってしまって財布には一万円札しかないはずだ。いくら法律上は縁戚関係とはいえ、まだ二回しか会ったことのない六歳児にぽんと一万円札を渡せるような度量は私にはなかった。

「はい、ミーナ、おとしだま」

そう言って瀬名が腰をかがめ、マシュマロマンのポケットから取り出したアンパンマンのぽち袋を実稲のおでこに貼りつけた。やーめーてーよーと甘い声で言って、けらけらと実稲が笑う。

「今年、小学校あがるから奮発しといたぞー」

「たか兄、なんでピンクの髪じゃないの？　かつら？」

ぽち袋を持ってないほうの手で実稲が瀬名の髪をつかみ、ぐいぐいと引っぱる。

「いたたたたた、ミーナ痛いって。ピンクの髪はもうおしまいなの」

「えーなんでー、ピンクのほうがかわいいのに」

「えーなんでー、男前になったと思わん？」

二人のやりとりをぼんやり眺めていると、

「突っ立ってないで、座れば？」

水商売をしているとは思えない愛想のなさで那智が声をかけてきた。そう言うなり、自分だけさっさと手前の椅子を引いて腰かける。どこか投げやりなかんじのする所作が不良少年のようだ。

ギンガムチェックのクロスがかかったテーブルには、ぱっと見ただけで手作りだとわかる田作りや昆布巻き、伊達巻や紅白なますなど、おせちの定番品が並んでいた。見栄えや豪華さを誇るような継母の手料理とはまたちがう素朴なおもてなしを目にしただけで、昨日さんざん食べ疲れて重たくなっていた胃がすっと軽くなる気がした。

「たか兄、ばあばがコロッケ揚げてって」

ぽち袋をおとなしく母親に預けると、実稲が瀬名をキッチンのほうに引っぱっていく。

「来て早々こき使う気かよ」

と言いながらすぐさまマシュマロマンのダウンジャケットを脱いで腕まくりする。今日はスーツではなく、いつも寝間着同然にしているパーカとジーンズ姿だ。

「冷たいものばっかだと冷えるし、なんかあったかいもの用意しなきゃってうちの母親が言うからさ。雑煮はもうさんざん食べてるだろうし、洋食屋らしくコロッケでも揚げときゃいいんじゃないかって話になって昨日のうちに仕込んどいたんだ」

実稲から預かったぽち袋をジャージの尻ポケットに納めながら、淡々とした口調で那智が説明する。

「いや、あの、そんな、おかまいなく」

こういうとき、どう振る舞ったらいいものなのかわからなくて、まごまごと私は頭を下げた。

どんな派手なギャルだろうと予想していたが、テーブルを挟んで向かいに座った那智は化粧もしておらず、袖も襟ぐりものびきったスウェットに学生時代の体操着と思しきえんじ色のジャージを穿いていて、ギャルというにはあまりに捨て鉢でがらっぱちな印象があった。肌やパサついた毛先に隠しようもなく疲労がにじんでいる。全体的にくたびれているのに、指先だけ別人のものとすげ替えられたみたいにラメやらラインストーンやらでごてごてと飾られているのがなんだかまがまがしい。まだ十代だと言われたらそんなものかとも思うし、三十歳過ぎてると言われてもなんとなく納得してしまいそうな貫禄がある。

「吉高のどこがよかったの？　あいつバカでしょ？」

カウンター脇の冷蔵庫から勝手知ったる様子で瓶ビールを出してきた那智は、なんの確認もせずグラスにビールを注いでこちらによこしてきた。同じ水商売でも、ばかみたいに愛想のいい瀬名やおしゃべりで場を制圧しようとする継母とはまた違ったタイプである。金ももらっていない相手に愛嬌を振りまくのはアホくさいとでも思ってるんだろうか。なんにせよ、気を使わなくていい相手のようだからこちらも気が楽だった。

「改めて訊かれると困るけど……うーん、あえて言うなら、顔？」

グラスを受け取り形だけの乾杯をすると、私は好きな俳優の名前を告げた。

「最初に会ったとき、似てるなって思って、それで、目が離せなくなった」

那智が思いきりビールを噴き出した。

「は？　どこが？　その目、節穴じゃないの？」

瀬名がどんな顔をしてるかぐらい、いまさら見なくたってわかっているだろうに、わざわざ首をのばして厨房のほうを見やり、

「ない、ないわ、ありえない」

と大げさに首を振る。

「なんだよー、俺の悪口言ってんだろ」

カウンターの窓越しにこちらを覗き込んで、瀬名が声を張りあげる。グラスに口をつけながら私も厨房のほうに目をやると、一瞬だけ掠（かす）めるように目が合った。あ、と思ったけど、すぐに向こうがそらした。ぱらぱらと油の爆ぜる音が聞こえてくる。

「それでピンクの髪をわざわざ染め直させたんだ？」

「え？」

椅子の上に立てた片膝にグラスを持った腕をだらんともたせかけ、皮肉っぽく片頬を吊りあげて笑う。顔立ちはそれほど似ていないけど、やっぱりきょうだいだなと思った。

「そのほうがより近づくもんね、そのなんとかっつー俳優に」

「そんなつもりで染めろって言ったわけじゃ……」

「じゃあどんなつもりだったっつーわけ？　すごいよね、ちょっと髪染めて短く切っただけで別人みたい。どっからどう見ても好青年ってかんじ。あんなのうちの兄貴じゃない」

にやにや笑って体を揺らしているけれど、責められてるんだと肌で感じた。

「吉高から聞いてるかもしんないけどうちの元ダン、ひどいDV男でさ、つっても最初のうちは私もやり返してたんだけどね。女に暴力振るうくせに肝っ玉の小さいやつだもんで無茶なことはようやらんのだけど、そこんとこ、私はおかまいなしだから、もう無茶苦茶したったのね。テレビぶん投げたりちゃぶ台ぶん投げたり……昔そういうドラマあったんでしょ？　昭和の親父が家ん中破壊するようなやつ。まさにそれもんで、元ダンの単車や車をボコボコにしてやったこともある。だからいつも最後には向こうが泣いて謝ってた」

もしかして脅されてるんだろうか。なんのつもりで那智がそんな話をはじめたのかわからなくて、私は紅白に並べられたかまぼこにじっと視線を寄せた。昭和の親父がちゃぶ台を引っくりかえすようなドラマなんて私だって見たことがないのに、那智はいったい私をいくつだと思ってるんだろう。

「でも、実稲が生まれてからはそれどころじゃなくなっちゃった。実稲が安心して眠れる場所がなくなったら困るから家も破壊できないし、元ダンが怪我して仕事行けなくなっても困る。なにより私が手あたり次第ぶん投げたものが実稲に当たったらたいへんじゃん。そんで、やられるばっかになってたんだけど、守らなきゃいけないものがあると人間わりと平気っつーか、どんなに理不尽な目に遭ってもある程度は自分を抑え込めちゃうわけ――ってそんなこと言いながら離婚してちゃ世話ないんだけど」

グラスに残っていたビールを那智はぐいっと一息で呷り、手酌で新しいビールを注いだ。あまりに堂に入っている。昭和の親父というか、単にやさぐれた女なのでは……と思ったが、「武勇伝」を聞かされたあとでは気安くそんなことも口に出せなかった。

「そんでも、うちの元ダンはそれが悪いことだってちゃんと自覚してたよ。それで罪が軽くなるわけじゃないけど、唯さんはその自覚もないんでしょ？　札束で頰を叩いて相手を変えようとするなんて暴力といっしょじゃん。よっぽどたちが悪いって思うけど」

ちがう、そんなつもりじゃ――と口にしかけて、じゃあいったいどんなつもりだったんだろうと言葉を失った。私は別に髪を染めろと強要したわけじゃない。ほんとうにいやだったら瀬名だってもっと強く反発していたはずだ。そう思うのに、直にひねり潰されたみたいに心臓がどくどく脈打っている。

——プリティ・ウーマンするか。

あの日、たしかに私はそう言ったのだった。『プリティ・ウーマン』ではヒロインが娼婦であることを隠すために富豪の男が衣服を買い与え、どこからどう見ても完璧な貴婦人に仕立てあげる。

金にものを言わすような、映画ほどダイナミックなことをしたわけじゃないけれど、同じだった。ホストであることを隠すために瀬名の外見を変え、経歴や職業を詐称させた。そんなつもりじゃないどころか、最初からそのつもりでしかなかった。私を変えようとするなとあんなに怒ったくせに、自分だって同じことをしていたんじゃないか。

「どうも、唯さん、ご無沙汰しています」

那智に睨みつけられたままなにも言い返せないでいると、二階から瀬名の母親が降りてきた。私はほっとし、すぐさま腰を浮かした。

「あけましておめでとうございます」

つられるように瀬名の母親も、おめでとうございます、と頭を下げた。

前に会った時とくらべて、いくらか顔色がよくなったようだ。パチンコ屋のまかないのパートを始めてから毎日へとへとになって帰ってくると瀬名は言っていたが、家や病院を行き来しているだけの毎日より、外で体を動かして働いたほうが気持ちが楽になるということもあるだろう。

「昨日は唯さんのご実家のほうへ行かれたんですってね」

「あ、はい」

「こちらからも一度、ご挨拶しなきゃ……」

「いえ、あの、それはおかまいなく……」

「そういうわけには……」

「あの、あ、はい、いずれ、それは、折をみて……」

嫁姑のもったりとしたやり取りに焦れたように、「あのさあ」と横から那智が口を挟む。

「いまどき親が出てってああだこうだすんのもたるくない？　っていうか結婚式はしないの？」

「結婚式はいまのところ考えてなくて。お金がもったいないし、二人とも積極的にやりたいってわけでもないし……」

「ふうん」

わかりやすく口をへの字に曲げて、ひときわ大きなストーンが貼りついた人差し指の爪でかちかちとグラスを鳴らす。「これ、やめなさい、みっともない」と椅子の上に立てた片膝を母親に注意され、ぺろりと舌を出した瞬間だけ、どこにでもいる年相応の女の子に見えた。

自分の家族は騙せても、こちら側の家族に怪しまれないようにふるまうのはやはり至難のわざだった。あからさまに訝しんだ目で見てくる那智と、息子に苦労をかけて申し訳ないオーラを放っている母親とに挟まれて、腋の下にどっと汗が噴き出してくる。

「コロッケ、できましたよー」

そこへ、皿に山盛りになったコロッケを実稲が運んできた。きつね色にあがった衣から甘いラードのにおいがぷんと香り立つ。においを嗅ぎつけたコロ丸がすでに完全待機の状態で目を潤ませている。

「熱いうちに食っちまおう。コロ丸はもうちょい冷めてからな」

コックコートを脱ぎながら厨房から出てきた息子の姿を見て、母親が目を丸くした。

「あんたその髪」

「そのくだり、もう飽きた」

そう言って瀬名はどかっと私の隣に腰を下ろしたが、いっさいこちらを見ようとしなかった。

揚げたてのコロッケも目の前に並んだおせち料理もおいしそうだなとは思うものの、とても箸をつけるような気分になれず、私はビールのグラスにかちりと歯をあてた。

最初に病院で瀬名に会った日にがん告知を受けた。

それから一度も医者には行っていない。

もう少し詳しく検査を受けてみないことには、がんの進行具合もはっきりとはわからないし治療方針も決まらないとのことだったが、一刻も早く手術したほうがいいとは言われた。

余命一年（か二年か三年）というのはその際、医者から引き出した数字である。

父のプリウスを運転しながら、訊かれたことにそのまま正直に答えていたら、

「なんで？」

とあまりに率直に訊ねられて、笑ってしまった。

がんになったら治療する。家族に支えられながら病気と闘う。だれだって死ぬのはこわいし、一日でも長く生きたいと思うのが当然だと疑いもなく信じている。すごくまっとうで健全だけど、傲慢だとも思った。だれもが正しく生きられるわけじゃない。

「なんでって、がんになったら治療はしないって最初からそう決めてたから。お金もかかるし、抗がん剤の副作用にも耐えられそうにない。生きることに未練はないし、むしろ早めに人生を切りあげられてラッキーだと思ってるぐらいだよ。最後の最後に、ボーナスみたいに顔のいい男と結婚もできたしね」

冗談っぽく言ったのに、瀬名はくすりとも笑わなかった。

「意味わかんねー」

「だれかにわかってもらおうなんて思ってない」

「いかれてる」

「いまさらじゃない？」

のれんに腕押しを身をもって体感し、瀬名はそれ以上なにか言うのがバカらしくなったみたいに頭を掻いてシートに身を預けた。

あれもこれもと継母に持たされた土産を両手いっぱいに抱えて実家の近くの停留所からバスに乗り、電車に揺られて部屋に戻るまでのあいだ、あんなにも楽しかった行きの車中が嘘みたいに瀬名はほとんど口をきこうとしなかった。こんなことなら結婚契約書に「いつもにこにこ夫婦円満を心がける」という条項を入れておくんだった、客のほうがご機嫌取りをさせられるなんていつの時代の高級遊女だよ——などと思いながらあれこれ気を使って話しかけても一向に態度を改めようとせず、スマホに目をやったまま気のない返事を返すばかりだった。

そっちがその気ならこっちだってと私もむきになり、部屋に着くなり継母に持たされた手料理を温めもせずカウンターに広げ、継母に持たされたひやおろしで流し込んでいたら、ソファでスマホをいじっていた瀬名が近づいてきて、なにも言わずに瓶に残っていたひやおろしを台所の流しにぶちまけた。

「もったいない」

思わず口をついた言葉に瀬名が笑った。

「いちばんに出てくる言葉がそれ？」

おかしくて笑ったんじゃなくてあきれて笑ってるんだと、冷ややかな声を聞いてすぐに悟った。流しからとぷんと日本酒の芳香が立ち、尾を引くように少しずつ遠ざかっていく。一粒のお米には七人の神様が宿っていると、昔、母が言っていたことをふいに思い出した。

「なんてことするの、信じられない。お酒だってお米だよ？」

「こっちの台詞だわ！　そんな体痛めつけるみたいに酒飲んで、なに考えてんだよ！」

鬼太郎の前髪を短く切ってしまったから、どんな表情をしているのか、ごまかしようもなくまっすぐに飛び込んでくる。瀬名の目の中にはっきりと怒りが燃えさかっているのを、酔いで重たくなった目で私は見あげた。どうしてこの人はこんなにも怒っているんだろう。

「さんざんいっしょにシャンパン飲んでおいて、いまさらなにを言ってるの？」

責めているわけではなく、純粋にわからなくて訊ねた。

「それは……知らなかった、から」言いよどんで、気まずそうに目をそらす。「治療してるもんだとばかり思ってたし、客を気持ちよく酔っぱらわせるのもホストの仕事みたいなとこあるし……ぶっちゃけ知ろうともしてなかったとこは、ある、けど」

シンクの端に手をかけ、水道の蛇口からぽつりぽつりと水滴が落ちるみたいに瀬名は言葉をつないだ。

「俺だってそこまで詳しいわけじゃないけど、いろんなお客さんがいたから多少は知ってるつもりだよ。手術で子宮を摘出するって人もいた。もう女じゃなくなるとか言って泣いてた。そんなもんなのかなってそのときは思ったけど、実際のところはよくわかんなかった。そりゃまあへこむだろうけど、それで女じゃなくなるわけじゃないだろうし、なんなんだろうって。男が失って男じゃなくなると感じる体の一部ってやっぱサオのほう？　でもタマのほうがキビいって人も中にはいるだろうしとか、自分に置き換えてみてもよくわかんなくて……」

はっと息を吐いて瀬名が笑った。それからすぐに、笑ってしまったことを後悔するみたいに頭を振った。

「末期がんで治る見込みがないって言いながら、ウィッグつけてホストクラブに遊びにきてた人もいたよ。それこそげーげー吐きながら、目からだらだら涙流しながら酒飲んでた。飲むな、なんて俺は言えなかった。客を気持ちよく酔っぱらわせるのがホストの仕事だもんな、言えるわけないよな。高い酒入れてもらってなんぼだもんな」

瀬名は再び笑ったが、今度ははっきりとそこに自嘲の影が差していた。

「その人、死んだの？」

「わかんない。ある時からぱたりと店に来なくなったから、たぶん……」

「未収で飛ばれなかった？」

「いつ死ぬかわからないから、毎回現金で取っ払いだったよ」

衝動的に瀬名を傷つけてやりたくなって、わざと雑なもの言いをした。なのに瀬名は、なんにも応えていないみたいに笑って首を横に振るだけだった。

「ホストクラブにくる客って、それぞれ抱えてる事情もちがうし、遊び方も男の好みも懐具合もてんでばらばらなんだけど、日頃の憂さを晴らすために、そうでもしなきゃやってらんないから、生きるためにホストクラブにやってくるんだ。みんな欲望にギラギラしてて見てるとこっちが逆に元気をもらえるぐらいでさ——まあモロに食らわされてエグい目に遭うこともあるけど、そこはお仕事だからね？　メイクマネーじやん？」

そう言って瀬名は指をこすりあわせた。本音を語るときにかぎって茶化そうとすることを、私が見抜いていないとでも思ってるんだろうか。

「最初はだから、唯もそうなんだって思ってた。残された時間を必死で楽しもう、精一杯生きようとしてるんだって、ろくに知ろうともしないで勝手に思い込んでた」

「それでなに？　思ってたのとちがったから、がっかりした？」

そこでようやく瀬名は、ほんの少しだけ傷ついたような表情を見せた。なぜだか私は無性にいらいらしていた。とにかく瀬名を傷つけてやりたくてたまらなかった。

「がっかりって……うん、まあそういうことになるか……どっちかっていうと自分にがっかりってほうがでかいけど」

「瀬名の言ってること、よくわからない」

お猪口(ちょこ)に少しだけ残っていたひやおろしを、私は舐めるように啜った。七人の神様を感じさせるゆたかな甘みが舌の上に広がる。がぶがぶと呷るように飲むより、こうしてほんのちょびっと舐めるだけのほうがよく味わえるなんて皮肉だった。

「がん患者はみんな必死になって病気と闘わなくちゃだめなの？　治療もしないなんて、生きようとしてる人に失礼だとでも言いたいの？　病への処し方なんて人それぞれでしょ。強要しないでよ」

瀬名のなにがそんなに私をいらつかせるのか、自分で言ってて気がついた。

「それに、私が早く死んだほうが、瀬名にとっては都合がいいんじゃないの？」

今度こそ決定的に瀬名を傷つけることに成功したようだった。

それきり瀬名は、まったく口をきいてくれなくなった。

商店街に並んだお店はまだどこも営業していないのに、〈一葉亭〉を訪れる人々は後を絶たなかった。

北海道で暮らしている息子が新巻鮭（あらまきざけ）を持って帰省したからお裾分けだと言ってやってきた近所の人を皮切りに、パチンコ屋のパートを斡旋（あっせん）してくれた横井さんなる人物や那智の同級生が子連れでやってきてはひっきりなしにカウベルを鳴らす。お年賀持参の人もいれば、逆にコロッケを押しつけられて帰っていく人もいた。

そのたびに率先して母親が飛び出していき、続いて瀬名が、最後に那智が重い腰をあげ、実稲とコロ丸はその間をちょこまか動きまわる。いまにも緊急事態宣言が出されようとしているのに、あまりの緊張感のなさに驚くが、がん告知を受けたくせに治療もしていない私に彼らもとやかく言われたくはないだろう。

「あちらは？」

ひときわ大きな声が聞こえて振り返ると、瀬名の母親と同年代ぐらいの女性が好奇心を隠そうともせず私のほうを見ていた。なんとなく会釈してみせると、「どうも〜」とマスクをしててもわかるぐらい朗らかに笑ってぺこぺこお辞儀を返してくる。

悪い人ではないのだろうが、きゅっと喉の奥を絞られたように呼吸が苦しくなった。

「ああ、えっと、吉高の……」

瀬名の母親がどう答えたものか困ったように視線を彷徨(さまよ)わせると、「あらやだ」と薄々わかっていただろうに、前川(まえかわ)さんと呼ばれていたその女性は驚いたように飛びあがった。

「たかくんのお嫁さん？ それはおめでとうございます。そう、たかくんもついに結婚しちゃったかあ。商店街のファンクラブのみんなが泣いちゃうね」

否定することも肯定することもできずに、ただ笑うしかない瀬名母が痛々しかった。お金のために息子に身売りさせたことを、できれば近所のだれにも知られたくないと思っているのがありありと見て取れた。

「ファンクラブってなにそれ。そんなんあるなんて聞いたことないんだけど。なんで教えてくれなかったの、前川さん」

父親の麻雀仲間だという初老の男性を送り出すと、瀬名は母親と前川さんのあいだに割り込んでいってさりげなく彼女の丸っこい肩に手をやった。

「よく言うわ。たかくんが買い物にくるとみんなおまけしてくれるの、わかっててお遣いにきてたくせに」

「えーマジで？　そんな需要があるなら、結婚すんの早まったかなあ」

「もう、そんなこと言って」

前川さんの注意をこちらから引き剝がして気持ちよく店から引き取らせるまでに、さして時間はかからなかった。物は使いようとはよく言ったものだ。

「あの調子だと、今日中には商店街中に広がってるね」

ビールの入ったグラス片手に、松前漬けのするめだけをわざわざ一本ずつ抜き取って嚙みしだいていた那智がぼそりと言った。

「見物客がやってくる前に、お父さんとこ行ったら？　お母さん、面会の予約、四時からにしてあるんだよね？」

「えっ？」

思わず声をあげてしまった。今日ここに来ることは事前に瀬名から聞かされていたけれど、父親のところにまで顔を出すなんて聞いていなかった。

「え、だって、行くんでしょ？」

那智が訊ねると、「うん、まあ、行こうかな」と曖昧に瀬名が頷く。

「あ、ちょっと吉高、お父さんとこ行くならこれ持ってって」ご近所からもらったお年賀を厨房の冷蔵庫に収めていた母親が、がさがさと紙袋を鳴らしながら戻ってくる。「面会前に検温とかいろいろあるみたいだから、いまから出てちょうどいいぐらいじゃない？」

着替えやタオルの入った紙袋と、それとは別にうちへのお土産としてコロッケや手製のおせちがあれこれ詰められた紙袋を押しつけられ、ていよく追い払われた私たちはシャッターの閉まった商店街を無言で歩いて大通りまで出た。

最初に出会った病院の方へ迷わず足を向けようとする私を、ちょ、と瀬名が呼び止めた。

「ちょ？」

そのまま返すと、めんどくさそうに舌打ちした。

「親父、あれから療養病棟のあるとこに転院したから、あっちでタクシー拾う」

目をそらし、投げ捨てるように言う。ふてくされたような横顔がどこか那智を思わせた。

「ぜんぜん似てないって最初は思ったけど、やっぱりきょうだいだね」

からかうようなことを言ったらまた口をきいてくれなくなるかもしれないとも思ったが、アウェイな場所からやっと逃れられて、つい調子に乗ってしまった。

「妹、もろにヤンママってかんじだね。店にきてた友だちもそんなかんじだったし。あ、でもそんじょそこらのヤンママとは一線を画してて、めっちゃ迫力あるしボス感あった。ボスっていうか番長？」

「なにそれバカにしてんの？」

横断歩道を渡り切ったところで、大通りを走ってきたタクシーに瀬名が手をあげる。通りのほうを向いていたから、どんな顔をしているのかまではわからなかった。

「唯っていつもそうだよな。見た目とか雰囲気だけで勝手に人を判断して、勝手にカテゴライズする」

「うそ、そんなことない」

「そうだよ。自分で気づいてないの？」

「そんなつもりじゃ……」

まただ。弛緩した体に再び緊張が走る。だったらどういうつもりだったというんだろう。

通りを走ってきたタクシーがゆるやかに速度を落として目の前に停まった。いつもだったら先に乗るように促してくれるのに、さっさと瀬名は後部座席に乗り込んだ。施設の名前と場所を告げると、運転手がすみやかに車を走らせる。気まずい沈黙には慣れたつもりでいたが、墓穴を掘ってしまったいたたまれなさに、いますぐにでも車を飛び降り、一人の部屋でキルトにくるまって冬眠したくなった。

大通りを五分ほど南下したところで、タクシーは施設の駐車場に入っていった。私がスマホを取り出すより先に、マシュマロマンのポケットから小銭を出して瀬名が精算を済ませる。二人でいるときは財布を出す素振りすら見せないのに、昨日だって実家までの交通費やバス代もきっちり私にチャージさせたくせに、これは自分の領域だから、ということなんだろうか。

通用口から施設の中に入り、手の消毒や検温を済ませ受付で出されたアンケートにそれぞれ記入してから、ビニールカーテンで仕切られた面会室に通された。

「だもんでわし、言うたったの。おまえんとこはそれでええかもしらんけど、そのおかげで商店街中が迷惑しとるんだわ、たいがいにせいや、ゆうて。そしたら向こうも向こうで後ろめたいところがあったんかしらんけど、なんも言い返さんと金魚のように口をぱくぱくさせとるもんで、急に気の毒になってきてまって──」

職員の女性に向かって何事か熱心に話し込みながら、ひよひよした白髪の男性が面会室に入ってきた。はー、そうなの、瀬名さんやるじゃん、などと私と同じぐらいの年齢の職員が、聞き流すでも聞き入るでもない絶妙の合いの手を入れる。もしかしたら同じ話をすでに何度も聞かされているのかもしれない。

「瀬名さん、ご家族の方が面会にみえてますよ」

「ああ、どうも、こんにちは」

職員に向かってしゃべっていたのと同じテンションで、ビニールカーテン越しに瀬名の父親が頭を下げた。

「どうもってなんだよ、吉高だって」

少しいらついたような声をあげる瀬名に向かって職員は会釈し、じゃあ瀬名さん、あとでねー、と軽い調子で言って部屋を出ていった。

「親父、これ着替え。あとで施設の人に渡しとくから」

「ああ、吉高か」

さっきまで快活にしゃべっていた人とは別人のように目をしょぼしょぼさせながら、一拍遅れて瀬名の父親がつぶやいた。

「だから、そう言ってるじゃん」

やっと少しだけ瀬名が笑い、なぜだか私のほうがほっとした。

この人が瀬名の父親。世界一のオムライスを作る人。

「久しぶりだな、元気にしとったか」

「久しぶりって、こないだ来たばっかじゃん」

「ほうやったか？」

「ほうやったか、じゃねえよ」

二人のやり取りを隣で聞いているだけの私に、父親がちらちらと視線をよこした。私がどこのだれだかわからなくて困っているようにも見えた。

「親父、この人、俺の——」父親の目が不安そうに揺れているのを察してか、瀬名が私を顎で指した。「奥さん——っていまは呼ばないのか、なんて言うんだこんなとき」

「妻じゃない？　それか配偶者。いちばんフラットで使い勝手が良さそうなのはパートナー」

助けを求めるように瀬名がこちらを見たので、すかさず私は答えた。

「いやいやいやいや、パートナーって。いくらなんでも還暦過ぎたおっさんにはハードル高すぎでしょ。妻だな、妻」

「吉高、おまえまたそうやって俺をバカにすんのか」

「こういうときだけ妙に冴えるのやめてくんない？」

「こういうときだけってなんだ、こういうときだけって。俺はいつでもびんびんに冴えとるわ」

「よく言うよ。ついさっき、自分の息子がわからなかったくせに」

二人のやりとりがおかしくて思わず笑ってしまったら、「息子の嫁」を笑わせたことにすっかり気をよくしたらしい。耳の先までピンク色に染めあげて、瀬名の父親が破顔した。どうやらお調子者でおしゃべりで、女を笑わせるのに生きがいをおぼえるたちなのは父親ゆずりのようだ。

「おう、よう笑っとらす。よう笑う女はええぞ、吉高」

会社の上司にはいっさい愛想を振りまかず、鉄のオールドミスだと怖れられていた私が、いまこの場では義父を喜ばせたくて大げさに声をあげて笑っている。結婚ってこういうことなんだろうか。元の形を忘れてしまうぐらい相手のために否応なく変えられてしまう。

そんなことを思いながら、私はただただ笑い続けていた。


面会を終えて施設を出ると、瀬名は再び口をきいてくれなくなった。

なるほどそうきますか、と私はため息をつき、タクシーがやってくる気配のまるでないタクシー乗り場でしばらく寒風に吹かれていた。

「ここで待っててもだめだな」

ひとりごとのようにつぶやいて、さっさと瀬名が歩き出す。もしやこれはあれか、女は三歩下がってついてこいってやつかと私はついむきになり、早足になって瀬名の隣に並んだ。瀬名母に持たされた荷物の重さが、いまになってずしりと腕に負担をかける。

父親の着替えは施設に預けてきたので、瀬名は手ぶらになっていた。七十万円の契約期間だったら、こんなときはすぐに気づいて荷物を持ってくれたはずだった。タクシーに乗るときはいつだって私を優先させたし、気まずい一瞬などなにがあっても作ってはならないとばかりに、休みなく踊り続けて私を笑わせてくれた。

釣った魚に餌はやらないとはよく聞くが、結婚したとたん亭主関白的なふるまいをするようになるなんて、いくらなんでもわかりやすすぎやしないだろうか。表向きはどれだけ現代風に洗練させてみたところで、しょせんはホストだ。バリバリ体育会系のヤンキー社会に首までどっぷり浸かっていたら、こうなってしまうのも無理はない
——とそこまで考えたところで、私ははっとした。

ああ、そうか。「カテゴライズする」ってこういうことか。

「あっちでタクシー、拾う」

急に歩みの遅くなった私を気にすることもなく先に進んでいた瀬名が、高架下に差しかかったところで振りかえった。

四十歳オーバーのギャル。世界の生山モデル。合理主義者で若い後妻をもらった父親。水商売あがりで偽善者の継母。戦隊ものでいったらまちがいなくレッド。ヤンママ。吝嗇家で自己責任論者で死にたがりの地味な事務員。

瀬名に対してだけじゃなかった。これまで私は周囲にいる人間すべてに——自分自身にさえレッテルを貼り、そういう人だと見なして接してきた。

「髪の毛、ピンクに戻していいよ」

言ってから、これじゃだめだとすぐに思った。高架線を通り抜けていく電車の音に

負けじと声を張りあげる。

「戻したかったら戻して。瀬名の好きなようにして」

最初は、こんなことになるなんて思ってなかった。

――俺のことはリューマって呼んでよ。

――じゃあ、ホテル行こう。

あのやりとりで、私たちの関係が決まってしまった。

ホストと客として、お金で結ばれた関係。

家族とか愛とか友情とか信仰とかいった不確かなものより、そのほうが安心できた。

人が生きる意味を探そうとするのは、意味がないとあまりにも人生は退屈でしんどいことの連続だからだ。だからみんなだれかを愛そうとし、生きるに足るなにかを見つけようとするのだろう。家族とか愛とか友情とか信仰とかいった不確かなものでもないよりましだから。なにかに縋らないと生きていけないから。生き続けなきゃいけないことをむしろ怖れていたはずだった。

死ぬことなんて、私はなんにも怖くないはずだった。

いまさらこんなの困る。生きたくなったら困る。

がん保険には入っていないから、治療にはきっとものすごくお金がかかる。高額医療費制度を使ったとしても、本格的な治療に入ったら休職せざるを得ないだろうから貯金を切り崩すしかなくなる。お金がなくなったら、瀬名は私のそばにいてくれない。瀬名のせいで生きたくなったとしても、生きることを選んだら瀬名を失う。

こんなことになるなんて、ほんとうに思ってもみなかった。

「いまさら？」

はっとバカにしたように笑って、瀬名がそっぽを向く。こんなときだというのに、私はその横顔に見惚れてしまう。

「妹——那智さんに怒られちゃった。札束で頬を叩いて相手を変えようとするなんて暴力といっしょだ、ふざけんな、なめんじゃねえよって」

「さすがに初対面でそんなこと……言うな。あいつは言う。そういうやつだ」

「もし瀬名が特別な意味でピンクの髪にしてるなら——特別な意味がなくても、瀬名を変えようとするなんていけないことだった。ごめんなさい」

「急になんだよ。那智に焼き入れられてそんなに応えた？」

「それもあるけど……」

私は笑いながら首を横に振った。

「今後二度と私は瀬名を変えようとしない。だから、瀬名も私を変えようとしないで」

虚を突かれたような顔になった瀬名の背後で轟音を立てながらもう一本、電車が通り抜けていく。薄い唇が素早く動いたが、声までは届かなかった。

私が死ぬとき、だれか泣いてくれる人はいるだろうか。

いつのころからか、折に触れ、考えてみることがあった。

がんを告知されてからはなおさらだ。目の前にいる一人一人を無意識のうちに選りわけるくせがついていた。この人は泣くだろうか？　体面とかそういうのを気にして泣くかもしれない。私のためにというより、自分のために泣きそうだ。近しい間柄なのに泣けない自分に戸惑ったりするかもしれない。明日からお弁当をいっしょに食べる相手がいなくなることをさびしく思って泣くだろう。そうやって一人一人を箱に仕分けていた。

私が死んだら、おそらく瀬名は泣く。情の深い彼のことだ。私のために惜しまず涙を流してくれるだろう。

生きるか死ぬか、どちらの道を選んだとしても地獄なら、そっちのほうがしあわせなんじゃないかと思った。死ぬまで瀬名がそばにいてくれて、最後に泣いてくれるなら。

「私のことは放っといて」

そう口にしながら、でもやっぱりスーツに合うコートは早急に買ったほうがいいな、なんてことを私は考えていた。

II

髪をピンクにしてたことに、特別な意味なんかない。

ホストクラブで働きはじめて一年かそこらのころで、まだぜんぜん売上もなかったし指名もつかないしで腐ってて、わかりやすく目を引くようなことでもしてみるかって浅い考えで飛び込んだ美容院で、たくさんのサンプルの中からほんじゃこれで、と選んだだけにすぎない。青ってキャラでもねえし、赤はもっとちがう。緑だとワンピのキャラみたいだし、紫はジョジョのキャラっぽい――ってかんじの消去法で、この中だったらピンクかなあぐらいのテンションだった。

浅い考えなりにピンクの頭はそれなりの効果を発揮した。リューマという源氏名とともに一発で顔（っていうか存在）を覚えてもらえるようになったし、面白がってテーブルに呼んでもらえる機会も増えた。けったいな色に髪を染めているだけで中身とのギャップが埋まったのか、「なんか思ってたのとちがう」とがっかりされることもなくなった。

そういうことは、ホストをやる前からちょくちょくあった。中学高校、洋食屋で働いてたときでさえ、しゃべったこともないのに見た目だけで近づいてきて、「つきあってください♡」なんて言って手作りチョコやらなんやらを渡してきたまではいいけれど、いざつきあうようになったら一ヵ月も経たないうちに、「なんか思ってたのとちがう」と言って離れていった女の子たち。一人は結婚してすでに三人の子持ちらし

いと那智が地元のツレのネットワークで情報を仕入れてきた。あとの子たちがどこへ
行ったかは知らないが、みんなどこかでしあわせに暮らしてたらいいと嫌味でもなん
でもなく心から願っている。一度は触れ合った相手を、そんなことぐらいで嫌いには
なれない。
「顔は悪くないのかもしれんけど、しゃべるとあからさまに頭が悪そうじゃん。そう
っていうか実際悪いんだけど。それがいかんのじゃないの」
頼んでもないのに、二つ下の妹の那智は俺がフラれた理由を分析した。
「は？　知らねーし」
「その返しがすでにバカっぽい」
「うっざ！」
みんなわかりやすいのが好きなんだなっていうのは前々から思っていたことで、で
なかったら卵を三個も四個も使ったとろとろオムレツにデミグラスソースをざぶざぶ
かけたような代物（しろもの）があそこまで持て囃（はや）されることの説明がつかない——ってこれを言
うと、どうせまた那智にバカにされるんだろうけど、俺はあんなもの死んでもオムラ
イスとは認めない。
そんでも小判型はポテトコロッケ、俵（たわら）型はカニクリームコロッケってふうに、見た
目でぱっとわかるようにしとくのはやっぱり親切だなと思うし、そんならお望みどお

りわかりやすくしときますかって頭もどっかにあったのかもしれない。
「どうして髪をピンクに染めてるの？」
「なんでわざわざピンク？」
「男のくせにピンク？」
なにがそんなに気になるのか、しつこく訊ねてくる客は後を絶たなかった。
どうやらピンクというのは女にとって特別な色らしい、ということに気づいたのは
それがあったからだ。やたらとピンクを好む女もいればやたらとピンクを毛嫌いする
女もいて、俺からしてみればそこに意味を乗せすぎてる時点でどっちも同類だった。
「ん？　だってピンクかわいーじゃーん」
「わざわざってなによわざわざって」
「男がピンクの髪にしちゃだめですか〜？」
そのたびにバカっぽいテンションで答えていたら、いつのまにか俺にとってもピン
クが特別な色になっていた。「ピンクに深い意味なんてねーし。たくさんある色のう
ちのひとつじゃん」そんなふうに答えれば答えるほど特別になるなんておかしな話だ
とは思うが、俺は俺で「深い意味なんてない」という意味をピンクに乗せすぎていた
――言っててよくわかんなくなってきたけど、まあそういうこと。
「フックを作れ」

っていうのは、俺が入店したばかりのころ、当時はまだ現役ホストとして店に出ていたオーナーが言っていたことだ。

「客を不快にしないというのはホストの大原則だが、客の心にこれっぽっちも引っからない、つるっつるの当たり障りのないホストなんてうちにはいらない」

うちのオーナーは、テレビのドキュメンタリー番組に出てくる成功者みたいに独自の格言めいたことをやたらと連発するタイプだ。系列のクラブで働くホストの中には熱烈なオーナー推しが何人もいて、オーナーの漏らした金言の数々を漏らさずノートに書き留めていたりするから、たぶんそのうちどっかの出版社から格言集が出ると思う（そして間違いなく表紙に顔写真が使われる）。実際あちこちのメディアからなんべんも取材を受けてるし、この業界じゃ知らない人はいないってほどの有名人でもある。

「歌舞伎町のやり方だけが正解じゃない。地方には地方のやり方がある。それぞれの頂点（てっぺん）目指して翔（と）べ」

ってのをモットーに日本中にその名を轟（とどろ）かした伝説のホストで、四十路（よそじ）を迎えてなお、溢れんばかりのムンムンギラギラオーラを放っている。抱かれたいってガチに言ってるホストもいるぐらいだ。その気になれば老若男女全方位イケんじゃねえかと思わせるような色男だが、元モデルの超美人の奥さんと結婚して、いまじゃ二人の娘を持つ子煩悩なパパだ。

　顔よりハート。色気より安心感。巧みな嘘より不器用なホンネ。

　娘ができてからというもの、あからさまにホストの採用基準が変わったんじゃないかってみんな噂してる。

　一方でバリイケの経営者でもあって、系列のホストクラブだけでも市内に三店舗展開し、俺はそのうちの中規模サイズのハコで働いている。現役を退いたホストのバックアップにも意欲的で、元ホストのヘルパーを大量に雇い入れた介護施設を開いたことでも話題になった。今後も元ホストたちに様々な資格を取得させ、レストランやサロンの経営に乗り出していくつもりのようだったが、コロナのせいでいまんとこそっちの計画はストップしている。

　そのレジェンドでカリスマでスーパーでエグゼクティブなオーナーに「フックを作れ」と言われたのが髪を染めた直接のきっかけってわけでもないけど、それこそフックのようにずっと引っかかってたんだろう。

　つまりなにが言いたいかっていうと、長いあいだ俺のフックはピンクだったたってこと。

「ものめずらしさと気安さで手慰みに買われていくなんて、まるきり縁日で売られているカラーひよこだな」

頭をピンク色にして売上を出すようになってから、一部のとうが立ってうだつの上がらない先輩ホストたちの俺へのあたりが厳しくなった。女の嫉妬は恐ろしいってよく聞くけど、男の嫉妬だってねるねるねるねかってぐらいねちっこいものだと俺は身をもって知っている。

そんでもまあ、先輩らの言ってたこともわからんでもない。平成生まれの俺はカラーひよこなんて目にしたこともなかったが、浮ついたまがい物で正統派には程遠く、目立ったもん勝ちとばかりに指名をかっさらっていくカラーホストが面白くなかったんだろう。自分らだってオレンジ色でもキミドリ色でも好きに染めてくりゃいいのにと思わなくもなかったけど、そんなことを言ったら火に油をじゃばじゃば注ぐのは目に見えてた。

最初のうちは客の目を引くためだったピンクの頭も、そのうちそれが名刺代わりっていうか、わかりやすい目印のようなものになっていった。それこそ自分で自分をパッケージするみたいな、俺はこういう人間ですと一目でわかるようにしておくこともサービスの一環だと思ってやっていたようなところがあった。

「リューマはもっと客を信じたほうがいい」

そんな折に、カリスマオーナーに言われた。

「え、客が俺を、じゃなくてっすか？」

まじで意味がわからなくて目を丸くする俺に、オーナーは苦み走った笑みを浮かべた。

「まずはリューマ自身が自分を信じるのが先か」

当時はほんとに、なんのことを言われてるのかわからなくて混乱した。客とのあいだに信頼関係を築けと言ってるんだろうか。その前に俺が俺を信じるってどういうことだ？　ただでさえ出来の悪い頭をフル回転させたところでたやすく答えが見つかるはずもなかった。

ホストクラブには毎日いろんな客がやってくる。キャバ系、風俗系、女社長系、有閑マダム系、昼職系、社長令嬢系……最初のうちはそんなふうに客を仕分けていたが、なんとなくおさまりの悪さを感じてもいた。わかりやすくブランド品で身を固めた女ほどセコかったり、逆に質素な身なりのおばさんのほうがじゃんじゃんボトルを入れたりなんてことは序の口で、自称「メンヘラ」系の女の子たちは扱い方さえおぼえてしまえばそこまで面倒臭くはなくて、逆に一見まともそうな普通のＯＬが色恋にハマったときの底知れなさには何度もぞっとさせられたし、自称「サバサバ」系の女がこじらせたときのほうがタチが悪かったりもした。

人間にはさまざまな側面がある。小判型コロッケだと思って口をつけたら、中からどろどろのカニクリームソースが勢いよく飛び出してきて舌を火傷するなんてしょっちゅうだ。目の前の相手を単純にカテゴライズしてなんとなくの理解で済ませようとするのはわかりやすくて楽かもしれないが、それだと多くのことを取りこぼしてしまう。指先からこぼれ落ちたそれらのもののほうが、むしろその人自身をあらわしているんじゃないか――そんなふうに考えるようになったら、そっちを探らずにはいられなくなった。年齢や職業や年収や性別や容姿や着ているものや住んでるところや家族構成や身長やスリーサイズや血液型や星座や好きな色や好きな食べ物や好きな音楽、そんなものよりその人をその人たらしめているものの正体をこの手で摑んでやると躍起になった。

ほんとうの意味で俺がホストになったのは、クラブに入店したときでも髪をピンクに染めたときでもなく、そのことに気づいてからだ。女たちの欲望を吸いあげられるだけ吸いあげて金に換えることが良しとされる、上へ上へと昇っていくことしか許されない歌舞伎町ではなく、地方のまったりとした中規模クラスのハコだったからこそできた「接客」だった。

「ホストクラブでこんなに癒されるなんて思ってなかった」と姫が泣き出したときは、俺までつられて泣いてしまった。

「リューマ、おじいちゃんになってもホストでいてね」とお願いされたこともある。おばあちゃんになるまで私ががんばるからって。

「リューマさんみたいなホストになるのが目標です」といまじゃ後輩たちから慕われるようにまでなった。ナンバーワンには手が届かなくとも、だれからも一目置かれる存在にいつのまにかなっていた。リューマにはかなわない、とてもあんなふうにはできないよって。

「ついに自分だけの頂上、見つけたな」

あるとき、よく日に焼けた肌に白い歯を光らせて、オーナーが俺に拳を差し出してきた。おずおずと拳を合わせ、「っす」と俺は応じた。

もしかするとオーナーは、最初から俺のこういう特性を見抜いていたのかもしれない。

「男なんて結局はここだよ、ここ。どんなに体を鍛えたところで、いい服着ていい時計していい車乗ってたって、ここが伴わなきゃどうしようもない」

ここ、と言うとき、オーナーは自分の左胸に拳を突き立て、最後に俺の胸にその拳をあてた。

突きあげるような喜びと誇らしさと同時に、やりきったという実感が降りてきて、そろそろ引退を考えてもいい頃合いなんじゃないかと思った。「おじいちゃんになってもホストでいてね」と言われたそばからそんなことを考えてるなんて不実と言われてもしかたないけど、そろそろ俺もネクストステージに進みたかったんだ。

その矢先に、二〇二〇年がやってきた。

＊

「きたねえ」

ふいに口をついて出た言葉に自分で驚いた。

聴覚ぜんぶを侵すような騒音を立てながら頭の上をJRが通り過ぎていく。俺の声は唯には届いていないみたいだった。俺自身にさえ、ほとんど聞こえなかった。

そうきたか、とまず思った。やり口がきたねえ。ずるい。卑怯だ。

責め立てる言葉ばかりが次々と浮かんでは、舌の上に乗せられないままシャンパンの苦い泡みたいにしゅわしゅわと消えていく。

私は干渉しないからおまえも干渉するなという徹底的な拒絶の言葉を突きつけられたら、こっちはもう手も足も出せない。

「私のことは放っといて」

ごていねいなことに唯は、電車が通り過ぎてから言葉を発した。その声は何にもだれにも邪魔立てされることなくクリアに俺の耳まで届いた。ほんとに心底きたねえな、と思わず舌打ちする。

なんでだかわからないけど、俺はずっとイライラしていた。いつからだろう。唯の言うことなすこと、一事が万事とにかく気に入らなかった。もしかしたら最初に病院で出会ったときから、ずっとムカついていたのかもしれない。

こちらに向かって差し出されたクレジットカードを見た瞬間、やべえ女だと直感的に思った。眼鏡のレンズ越しに俺を見あげる、鳩みたいにつるっと素っ頓狂な二つの目。

ガキのころから、俺はほんとうに鳩が怖かった。

どこを見ているんだかわからないようなあの目がまず怖かったし、あのクルクルッポーという鳴き声も、どうしたら生き物からそんな音がするのかマジで意味がわからなかった。商店街にやってくるような鳩は人擦れしているから人間が近づいても逃げようとせず、逆にこっちがべそかきながら逃げまわっていた。それを面白がった那智が、店の厨房からくすねたパン粉をポケットに忍ばせ、俺をびびらせるためだけにベランダやおもての通りにばら撒いていた。ポケット付きの服すべてをパン粉まみれにし、度重なるベランダの糞害に母親がぶち切れるまでそれは続いた。

その前に店からパン粉をくすねたことを叱れよと思ったが、どうやらうちの親は鳩だろうと野良猫だろうと飢えた生き物に食べ物を与えることは褒めてしかるべきことだと思っているようなふしがあった。とても裕福とは言いがたい暮らしぶりで、いつも金策に頭を抱え、俺も那智も近所のだれかのお下がりのつんつるてんの制服で中学を卒業したぐらいだけど、冷蔵庫にはいつでも食べ物がぱんぱんに詰まっていて、ひもじい思いをしたことだけは一度もなかった。

「気が変わらないうちに、どうぞ」

ポイント還元率がかなりエグいことで知られている大手通販サイトのクレジットカードを前に俺は息を吞んだ。

なんだこの女、キショッと思った。ぜったいにやばい、これを受け取ったらやばいことになる。俺の中で警報音がピコピコ鳴っていた。

だてに十年もホストをやってたわけじゃない。さすがにちょっとやそっとイカれた女を目の前にしたぐらいでは驚かなくなっていたが、それでもこの女はやべえと俺の研ぎすまされた嗅覚が告げていた——とか言いながらそもそも先に近づいていったのは俺のほうだったんだけど。

いまから思えばあの日、俺は完全に自棄（やけ）になっていた。

コロナウィルス大流行の煽りを食らって低値安定していた毎月の売上が激減し、来月の家賃を払うのも危ういかもと真っ青になって、部屋にあった金目の物はすべて質屋に売っ払った。デュポンのライターやクロムハーツのアクセサリー、ダイヤのピアスとロレックス、バレンシアガのバッグとボッテガの財布、グッチのキーケースｅｔｃ．

った。

――ほとんどが常連客からの贈り物だ。自称霊能師の姫から、「力が弱まったら月の光をたっぷり浴びせてあげて」という言葉を添えて贈られた水晶玉には値が付かなかった。

だけど結局はそんなの、焼け石に水をちょろっとかけただけのことで、親父が倒れてからは間に合わなくなった。客なんてほとんど来ないのに緊急事態宣言下でも意地になって開けていた洋食店のツケを清算したら、オーナーに頼んで前借りした給料がきれいに溶けた。お茶挽きだとわかっていても夜がくれば店に出勤しないわけにはいかず、昼間は役所や地域包括支援センターやらをまわって親父のことやうちの経済状況なんかをあれこれ相談してみるにはみるんだけど、コロナでどこもパンク寸前になっててちっとも埒が明かず、ちょっとこれはマジでやばいんじゃねえかと肌でひしひし感じる程度には絶望が首んとこまで迫ってた。そうしているあいだにもワンルームの家賃や日々の生活費、ミーナの保育園代、月々の支払いは積み重なっていく。

感染防止のために一週間近い付き添い入院を余儀なくされた母さんは、その後も面会制限の合間を縫って親父の様子を見に行き、空いてる時間はミーナの面倒を見るか金策に奔走するかで、店を閉めてからも休まる暇がなかった。ビジホの清掃バイトをクビになり、キャバクラからしばらく出勤しなくていいと告げられた那智は、一時期本気でデリヘルをやろうかというところまで追い詰められていたが、「こっちだっていまは相当厳しいよ。働きたいっていう女の子が殺到しててパンク状態」とママ友のデリヘル嬢に聞かされて、日雇いのピッキングと持続化給付金でなんとか食いつないだ。

俺も母さんも那智もみんな疲れきっていた。まともな食事を作る気力もなく、冷蔵庫にぱんぱんに詰まっていた食材は腐ってどろどろになり、米だけ炊いて生卵か納豆か海苔の佃煮をぶっかけてかきこむような雑な飯で済ませるようになっていた。それでもミーナにだけは栄養のあるものを食わせなければと三人とも気にしていたみたいで、そのまま食えるプチトマトや煮干し、ゆで卵やバナナやプリンなんかをせっせと食わせ、どんどんやつれていく大人たちとは反対にミーナだけ、コロナになってからのほうがころころつやつやしていた。

あんなに恰幅のよかった親父はみるみるうちにしぼんでいき、実年齢より十も二十も老けて見えるようになった。お調子者で口がうまいところだけは病気になってからも変わらず、看護師相手にそれまでどおりの弁舌をふるっていたみたいだが、依怙地なところも相変わらずというか以前に輪をかけて酷くなってしまった。

あの日もそうだった。今後の治療方針と入院代の支払いについて相談したいと病院から呼び出され、母親の代わりに出向いていったら、「出て行け」と親父に怒鳴られた。おまえの世話にはならん、こっから出て行け、と。

数ヵ月ぶりに顔を合わせた息子に対してそれかよと俺はカッとなり、「あー、そんならそうさせてもらうわ」と売り言葉に買い言葉で病室を飛び出した。店の経営方針で親父と口論になって洋食屋を飛び出した二十二歳のときと同じだった。俺だって世話したくてしてるわけじゃねえし、てめえがどうなろうと知ったこっちゃねえけど、母さんが困ってるのは放っとけないからこうして出向いてやってんのに、よくもまぁ偉そうにそんなことが言えたもんだな、だれが好きこのんであちこちに頭下げて金借りてると思ってんだよ、ちったあ感謝しろ——。

俺を繋ぎ止めている糸がいまにもぷつんと切れそうだった。あほくさ。腹の底からそう思った。もう知らん、なんで俺がこんな目に遭わなきゃなんねえんだよ、なにもかも捨てて逃げ出したい——そう思うそばから、スマホのアドレス帳をスワイプして、何人か金を貸してくれそうな客に目星をつけていた。

最後の手段だった。プライベートの事情で客から金を引き出すなんて、裏でやってるやつはいくらでもいるだろうが、少なくとも俺にとってはルールの範疇(はんちゅう)を超えていた。十年かけて築きあげたものを一瞬で失いかねない危険な賭け。

そのとき、ふと視界に飛び込んできたのが唯だった。

なんかビンボー臭え女だなと最初は思った。もの自体は悪くなさそうだがボロボロに使い込まれた革の鞄と学生時代から使っていそうな子どもっぽい腕時計、つま先の擦れた合皮の靴。年の頃は三十七、八といったところ。美人ではないが、ビン底眼鏡さえ外せばそこそこ見られる顔をしてんじゃないだろうか。

　こういう女が意外に金持ってたりするんだよな、と鼻が利いてしまったのが運のつきだった。

　ちょっと試しに引っかけてみるか。この女が無理なら、いよいよ金を貸してくれそうな太客に頭を下げるまでだ――とまあ、そんくらいのノリっつーか、ダメで元々のつもりで声をかけたら、あっさり釣れてしまったってわけだ。

　いざそうなってみてから腰が引けてるなんてダサすぎるけど、実際のところ俺はビビり散らかしていた。ちっとも物怖じせずにこちらを見あげる鳩のような目をした女に。その目にわかりやすく欲望の色が滲んでいれば少しは安心できたかもしれないが、覗き込んだところで鏡のようにつるっと弾き返されるだけで、よけいに怖気がつのるだけだった。マジか。よりによって相当なイカれ女に当たり屋ぶっかましちまった――。

　だからといって、目の前にするすると降りてきたその細い糸に縋るよりほかに、どうすることができただろう。

　もう知らん。どうなったって俺は知らねえ。毒を食らわば皿までだ。

　連日の寝不足と、主に酒と白米でカロリーを補っているせいで栄養が行きわたっておらず、それでなくとも出来の悪い頭がいつもに輪をかけてまともに働かなくなっていた。

とにかく俺はへとへとで、それ以上なにも考えたくなかったのだ。

大通りまで出ても、タクシーはつかまらなかった。通りに並んだ店のほとんどが正月休みを決め込んでいて、遠くのほうにチェーンの焼き鳥屋の灯りがひとつだけ、俺たちみたいなはぐれ者を呼び寄せるように煌々(こうこう)と灯っていた。あそこで熱燗でも引っかけつつ配車アプリでタクシー呼ぼうぜとか、いつもだったら気軽に提案もできたんだけど、とてもそんな気分になれずポケットに手を突っ込んだまま押し黙っていると、

「ホテル、行こうか」

高架線沿いに建つ白っぽい建物を指さして唯が言った。「イチゴーでどう?」その指を顔の前で立てて、ぱっと広げる。

「は?」

渾身の「は?」を返し、俺は唯をにらみつけた。

「てめえ、マジでふざけたことばっか言ってんじゃねえよ」

「ふざけてなんかない。私はいつだって本気だよ。しかたないな、イチゴーで足りな

いなら二出すよ」

　またた。また鳩の目になって俺を見る。顔の前に立てた二本指を、やめろと俺は払い落した。

　いつだって唯がマジなことぐらい、俺だってわかっていた。やべえぐらいにマジ。狂気と書いてマジ。だからよけいに怖いんだってことも。

　やべえ女だというあのときの直感は、果たしてビンゴだった。この十年間、仕事で数百、数千の女を相手にしてきたが、ここまでしれっと静かに狂っている女は見たことがない。

　おかしいという自覚のあるやつほどわかりやすくおかしな態度を取るもので、自覚のないやつほどやばいってのはまったくの真理だ。こんな狂った世界でまともでいられるやつのほうが狂ってる——なんてのも最近じゃよく耳にするロジックでなんの目新しさもないけれど、それで言ったら唯は自分がだれよりもまともで正しいつもりでいるから、俺からすれば正真正銘筋金入りのイカれ女だった。

「できるわけねえだろ。なるべくしないほうがいいってネットにも書いてあったし」

「いまさら？」

　はっと唯が笑う。顔半分マスクに隠れていても、心底憎たらしい顔をしているのがありありと伝わってきて、俺はカッとなる。こいつは俺をムカつかせる天才なんじゃゃないだろうか。

昨日、部屋に帰ってからスマホで調べたところによると、子宮頸がんの手術前はなるべくセックスを控えるようにとあった。術後については経過を見ながらとのことだったが、卵巣を切除したり放射線療法の影響であそこが縮みあがってセックスのときに痛むこともあるんだという。それでも潤滑油なりなんなり使って慣らしていけばやってやれないこともない、というのがいまんとこの俺の理解。

それを読んですぐ、はじめて唯としたときのことを思い出した。

自分からホテルに行こうと誘っておきながらなんにも楽しそうじゃなくて、行為のあいだずっと、ほう、なるほどそこでそうしますか、おや、今度はこうきましたか、と俺の動きを逐一観察するみたいな反応を見せるから、何度もへこたれそうになった。何回か行為を重ねていくうちに俺も唯もおたがいの出方に慣れてきて、いまじゃ温泉宿で浴衣でピンポン玉を打ち合うようなノリで楽しんではいるが、唯はあんまり声も出さないし感じているフリもいっさいしないから、だめなときはほんとにだめだった。たまに血が出ることもあったけど、「平気だよ、どこも痛くないから」という唯の言葉をそのまま信じていた俺は大馬鹿野郎だ。ぜんぜんなんにもこれっぽっちも平気なんかじゃなかったのに。

「もう末期まで進行してて医者もお手上げとか、そういうことだと思ってたんだよ。

だったら残りの時間でいろいろ楽しむのもしかたないなって……」

「わー、やさしい」まったくそんなふうには思ってなさそうな調子で、唯が手を叩く。「そうだよね、末期がんのお客さんに思うぞんぶんお酒を飲ませてあげてたぐらいだもんね。やさしいね。天使みたい。すごいすごい。そのぶん売上も増えてｗｉｎ－ｗｉｎだね」

拳を握りしめて、俺は唯の挑発に耐えた。

客のプライベートには干渉しないしさせないというのはホストの大原則だ。それなら本来、俺の得意分野のはずだった。

酔っぱらった姫たちが吐き出す浮世の愚痴を親身になって聞いてやり、そりゃつれえよな、がんばってて偉いよ、よしよし今日もお疲れさん、その涙スワロフスキーより輝いてる、とそのときいちばん求められている言葉をかけてやる。あたりさわりのない言葉だけじゃフックにならないから、相手を見て多少踏み込んだことを言ったりすることもあるけれど、ギリギリの際を見極めて攻めることからついた異名が「デッドラインのリューマ」。遊びなれた姫たちはその辺ちゃんとわきまえてるから、ルールの範囲内で俺たちは心地よい関係を保っていられた。

途中までは、唯に対してもそうできてるつもりだった。デッドラインを攻めて攻めて攻めて攻めているうちに、いつのまにかラインを見失っていた。

──ちがう。最初からだ。どうせ通りすがりの他人だからと油断して、病院のロビーで洗いざらい自分の身に降りかかった不幸を面白おかしく語って聞かせていた。最初からルール無視の関係だったんなら、そりゃムカつくわ、ムカつくのが当然だわと妙な具合に俺は納得して、握りしめた拳をそっとほどいた。

「長いあいだ俺をムカつかせる奴ランキング不動の第一位に輝いてたのは那智だったんだけど、もう殿堂入りっていうか死ぬまでその座を退くことはないだろうと思ってたんだけど、このたびナンバーワンの座が入れ替わりました！」

そっちがそうくるならこっちだってと、俺は唯をムカつかせてやろうと躍起になった。「今日からあなたがクイーンです！　おめでとうございます！」と称え拍手する。

「わーい、やったー」

しかし、唯はちっとも応えていないみたいに鼻で笑い、あからさまな棒読みで言ってのけた。那智とはまたちがったムカつかせテクに全身を掻きむしりたくなるような苛立ちが襲う。

横暴な客の扱いには慣れているはずだった。金さえ払えばなにをしたっていいと勘違いしているような客もごくまれにいて、早く私を楽しませなさいよとばかりにふんぞりかえり、こちらがなにを言ったところでくすりとも笑わず、「つまんない」「チェンジ」「その顔でよくホストなんかやってられるね」ホストへの偏見を隠そうともせずに口を開けば悪態ばかりで、ヘルプについた新人を蹴っ飛ばしてゲラゲラ笑ったり、グラスの酒を氷ごと顔にぶちまけたりとやりたい放題。中には客からのいびりに耐えかねてメンタルをやられた奴もいれば、ひどい客に当たったその夜のうちに寮の荷物をまとめて田舎に逃げ帰ったホストもいた。

いくら客を気持ちよくさせるのが仕事とはいえ、度の過ぎたモンスターはこっちだってお断りだ。「そういう客をうまくあしらってこそ一流ホスト」なんて時代はとうの昔に過ぎ去った。

こいつが店の客だったらいますぐ出禁にしてやるのに——とそこまで考えたところで、俺は改めて唯の顔をまじまじと見下ろした。早足でここまで歩いてきたから息があがっている。呼吸するたびにマスクから漏れた息で眼鏡のレンズが曇り、あの目から俺を逃す。ケチってくもりどめを使わないから、唯は外ではだいたいいつも眼鏡を曇らせている。

この女はだれだ？

客じゃないならこの女はいったい俺にとってのなんだっていうんだろう。戸籍の上では妻ということになってはいるが、まちがっても家族ではないし、ましてや恋人でもなければツレでもない。あくまで唯は雇用主と被雇用者という体裁を採りたいようだが、それもいまちしっくりこない。

――私が早く死んだほうが、瀬名にとっては都合がいいんじゃないの?

そう問われたとき、俺はなにも言い返せなかった。

実際そのとおりだった。このまま治療をせずに一年だか二年だか三年だかで死んでくれたら、俺には相当の額の遺産が入ってくる上に1LDKのマンションまで手に入る。玄関からエレベーターホールまではバリアフリーになっているし、部屋の中もリフォームすれば親父と母さんが二人で暮らすのにちょうどいいだろう。家族で親父の介護をしながら、〈一葉亭〉を守ることができる唯一の道に思えた。だからこそ、この突拍子もない結婚の申し出を受けることにしたのだ。

唯が治療することになったら、そのぶん余命が延びるとみて間違いない。子宮頸がんの生存率は俺が思っていた以上に高い。医者から手術を勧められたってことはまだステージも初期の段階だろうから、下手すりゃ二、三年どころか二十年三十年と生き延びるかもしれない。

そうなったら、親父の跡を継いで洋食店をやるという俺の計画は泡と消える。親父の古臭いやり方を一掃し、ホストクラブで培ったおもてなし精神と同伴&アフターでさんざん食べ歩きした知識を駆使してワインリストを充実させたりSNSでバズるようなメニューを編み出しつつ、秘伝のレシピと「昔ながらの古き良き洋食店」のラインを守り抜けば、それなりの勝算はあった。

治療しないって本人が望んでるんだから、お望みどおり放っておけばいいじゃないか。俺はただ唯のそばにいて、がんに蝕(むしば)まれていく体をケアしながら、最後の時間を楽しくすごせるように心を配ってやればいいだけのはずだった。

なのになんで俺は、こんなにもイライラしてるんだろう。いまこうしている間にも唯の体ががん細胞に蝕まれてるのかと思うと、気が気じゃなくてどうにかなってしまいそうだった。

「聞いたこともねえよ、がん患者がなんの治療もしないなんて」

苛立ちまぎれに吐き捨てたら、おちょくるような風が吹いて、俺と唯の髪を乱暴にかきまぜた。マスクに張りついた後(おく)れ毛をじゃまくさそうに払いながら、唯が勝気な瞳をあげる。

「ならよかったじゃん、新しいサンプルに出会えて。経験値増えたね。私が死んでからも語り継いでよ、仕事で出会ったがん患者の一人として」

この女、マジで引っぱたきたくなるほど憎らしい顔をしやがる。

ホストの世界では死にたがりの死ぬ死ぬ詐欺なんて日常茶飯事でめずらしくもなんともない。口では死ぬ死ぬ言ってるけど、そういうやつほど心の底では生きたがってるように俺には見える。担当ホストの気を引くためだけに大騒ぎしてるだけなんじゃないかって。ほんとに死んじゃう子もいないわけじゃないが、そういう子にかぎって静かにあっけなく死んでいく。

「かわいそうなのは自分だけ、みたいな顔してんじゃねえよ」

引っぱたくかわりに言って、俺は唯の手から紙袋を奪い取った。

うちの母親から押しつけられたコロッケやらおせちやらが詰まった紙袋は、手に取ってみると男の腕にもずしりとくる重さだった。あのババア、いったいなにをこんなに詰め込んだんだよ、と苛立ちはつのるばかりだった。

タクシーが来るのも待たず、俺は二人で暮らすマンションへ向かって歩きはじめた。ここで立ち止まっていてもしかたない。歩けば三十分もかからないはずだ。ひとまずは目指す場所があることに安堵しながら黙々と歩を進める俺の後ろを、なにも言わずに唯が追ってくる気配がある。

またこのパターンか。おたがいにうんざりしてるのが、ヴァイブスだけで伝わってくる。

遠くで電車の走る音が聞こえる。沈みかけた陽がビルの隙間から差し、俺の左半身を焼いていた。親父の動かなくなってしまったほうの体半分。

映画で死ぬのは若くてきれいな女ばかりだって、前に唯と笑って話していたことがある。そっちのほうが命として価値が高いから、かわいそうだからみんな泣くんだって、あのときは俺も笑って同調してたけど、そんなことを言ったらうちの親父なんてどうなるんだよ。まともに歩くこともできなくて、あんな老いぼれちまったクソジジイ、生きてる価値もねえってことになるじゃん――まあ、ときどき本気でぶっ殺してやろうかと思うこともあるんだけど。

そうか、唯と親父は似てるんだ。自分のことは放っておいてくれと口では言ってるくせに被害者意識全開でだれにも心を開かず、無茶苦茶なことを言い出してさんざんこっちをふりまわし、なにがなんでも自分の思い通りにしないと気が済まないわがままな暴君。どうしていまのいままで気づかなかったんだろう。そっくりじゃねえか。

気づいたところでムカつきが治まるわけでもなく、俺はいやがらせのつもりで歩く速度を速めた。子どもっぽいやり方だけど、そうやって少しでも気を晴らさなきゃやってられなかった。

ありえないし、無理だった。

一言で言って無理。

シンプルに言っても無理。

あれこれ考えてみたところで結局はそこにたどり着く。俺にとって都合がいいとか悪いとかそんなことはもはやどうでもよかった。こんな自殺みたいなこと、黙って見過ごせるわけがなかった。

つまるところ俺は、一人で死んでいこうとしている女を前にして、なにもできないでいる不甲斐ない自分にいちばんムカついていたのかもしれない。女一人生かすことができないでなにがホストだよ。

「唯さ、楽しくなかった？　七十万円で遊んでるあいだ、俺といて」

後ろをついてくる唯を振りかえって、俺は訊ねた。下を向いて歩いていた唯が、「え？」と顔をあげる。

「俺は楽しかったよ」

――それが、生きる理由になんない？

さすがにそこまではっきり口にするのは抵抗があった。どんな気障な台詞でも虫歯になりそうな甘い台詞でも、その場のノリとネオンの魔法と酔いにまかせて吐き出してきたが、そういうことじゃねえよなと思った。色恋を得意とするホストならここでぶちゅっと接吻かまして誤魔化すところだが、そういうことでもないだろう。

「がんになったら治療しないって、いつ決めたんだか知らないけどさ、あんまりそうやって自分のことを決めてかからなくてもよくね？　人間って思ってるよりあてにならないもんだよ。昨日言ってたことと今日言ってることがちがうなんてざらにあることだし、生きる意味なんて俺だって考えたことないけどさ――そんなこと考えてるの、よっぽどの暇人ぐらいだろ。給料日にはうまいもん食って、たまの休みに温泉行って、観たい映画が公開されるのを心待ちにして、そんぐらいの楽しみのために生きたってよくねーか？」

「……から」

「え？　なんて？」

一歩、唯のほうに歩み寄ると、俺が近づいた分だけ唯が後ずさった。なんなんだよと焦れったくなって、俺は空いているほうの手で唯の手首をつかんだ。その気になれば、かんたんにぽきりと折れてしまいそうな頼りなさに一瞬ぎくりとする。

「楽しかったのは死ぬつもりでお金を使ったからだって言ったの」

重たい紙袋をずっと提げていたせいか、唯の手のひらには持ち手の食い込んだ跡が赤く刻まれていた。子どもみたいに小さな手をしてるんだな、と俺はなんだか胸を突かれる。

「楽しかったからなんだって言うの？　それじゃ楽しくなくちゃ生きてる意味がないって言ってるみたいに聞こえる。日々のちいさな喜びに感謝して倹しく生きましょうってなにそのデフレ時代の小市民的発想。私はそんな生き方なんてまっぴらごめんだから治療しないって言ってるの！」

「おい待て、ちょっと待て」

あまりの怒りに目の前がチカチカして、すぐに言葉が出てこなかった。

「どうしたら俺の言ったこと、そんなひねくれたかんじに受け取れちゃうわけ？」

「お言葉ですけど、ひねくれてる私のほうがおかしいんじゃなくて、ひたすらまっすぐな自分のほうがおかしいって可能性も考えた方がいいと思うよ」

「あーもう、なんだっつーの？　どうしたらそんな一から百までかわいくない受け答えができんの？」

「あんたにかわいいと思われるために生きてないから」

「うわ、ほら、そういうとこ、そういうところがほんっっとに心底かわいくない」

「うるさいな。だったら私にかまわないでよ。放っておいてってなんべん言ったらわかるの」

「だって——」

——まだ出会ってなかった。

——死ぬって決めたとき、唯はまだ俺と出会ってなかったじゃないか。

その先を言葉にするのを、俺はためらった。この期に及んで腰が引けてるなんてクソだせえってわかってるのに、それを口にするだけの覚悟がまだなかった。

「……唯のお母さんが、悲しむよ」

「は？」

特大の「は？」に眼鏡が真っ白に曇る。これまでに聞いたことがないほど、静かな怒りの込められた声だった。気迫に負けまいと、ここぞとばかりに俺は舌をまわした。

「このままなんの治療もせずに死んだら、最期まで生きようとしていたお母さんに失礼だって思わないか？　お母さんだってほんとは生きたかったはずだ。唯を一人残して死ぬのがどれだけ無念だったか、俺なんかの想像を絶する。お母さんの分も必死に生きようとすることが、唯を生んでくれたお母さんへのせめてもの恩返しになるんじゃねえの？」

「ママを物語にしないで」

抑えた声が、逆にこわかった。

「よくもまあそんな陳腐なことが言えたね？　あんたにママのなにがわかるの？　ママのこと、知りもしないくせによくもそんな勝手な……」

ああ、しまった、間違えた——と思ったときにはもう遅かった。ぴったりと閉ざされた岩戸に、さらに封印の札が貼られたのが見えるようだった。それでもなんとか唯を繋ぎ止めたくて、俺は空虚な舌をまわし続ける。

「わかんねえよ、俺にだってそんなことわかんねーけど、唯を死なせないためだったらこの際なんだって利用するし、イタコにだってなってやるよ」

「うるさい」

「そんなふうにすぐシャットアウトされたら話になんねえじゃん。ちょっとはこっちの言うことに耳を貸せよ」

「うるさいうるさいうるさい！」

　この細い腕のどこにそんな力があるのかと思うほどの力で、唯が俺の手を剝がしにかかる。

「金で買われた男のくせに偉そうに説教しないで。あんたはただ私の機嫌をうかがって、私の気分を良くしてればいいだけ。それ以上のことは求めてない。ホストならホストらしくしててよ！」

　なんだか急にめんどくさくなってきて、ふっと手の力をほどいたら、バランスを崩して唯がふらついた。支えてやることもせず、冷めた目で俺はそれを眺めていた。ここまで言われて、この女につきあってやる義理なんかなかった。

「わかった。じゃあ、もう好きにすれば？」

「言われなくてもそうする」

　言うが早いか、ちょうどそのとき交差点を右折してきたタクシーに向かって手を上げると、唯はさっさと一人で乗り込んでその場を去っていった。

　寒空の下、クソ重たい紙袋とともに置いてきぼりを食らい、マジであの女ぶっ殺してやると俺は怒りに身を震わせた。

荷物を運び出し、空になったワンルームには使い古したマットレスが一台置かれているだけだった。正月が明けてから後輩ホストに譲る段取りにしておいたことを俺は神に感謝した。ついでにまだ電気を止めていなかったことも神に感謝し、備え付けのエアコンのスイッチを入れて、ダウンを着たまま歩き疲れた体をマットレスに投げ出した。

ずいぶん安い神様だね、とバカにしたように笑う唯の声がいまにも聞こえてきそうで、うるさい、と手刀で払う。そばにいないときでも、わざわざ脳内に顔を出してムカつかせるってなんなんだよ。

カーテンのかかっていない窓からは、星のない夜空とビルのネオンが見える。唯の部屋に帰る気にはなれなくてこっちに逃げてきたが、これからどうすればいいのか、俺にはさっぱりわからなくなっていた。

考えまいとしても、思考がそちらに引っ張られてしまうのが鬱陶しくて、母親に押しつけられた紙袋の中からお歳暮かなにかでもらったらしい缶ビールを引っぱり出して一気に飲みほした。一月の突き刺さるような寒さの中を持ち歩いてきたというのに微妙にぬるい。袋の中をのぞくと、まだ五本ぐらい入っている。どうりで重いはずだわ、と俺は笑いに似たため息を吐く。ビールなんてそのへんでいくらでも買えるのに、なに考えてんだあのババア。

今日の昼、〈一葉亭〉の窓ガラスがきちんと磨かれているのを見て、思わず俺は泣きそうになった。きれいに掃き清められた店のおもてには、打ち水までしてあった。テーブルの上には母さんが手をかけて作ったおせちが並び、冷蔵庫にはバットに並べられた数十個のコロッケ。店を開けていたころ、コロッケを仕込むのは母さんの仕事だった。夏のあいだ、冷や飯に麦茶をぶっかけて流し込んでいた母さんがここまで戻ってきたなんて、とコロッケを揚げながらなんだか俺はしみじみとし、涙ぐんでしまったほどだった。

あのとき、唯に親父の入院代を立て替えてもらってなかったらとっくに詰んでた。ホストクラブの売上は少しずつ戻ってきてはいるが、第二波第三波と定期的に差し水をぶっこまれ、コロナ以前の状態まで巻き返せそうな感触はほぼ皆無。母さんもパートに出るようになり、那智はキャバクラに出勤しつつ、空いた時間で商店街のおかみさん連中が始めた買い物代行・宅配サービス「BABAイーツ」の手伝いをしているが、それでも借金はまだ残ってるし、生活が上向いたとは言いがたかった。正月明けに唯から生前贈与として振り込まれる予定の百十万円は、支払いを先延ばしにしていた一昨年の分の市県民税や社会保険料なんかを俺と両親の三人分支払ったらきれいに溶けて消える。

「新聞を読め」ってさんざんオーナーから言われて必死で読むようにしてきたけど、

意味不明のまま文字を追ってるだけで、いまだに俺は政治のことなんてよくわかっていない。それでも、税金が国民のために使われるものだってことぐらいは知ってる。二人の子どもを育てながらちっぽけな洋食店を三十年以上続け、そのあいだずっと血のにじむような思いで税金を払い続けてきたうちの親に、国がなにをしてくれたって言うんだろう。俺からすりゃ国なんかよりよっぽど唯のほうが神だった。

缶ビール一本で軽く酔っぱらってしまったようだ。ほの甘い痺れを指先に感じながら俺は目を瞑った。

もうなにも考えたくなかった。このままどっか南の島に逃げ出して、現地の女かバカンスにやってきたセレブの女を引っかけてヒモにでもなって、毎日脳がどろどろに溶けるまで酒飲んでセックスして気楽に暮らしていけたらどんなにいいだろう――ってコロナでその道も閉ざされてるんだけど。

瓶詰めされた船の模型にでもなった気分だった。どこにも行けなくて窮屈で息が詰まりそうだ。コロナのせいで踏んだり蹴ったり――ってそんなの俺だけにかぎったことじゃないだろうが、なにしてくれてんだよとやり場のない怒りが浅い酔いとともにぐるぐる体の中をまわる。

「めんどくせ……」

つぶやいたら、室内だというのに天井に白い息が舞いあがった。おいエアコン、ちったあ気張れよ、とつぶやいたらまた目の前が白く染まる。このままここで凍死できたら楽なのに――。

「――っておい！　ちょっと待て！」

自分の思考に自分でびっくりして跳ね起きた。いま俺なに考えた？　なにかとんでもなく物騒なことを考えていなかったか？　あーやだやだ、この俺としたことが、年末からこっち、死にたがりのイカれ女とずっといっしょにいたせいで感覚がおかしくなっちまってる。

長いあいだ留守にしていたせいか、家具もなにもなくがらんどうだからか、エアコンの設定温度を上げても部屋の中はいつまでも温まらなかった。なんだか腹が減ってきて紙袋の中を覗いてみたが、冷え切ったコロッケやおせちをぬるいビールで流し込んだらよけいに侘（わび）しくなりそうで、手を伸ばすのが躊躇われた。せめてガスコンロか電子レンジのどっちかだけでも残しておくんだった。

「しゃあねえな」

俺は立ちあがり、エアコンを消して部屋を出た。

インターフォンを押したらすぐに扉が開いて、中から霧矢（きりや）が顔を出した。セットされてないアシンメトリーの前髪がぺたりと顔半分を覆っている。

「びっくりした、だれかと思ったらリューマさんだったんすか。あ、あけおめっす」

「あけおめっす。ちょっと近くまで来たからさ。飯食った？　ビールとかコロッケとかあるけど」

だれも残っていなかったらおとなしく唯の部屋に戻ろうと思っていたが、これで助かった。

「起きてからなんも食ってなくて腹減ってたんす。つってもさっき起きたばっかですけど」

扉の中からむっとした男所帯のにおいが流れ出てきて、一瞬心がくじけそうになったが、あの女のところに戻るよりはマシだと意を決して中に入る。

「残ってんのは霧矢だけ？」

「あ、はい。みんな実家戻るって大晦日のうちには散ってきました。ハイクさんは女のとこ行くって言ってましたけど。第三波がハンパなくエグいから今年はなるべく実家帰るなって代表から言われてたのに、みんなおかまいなしってかんじで。まあ、寮いてもやることねえし、しょうがないっすよね」

いつも足の踏み場もないほど靴が重なり合っている三和土(たたき)はかろうじて一部のスペースが空いていた。玄関を上がってすぐの廊下には古雑誌や段ボールが積みあげられ、だれがいつ脱いだのかもわからない黒ずんだ靴下が放置されている。赤や青や金、いろんな色の髪の毛が埃と混ざりあい、あちこちでとぐろを巻いているのを目に入れまいとし、つま先立ちになって俺はキッチンを目指す。

「っていうかどしたんすか、そん髪」

「んー、まあ、ちょっと気分転換的な？」

「ってかぜんぜん気づかなかったけど、リューマさん、めっちゃイケメンじゃないっすか。髪の毛だけでこんなに印象変わるもんです？　ヤバいっすね」

「ディスられてんのか褒められてんのか微妙な気持ちになるコメントどーもね？」

「褒めてるに決まってんじゃないっすか。リューマさんってハートで売れてるタイプのホストだと思ってたんすけど、これからどっちも行けますね。無敵っすね、無敵」

「うっそ、俺スター取っちゃった？　マジで？」

「マジっすよ、マジマジ。無敵マリオっすよ」

いつもこの調子で接客してるんだろうか。

霧矢にはあまりヘルプについてもらったことがないから店での様子はよくわからないが、沈黙を恐れるみたいに次から次へと話題をひねり出そうとしてるのが伝わってきて、駆け出しのころの妙に急いた気持ちを思い出した。新人ホストが一度は陥る罠ではあるが、素朴であどけない顔つきと必死感あふれるトークがいかにも噛みあっていない。ゆるふわ癒し系の接客のほうが持ち味を活かせそうだけど、こればっかりは他人からアドバイスされたところで本人が納得できなきゃ身に着かないだろう。

「ちょっとぬるいけど」

紙袋からビールを抜き出し、一本を霧矢に放ってやると、残りのビールを霜のついた冷凍庫に無理やり突っ込んだ。キッチンカウンターの上に山積みになっているペットボトルやコンビニ弁当の空き容器などを片してなんとかスペースを作ると、その上に紙袋の中身を広げる。数の子とか海老とか栗きんとんとか、高価なものはいっさい入っていない、地味なおせち料理の数々。

「うちのおかんのお手製。今年はうちもなんとか正月を迎えられたってかんじだからこんなもんしかないけど、まあよかったら食ってよ。いまコロッケもあったためるから」

「え、いいっすよ、そのまんまで」

「でも、冷たいものばっかだし、ひとつぐらいはあったかいもん食いたいじゃん」

コンロ下の戸棚からコーティングの剝げたテフロンのフライパンを発掘し、油も引かずに冷めたコロッケを並べる。うちのコロッケは冷めたってうまいけど、温めなおして食う余裕があるならそうしたほうがいい。そういう小さなことを諦めてしまうと転がる石のようにどんどんだめなほうに行ってしまう。

「電子レンジ使わないんっすね」

「めんどうなときは電子レンジでもいいんだけど、どうしてもべちゃっとしちゃうからなー。こうやってフライパンで両面パリッとするまで温めなおせば、だいぶ揚げたてに近づける」

「へえ……」

飯が出てくるのを待ってる子どもみたいな顔つきで、カウンター越しに霧矢が俺の手元を覗き込む。まだ指名もついていない新人だから、普段ろくなものを食っていないのだろう。かわいい顔してんのに、皮がめくれて血の滲んだ唇や前髪に覆われた無数のニキビが痛々しい。

なにか野菜はないかとダメ元で冷蔵庫を覗き込んだが、賞味期限の切れたソースやマヨネーズが転がっているぐらいで栄養の取れそうなものはいっさい入っていない。

「荒廃」の二文字がネオン看板みたいに脳裏に点滅した。

「もうちょっとでできるから、そっち片しといて」

「うっす」

敷きっぱなしになっているだれかの布団を隅の方に押しやり、折り畳みのちゃぶ台を広げて、俺たちはささやかな宴を開いた。温めなおしたコロッケを立て続けに三個、ビールで丸呑みするように食ってから、霧矢はこわごわといったかんじに田作りに箸をつけた。コロッケとは逆に、慎重に咀嚼（そしゃく）してからやっと飲み込む。

「ちょっと味付け濃かった？　うちのおかん、田舎の生まれだからどうしても甘じょっぱいかんじになっちゃうんだけど」

「いや、そういうんじゃないですけど」

首を傾げながら、霧矢は伊達巻に箸を突き立てる。「あ、これはうまい」ととっさに口走ってから、「いや、そういうんじゃなくて」と伊達巻を口からまき散らしながら慌ててつけ足す。

「いいよ、無理しなくて。っていうかもの食ってるときにしゃべんなって」

「いや、ほんとに違くて。俺こういうのあんま食ったことないから、なにが正解かよくわかんないっていうか」

口の中のものを律義にビールで流し込んでから、霧矢はさっきまでの「営業トーク」がうそみたいに落ち着いたトーンで言った。

「こういうのって、おせちのこと？」

「はい。おせちって作れるんすね。てっきり買って食うもんだと思ってました。うち貧乏だったから、買って食ったこともないんすけど」

「もしかして百貨店とかで予約して買うようなおせちのこと言ってる？　プラスチックのお重にちまちまおかずが入ってるだけで二万も三万もするような、コスパ激悪の。あんなもん買うの、よっぽどの金持ちか見栄っぱりぐらいだぞ」

言うことがだんだん唯に似てきたな、と口にしながらつい苦笑してしまった。急に笑い出した俺を霧矢は気にするふうでもなく、今度は紅白なますに箸をのばす。

「さっき食ったのが田作りな。ごまめを炒ってしょうゆと砂糖で甘辛く味つけたやつ。その黄色いやつが伊達巻。卵とすりつぶしたはんぺんを混ぜて焼くんだ。うちのはそんなに甘くないけど、市販のやつはカステラみたいにふわふわで甘かったりする。いま食ってるそれが紅白なます。にんじんと大根の甘酢漬け。そんでそっちの……」

ひとつひとつ指さして解説しているうちに、霧矢が正月も寮に居残りを続けている理由をなんとなく察した。詳しいことは知らないが、霧矢にはおそらく帰るところがないのだろう。

コロナ以降、店を辞めていくホストが続出する中で、新しく入ってきたホストのうちの一人が霧矢だった。日雇いのバイトをしながら漫画喫茶に寝泊まりしていたときに、雑誌でオーナーのインタビューを読んで「この人の下で働きたい」と思ったのだという。

「さっき無理すんなっつったけど、それぐらいしか野菜ないから無理してでも食っとけ」

紅白なますを口に入れた瞬間、霧矢があからさまに顔色を変えたのを見て、俺は噴き出した。はじめて酢の物を食ったときのミーナもこんな顔をしていたことを思い出す。

「俺も昔は酢の物苦手だったけど、年々好きになってきたんだよな」

「……すいません」

「謝ることねえって」

「せっかく持ってきてもらったのに、俺、舌がバカだから」

「んなことねえって。酸っぱみや苦みをうまいと感じるのなんて、慣れみたいなもんだから」

「でも、子どもんときからずっと親に言われてて、あんたは舌がバカだからって」

「それは……親御さんだって、そんなつもりで言ったんじゃねえだろ」

なにも考えずに口にしたことだった。こういうときは、これぐらいのことでお茶を濁しとくもんだって惰性で出てきた言葉。

「そんなつもり……？」

いまいち腑に落ちないような顔でまばたきする霧矢に、

「だから、あれだよ、愛情表現のひとつっていうか、甘噛み的な？　親御さんだってなにも本気でそんなふうに思ってたわけじゃねえと思うけど」

やめときゃいいのに、さらに俺はてきとうなことを付け加えた。霧矢のことなんてろくに知りもしないのに、ましてや霧矢の親になんか会ったこともないのに、俺が傷つきたくなくて言ったことだった。子どもにそんなひどいことを言う親がどこにいるんだよ、親は子どもに愛情があって当然だ。俺がそう思いたくて言ったことだった。

唯が怒っていたのは、俺のこういう無神経さに対してだったのだろう。きつね色の衣の中身がなんなのかも知らずにてきとーぶっこくようなこと。もし逆の立場だったら、俺だってぶち切れるかもしれなかった。なに知ったようなこと言ってくれちゃってんだよって。

後ろめたさに首根っこをつかまれながら、俺はぐしゃぐしゃと髪をかきまぜた。切ったばかりで軽くなった頭に自分でもまだ慣れない。

「霧矢の舌はバカじゃないよ」

謝るかわりに、ダメ押しのように俺は言った。

「でも……」と霧矢はつぶやいて、ためらいがちにもう一度、紅白なますのにんじんを一本だけつまむ。その箸の持ち方でよくそんな繊細な動きができるなと感心するほど、不自然な持ち方のまま霧矢は器用に箸を扱った。

「そうなってくると、リューマさんのお母さんの料理がまずいってことになりません？」

「おい、ふざけんな！　うちのおかんは料理上手だわ！」

「やべ」

　霧矢はけらけらと笑って、にんじんを口に入れた。二、三回ほど嚙み砕いてから、うえ、と舌を出す。

「おい、だから食ってる途中で口を開けんなって。それに、うちのおかんの紅白なますは世界一だから！」

　なんだかんだ言いながら霧矢はひととおり箸をつけ、野菜を採れとうるさく言った甲斐あって、紅白なますをうえうえ言いながらきれいに平らげた。持ってきたビールはあっというまに飲み干し、いつだれが置いていったのかもわからない封の開いたキンミヤ焼酎をキッチンの戸棚から発掘して冷凍庫にあった氷と水道水で割って飲んだ。食べつけなかった田作りも焼酎のあてにするとうまいと言って、ちまちま箸でつまんでいる霧矢に俺はご満悦だった。

「ハンバーグはどっち派？　粗挽きの肉々しいやつか、ふわふわした昔ながらのやつか」

「その違いがよくわかんないですけど、ハンバーグならなんでも好きっすね」

「じゃあ、オムライスは？」

「どんなって、オムライスってそんないろいろあるんすか？」

　ほとんど床に寝そべった格好になって、俺はオムライスの形状を手ぶりで説明した。

「ほらあの、こうやって薄焼き卵にくるんである派か、こうしてざぼっといくとろとろオムレツ派か」

「うーん、それで言ったら俺は、スクランブルエッグ派っすね」

「は？」

「ケチャップライスの上にぐちゃぐちゃになった卵がのっかってるのが、うちの母親のオムライスだったんすよ。卵で包むだけのテクがなかっただけだと思うんすけど、俺にとってはあれがおふくろの味です」

「そうきたか」

「え？」

なんでもない、と答えて俺は焼酎の水割りに口をつけた。とがった味のした焼酎も、カルキ臭かった水道水も、氷が溶けて次第にまるくなじんできた。

「じゃあ今度作ってやるよ、世界一のオムライスを」

「いや、うちのおかんのオムライスこそ世界一ですけどね？」

「言ってろ」

最初はテンション高めに飛ばしていた霧矢もずいぶんとリラックスしたようで、軽口を叩きあいながら半分以上残っていたキンミヤを空にするころには、すっかり夜が更けていた。

「リューマさん、そんなとこで寝たら風邪ひきますって。いま布団敷きますから」

とろとろになるまで酔いのまわった体をフローリングの上に投げ出し、まどろみの中で遠くにその声を聞いていた。


内勤のスタッフに呼ばれてバックヤードの電話に出ると、受話器の向こうで母さんがほとんど泣いているような声でしゃべり出した。

「あんたなんで電話に出んの。なんべん電話しても出ないからなにかあったんじゃないかってどれだけ心配したか……」

「店にはかけてくんなって言ってんじゃん」

そのまま電話を切りたくなる衝動を堪え、強めの声をかぶせる。

「携帯にかけても出ないから店にかけるしかなかったんでしょ！　ＬＩＮＥしても見てないみたいだって那智も言ってるし、なにか事件に巻き込まれたんじゃないかって思うでしょうが」

「あーあー、巻き込まれてない巻き込まれてないから。俺はこのとおりぴんぴんしてます。ったく、いつの時代の話をしてんだよ。うちのオーナーはヤクザじゃねえし、ヤクザにケツ持ってもらったりもしてねえから」

「そんなこと言われたって、あんたの業界のことなんてこっちは知らんし、それでなくても最近ホストが刺されたってニュースになっとったがね」

「最近っていつの話だよ。それもうだいぶ前の話だし、俺はクリーンな営業しかしてねえから刃傷沙汰になんかならねえって」

「あんたの働きぶりなんて見たことないから知らんわ。こっちは心配してるだけなのに、なんでそんな言い方しかできんの。だいたいあんたはねえ……」

ほとほとうんざりしてきて、俺は受話器から耳を離した。

たったの数日、電話に出なかっただけでこれだ。

客の中には容赦のない鬼LINEや鬼電をしてくるのもいるが、それも仕事のうちだと思えばなんとでも対応できる。

しかし、母親からの鬼電は別だ。未読スルーか着拒で済ませられるならまだ気が楽だが、親子の縁ってやつばかりは切りたくてもなかなか切れるもんじゃないし、放っておくと地獄の果てまで追いかけてくるのだからたまらない。

「前川さんちの奥さんから預かってるものがあるから渡したいんだけど。お父さんのことやみーちゃんの入学準備のことなんかでいろいろ相談したいこともあるし、次はいつこれるの？」

「わかった、わかった。そのうち顔出す。指名入ったからもう行かないと」

まだなにか言いつのろうとする母さんを無理やり断ち切って、俺は受話器を置いた。携帯にかかってきた着信を無視し続けていれば、いずれはこうなるだろうとわかっていたが、わかっていたからといってうざいもんはうざかった。

ひさしぶりに煙草が吸いたい気分になって、だれかが忘れていった煙草でもないかと狭いバックヤードの中を見渡しても、目の届く範囲には見当たらなかった。

バックヤードの床に座り込んで俺はため息をつく。母さんを振り切るために方便を用いたが、営業が始まったばかりでフロアはまだガラガラだ。ここ数日ほど、寮の部屋にだれかが置いていったピンストライプのスーツを着て出勤しているが、パツパツのつんつるてんなのが恥ずかしくてなかなかフロアに戻る気になれなかった。

もとからその傾向はあったものの、親父が倒れてから母さんの俺への依存度が日増しに強くなっているように感じる。俺なんかよりよっぽど那智のほうがしっかりしてるし面倒見だっていいのに、なんでわざわざ俺にミーナの入学のことで相談を持ちかけてくるのか理解に苦しむ。実際、俺や母さんにまかせておいたら舐められるだけだとケアマネとの面談に出て行き、詰められるだけ詰めて親父の面倒を見てくれる療養病棟を手配させたのは那智の手柄だった。コロナの前までは俺や親父よりも稼いでいたぐらいだ。

「ああ、もうくっそだりぃ」

唯や霧矢からしたら、こんなのも贅沢な悩みのうちに入るんだろうか。どれだけ鬱陶しかろうが寄っかかられようが、まともな家族が存在するだけ恵まれているほうなのかもしれない。

ふと、そんなことを思って頭をかきむしると、バニラの甘ったるいにおいがした。寮にあっただれかのヘアワックスを無断で拝借したのはいいが、俺ならぜったい選ばないような香りに包まれているうちに、自分を偽っているような気がしてくる。

三が日が明けて営業が再開してからも、俺は唯の部屋には戻らず、寮に寝泊まりしていた。

だれが使っていたのかもわからないぺたりと湿気った布団を霧矢にあてがわれ、寮で寝落ちした日の翌日、俺は近くの百円ローソンで食材と小鍋と掃除用品を両手いっぱいに買い込んできた。キッチンで具だくさんの味噌汁と卵焼き、小松菜の煮びたしを作って霧矢に食わせると、昼からは部屋の掃除に取りかかった。

まずはシーツを引き剥がして洗濯機をまわし、布団は順にベランダに干した。あちこちに散らばったゴミを拾い集め、溜まった埃を払い落し、掃除機をかけて雑巾がけまでした。風呂場にはカビキラー、こすっても落ちない便器の黒ずみにはキッチンハイターをぶちまけた。普段あまり使われていないのか、キッチンは比較的きれいだったが、シンクとコンロを磨き、賞味期限切れの食品や調味料を片っぱしから処分し、ダイニングテーブルの上に山積みになったゴミなんだか私物なんだかわからないもろもろを段ボールに突っ込むなり捨てるなりして、まともに飯を食える状態にまで戻した。俺の指示するとおりに霧矢もよく働いた。

夕方を過ぎるころになると、帰省していた寮住まいのホストたちが親に持たされたご馳走を提げて続々戻ってきた。

「え？　うわ、新入りかと思ったら、リューマさんじゃないっすか」

「どしたんすかその髪」

「あ、もしかして最太客に飛ばれたとか？」

「傷心で髪切るとか、なに乙女みたいなことやってんすか」

見違えるようにきれいになった部屋そっちのけで俺の髪型に注目するやつばかりで、片っぱしから張り倒してやりたくなった。

それぞれがそれぞれの家から持ち寄ったおせちや蟹やいくらや酒やらをダイニングテーブルに広げ、その日も俺たちはおせパを開催した。一キロのすき焼き肉を持ち帰ったやつまでいて、自動的に「今夜はおまえがナンバーワン」状態。再び百円ローソンで材料を買い揃えてきて寮にあった土鍋ですき焼きに仕立てあげると、飢えた肉食野郎どもがものの五分で平らげてしまった。残り汁に冷凍うどんをぶっこんで〆にする。

「リューマさん、客の女の子に本気で気持ち入っちゃったことあります？」

「あるよ、あるある、ぜんぜんある」

「マジっすか」

「ちょ、そのへんくわしく」

「リューマさん、枕しないってマジっすか？」

「最近はぜんぜん。昔はそれなりにやってたけど、リスクばかりでかくてリターンはそんなにないって気づいてからいっさいやめた。俺のお客さん、枕求めてくる人あんまいないし」

「マジっすか」

「ちょ、そのへんくわしく」

「リューマさん、痛客(いたきゃく)へのナイスな対処方法があったら教えてください」

「俺あんま客のこと痛いとか思わないんだよね。メンタル不安定そうな人でも、俺んとこ通ってるうちに調子よくなるなんてこともざらだし。メンヘラ製造機ならぬメンヘラ治療所って呼ばれてるぐらいだから。とりあえず、まず客のことを痛客なんて呼ぶことからやめたら？　ちなみにメンヘラって呼び方も、俺はそんなに好きじゃない」

「マジっすか」

「ちょ、そのへんくわしく」

若手に囲まれて質問攻撃を受けているうちに、逆に質問してきた側が悩みを打ち明けはじめ、そうなると引きずられるようにざくざくと、初回枕で性病をうつされただの、他店のホストに客を奪われただの、指名客にガチ恋してるのに向こうが店の外で会うのをいやがるだの、愚痴やらなんやら出るわ出るわで、さっきまでげらげら腹を抱えて笑っていたかと思ったら急にしんみり慰めあったりなんかして、それぞれ実家から持ち帰った焼酎や日本酒やワインやなんやらが瞬く間に空になっていく。そうしているうちになんだか若手に戻ったような気分になってきて、酔いにまかせて俺も思いの丈を口にしていた。

「ときどきよくわかんなくなるんだよな。俺らはいったいなにを売っているんだろうって。俺たちホストなんてしょせん消耗品だよ。消耗品だってわかってるのに、搾取されたくないって思ってもいる。客だっておんなじ。みーんなだれかに搾取されながら金を稼いできて、俺らのとこに憂さ晴らしに来てくれる。搾取し搾取されて、みんな加害者でみんな被害者。もうわけわかんない。それでもこのしょうもない世界になんとかしがみついて生きてんだ」

「深っ、リューマさん深いっすわ！」

苦さと甘酸っぱさが同時にこみあげるような夜の中で、ホストと客として唯と出会っていたらもっとうまくやれたのかな、なんていまさらなことを俺は思った。あのとき、やけくそのような気持ちでホテルに行っていなければ、こんなことにはなっていなかったんじゃないかって。境界線を踏み越えずに、余裕ぶっかましてこちら側から手を振っていられたんじゃないかって。

だれかが昔、言っていた。

いいホストっていうのは、どれだけ自分を捨てられるかにかかってる。目の前の相手にチューニングを合わせるためだったら、自分なんてどんどん捨てていく。プライドや自我なんて邪魔なだけ。主導権を相手にゆずり、諸手をあげて降参のポーズを取りながら、自分を見失わず、自分を安売りしないでいられるやつだけが一流になれるのだと。

唯の前に出ると、たちまち俺は三流以下になり下がる。

「わからん。俺にはもうなんもわからん」

べろべろに酔っぱらって、その日は干したばかりのふかふかした布団で寝た。

それからずっと寮に居着いてしまっている。

タイの安宿に沈没するバックパッカーってこんな気持ちなんだろうなと思いながら、客からのＬＩＮＥにだけ返事をして、あとはいっさい外とのかかわりを断っていた。コロナで海外逃亡の道を閉ざされた俺にはこうするしか手立てはなかったのだ。

昼過ぎに起きて寮のやつらに飯を作ってやり、窓を開けて空気を入れ替え部屋をざっと掃除して、出勤前に若手を数人引き連れて近くのサウナで一汗流す。毎日の食材費や後輩に奢ってやるサウナ代だけでもバカにならなかったが、だれかのために金を使うのは自分のために金を使うよりずっと爽快で、ホストに金を注ぎ込む客の気持ちがわかる気がした。

その間、母さんからかかってきた電話四十四件、那智から入ってきたＬＩＮＥ七十六件、唯からは着信もＬＩＮＥもなし。

鬼電は鬼電でうっとうしいが、なんの連絡もないのもそれはそれで腹が立った。

「これ以上居座るつもりなら今月の売上から寮費引くぞ」

営業前のミーティングのときに、半分笑いながら半分マジな目をして店長が言っていた。この一年でグループ全体の売上も下がっているから、寮の維持費だってバカにならないんだろう。

「っていうか俺、もういっそあの部屋で寮長として暮らしたい。毎日掃除洗濯してまかない作って若手の相談役になって……そしたらキャストのパフォーマンスも上がるし、結果的に店の売上にも貢献すると思うんだよね。当面は俺も店に出るけど、ゆくゆくはそっちに比重を置いて、寮長手当てをもらえるようになればｗｉｎ‐ｗｉｎっていうか……」

「なに言ってんすか、リューマさん」

「っていうかおまえ結婚したんじゃなかったっけ？」

「知らなかった、リューマさん、本カノいたんすね」

「俺は昔からこいつのこと知ってるけど、客の前ではちんこなんかついてないみたいな顔してるくせに、裏でやることはやってんだよ」

「え、やば、既婚ホスト？」

「新ジャンル築いちゃうじゃないっすか」

「レジェンド確定じゃないっすか」

「つーか、新婚なのに家帰んなくていいんすか？」

俺は大真面目に話しているのに、だれも相手にしてくれないどころか、話がどんどん望まぬ方向に流れていき、そのままミーティングは終了した。

俺が結婚したことは、いつのまにかスタッフキャスト含め店中の人間の知るところとなっていた。どこから漏れたかなんて、そんなのわかりきったことだった。悪い悪い、つい口が滑ったと白い歯を輝かせて笑うオーナーの顔が目に浮かぶようだ。

昨年末、〈デメトリアス〉と同じビルの六階にある事務所まで結婚の報告をしにいくと、デスクの前に悠然と脚を組んで座っていたオーナーは、さして驚いた様子を見せなかった。へえ、そりゃおめでとうとさらりと言ってのけ、なんでもないことのように保証人の欄にサインしてみせた。俺の窮状を知らないわけでもないんだし、借金のカタに身を売ったんじゃないかとか、このまま水揚げされるんじゃないかとか、ちょっとぐらい訝ったって良さそうなものなのに。

「結婚したことは、やっぱりお客さんには隠しておいた方がいいですよね」

「そのへんはリューマにまかせるよ」

「まかせるって……」

考えなしにオーナーがそんなことを言い出すとも思えず、俺は続く言葉を見つけられなかった。

二年前、うちの店の所属ホストだった時雨さんは、元エースの奥さんと結婚してからも、しばらくは公表しないまま店に出続けていたが、後々それで客とも奥さんともドロドロに揉めることになり、結局「水揚げ」という形で店を辞めていった。最近になって既婚であることや子持ちであることを公言するホストも出てきたが、ごく一部に限られた話ではある。

「いいじゃん別に、ホストが結婚してたって。リューマもまだまだ頭が固いんだよな。現状を打破するためには常識を疑ってかかることから始めないと進歩も成長も望めない。いまどきはアイドルだって結婚する時代だろ?」

アイドルにだっていろいろいるじゃないっすか、と言ったらオーナーはなんて答えるだろうと思いながら、流麗なサインの入った婚姻届を受け取り、「っす」とだけ返事しておいた。

引退をほのめかすようになって早一年、「辞める辞める詐欺じゃん」と馴染みの客からも呆れられている今日この頃である。もともと色恋で売っていたわけでもないし、結婚を公表したところでそんなに変わらないかもしれないと、ものは試しにサイズの合わないステンレスの指輪を左手の薬指に嵌めたまま店に出るようになって四日になるが、だれも気づかないのか、もしくは気づいたところでどうでもいいのか、客から突っ込まれるようなことは一度もなかった。

「どうしたのその髪？」

「は？　どちらさん？　ウケるんだけど」

「うわっ、きもっ、イケメンがおる」

みんながみんな、俺が卓に顔を出すなり、新しいヘアスタイルをいじるだけいじり倒して爆笑するばかりだった。

「なんでやめちゃったの、ピンク頭」

この二年ほど定期的に通ってきてくれている元キャバ嬢で、いまは起業してギャルビジネスを手広く展開する社長に改めて訊かれ、

「なんかもういいかなって思って」

すんなりと俺は嘘偽りのない素直な気持ちを答えていた。

「もうピンクにしておく必要がなくなったっていう、ただそんだけ」

――リューマはもっと客を信じたほうがいい。

あのときオーナーが言ってたのは、もしかしたらこういうことだったのかもしれない。わかりやすくパッケージして自分を差し出すなんて、親切でもなんでもない。単に客を信じていないだけだったのだと。

「ふーん、なんかよくわかんないけど」

ギャル社長はど派手にデコった指先で短くなった俺の髪を弄ると、

「いいじゃん、こっちのが。ピンクんときより自然でリューマらしいってあたしは思う。ニューイヤーとニューリューマをお祝いして乾杯しよ」

そう言って気前よくヴーヴ・クリコのロゼを入れてくれた。

翌日、大鍋いっぱいの豚汁を作り、土鍋で五合の米を炊いて寮のやつらに食わせると、洗濯と掃除をしておくことを言いつけてから俺は実家に向かった。切れ味の悪い寮の包丁にいいかげんぶち切れそうになっていたし、霧矢にオムライスを作ってやるためにフライパンとラードも必要だった。パンツとTシャツはユニクロで調達したものの、正月からずっと着ているパーカがいいかげん限界を迎えていたので着替えも取りに行きたかった。

裏口から中に入り二階に上がっていくと、テレビの前に胡坐(あぐら)をかいた那智が、「BABAイーツ」が宅配で販売しているランチボックスの残り物をかきこんでいるところだった。

「母さんは？」

「パチンコ屋」

「何時に帰ってくる？」

「いっつもこれぐらいに一回帰ってくるけど、夜のまかない作りにまたすぐ出てく」

「昼間っから電気つけてなにやってんだよ。カーテンぐらい開けろって」

閉めっぱなしのカーテンを開け、ついでに結露に濡れた窓も開けてまわると、閉めてよ寒いじゃん、とすかさず那智が文句を言った。

「何日も行方不明になってたくせに、いきなり帰ってきて偉そうに説教たれてんじゃねーよ」

テレビの前から一歩も動きたくないのか、手近なところにあった孫の手で器用に窓を閉める。

画面では、不自然なほど整った顔をした男女が吹雪の中で向き合っている。去っていこうとする女に向かってカジマー、アンデーとしきりに叫ぶ男。ミアネ、サランヘ……と言い残して男に背を向ける女。大仰でメロウな音楽が流れ出し、膝をついて泣き崩れる男。どういうシチュエーションなんだかよくわからんが激しすぎる。去年の緊急事態宣言中にも母さんと那智の二人して『愛の不時着』にどハマりしていたが、それ以降韓国ドラマづいているらしい。

「きったねえなあ。ドラマばっか見てないでちょっとは掃除しろよ」

正月に帰ってきたとき、店のまわりがきれいになっていたことにあれほど感動したというのに、二階の住居は相変わらずひどい有様だった。洗ったのか洗ってないのかもわからない下着や衣類がそこらじゅうに散らばり、茶簞笥の上は使い古しの化粧品の瓶や片っぽだけのピアス、なんの部品だかもわからないようなプラスチックの破片や季節外れのキンチョールなどで隙間なく埋め尽くされている。

女ばかりで暮らしているのにこのザマだ。親父がいたときはもう少しマシだった気がするのだが、ひょっとしたら俺の衛生観念は親父ゆずりなのかもしれない。

「なんでこんなとこに味付け海苔の缶が置いてあるんだよ」

「あ、ちょうどよかった。白飯が一口分余ってたとこ」

「ちょうどいいところに味付け海苔が、じゃねーよ」

投げつけるように缶を渡すと、俺は部屋に散らばった衣服を拾い集めた。どぎつい色した那智のブラジャーが転がってるだけでもキツいのに、母さんのものと思われるピンク色のズロースまで落ちていて、いよいよ俺は帰ってきたことを後悔した。どうしてあのまま行方をくらましておかなかったのか。

「このかごん中に入ってるやつなに？」

昔の服を引っぱり出そうと押し入れを開けたら、手前にミーナの服ばかり突っ込まれているプラスチックのかごが置かれていた。まだ赤ん坊のときに着てたのや、去年の夏、毎日のように着ていたひまわり柄のワンピースやなんか、どれも見覚えのある服ばかりだ。

「ああ、それ」

落ち着いてドラマを見られる状況ではなさそうだとようやく諦めたのか、一時停止ボタンを押すと、味付け海苔を口の中でがしゃごしゃいわせながら那智がこちらを振りかえった。

「実稲の服、もう小さくなって着られないんだけど、どれも愛着あって捨てるに捨てらんないんだよね。近所にあげるような子もおらんし、売ったところで二束三文だろうから、どうしようかと思って」

「ふーん」

唯んとこに持ってってたらキルトにしてくれたりしねえかな、なんてことをふと思いついたが、そんなことよりまず先にしなきゃいけないことがあった。

「髪、ピンクに戻さないの」

そっけなくそれだけ言うと、那智はペットボトルのお茶に口をつけた。お茶は買わずに家で沸かせとなんべん言ってもこいつは聞かない。お茶に百円も払うなんてもったいないし、エコじゃない。唯が聞いたら絶対ぶちキレる。

「向こうの親に挨拶したんなら、もう元に戻せばいいじゃん」

「いいよ、金もったいないし」

「金の問題？」

「べつにそれだけってこともないけど、ピンクにしたかったらするし、俺がしたいようにしてるだけだから」

押し入れの奥の奥に追いやられた衣装ケースを引っぱり出しながら、俺は思っていることをそのまま口にした。

母さんも那智も、俺が金のために唯と結婚したんだと思ってる。家族のために我が身を犠牲にして女に買われたんだと思ってる。はっきりと俺がそう言ったわけでもないのに勝手に忖度し、母さんはやたらとじっとりしたヴァイブスを醸してくるし、那智は那智でやたらと突っかかってくるから、二人ともなんかしら負い目に感じているんだろう。

「自分大事にしろって、吉高が言ったんじゃん。私が風俗で働こうか悩んでたときに」

「そんなこと言ったっけ？」

「言った。そう言って止めた」

「そうだっけ」

「すっとぼけてんじゃねえよ。そんなこと言ってた本人が自分のことには無頓着ってどういうことだよ」

どすの利いた低い声。那智が苛立つのも無理はない。もしこれが逆の立場だったら、俺だって耐えられなかった。

「男と女じゃちがうだろ」

「は？　なにが？」

「……いろいろだよ」

どこかで俺は麻痺しているのかもしれなかった。

俺だけじゃなく、ホストやってるやつなんて大概がそうだ。枕営業なんてものがあたりまえに横行しているこの業界にどっぷり首まで浸かっているうちに、貞操観念――って男に対しても使う言葉なのかわかんないけど――みたいなものがすっかり抜け落ちて、金で体を売ることにも抵抗がなくなっていた。身内の女が風俗で働くと言い出したら必死こいて止めるくせに、担当ホストの売上に貢献するために風俗で働きはじめる女たちを称賛し、仰ぎ見るようなイカれた価値観がいつのまにかしみついている。もう無茶苦茶だ。矛盾だらけで、俺にだってなにが正しいのかなんてわからない。

「なにがちがうって言うんだよ。身売りすんのに男も女も関係ねえだろ」

空のペットボトルを投げつけられ、俺はため息をついた。那智が一度こうなったら、しばらく手がつけられないことはわかっていた。

十代の頃に着ていたクソだせえプリントのトレーナーとネルシャツを押し入れからサルベージし、手近なところに転がっていた紙袋に突っ込むと、俺はそそくさと出口に向かった。那智が暴れまわってこれ以上部屋が荒れても困る。

「これだけは言っとくけど、唯とのことは、おまえが思ってるようなのとはちがうから」

気休めにしかならないかもしれないが、それだけ言い残して俺は茶の間を出た。なにがちがうのかうまく説明できないけど、でもやっぱりちがうんだということだけは伝えておきたかった。

一階の厨房で調理器具や消費期限の近づいた缶詰やらをあさっていると、裏口の戸が開いて母さんが帰ってきた。

「あら、吉高きとったの」

「そっちが帰ってこいって言ったんだろ」

「くるならくるで、事前に電話するなりしなさいよ」

昨日、電話口でべそをかいていたのと同じ人物とは思えないほどけろりとしたものだった。マジでなんなんだこいつら、本気で縁を切ってやろうかと俺は軽いめまいをおぼえる。

「はい、これ。前川さんから預かっとったの」

カウンターの抽斗から白い封筒を取り出して、母さんがこちらによこした。

「なんだこれ」

中から出てきたのは「安産祈願」と書かれた白いお守りだった。

「なんか有名なとこのやつだとかって、もらってきてくれたみたい。こっちはなんも言っとらんのに早合点しちゃったみたいで」

あまりのことに俺は絶句した。

親父が倒れて家が大変なときに、あんな年上の女と急に結婚するなんておめでたしかありえないと短絡的に考えでもしたのだろうか。

正月ここで、ファンクラブだなんだと能天気なことを言って騒いでいた前川のおばさんの顔を思い出す。悪い人じゃないことはわかってる。善意からしてくれたんだってこともわかってるけど、受け入れられるかといったら話は別だった。

「ごめん、俺これ持って帰れない。そっちで処分するなりなんなりしといて」

「はいはい」

最初からそのつもりだったのか、母さんはすんなりお守りを引き取った。いろいろ気になってることはあるだろうになにも訊こうとしないのは配慮からなのか、それとも迂闊に触れたら危険だと怯えてるだけなのか、どっちなんだろう。

「さっき那智にも言ったけどさ」

親父が愛用していた包丁をタオルでぐるぐる巻きにしながら、俺は母さんが安心できるような言葉を探した。

「俺がしたくてしてることだから、ぜんぶ」

唯の病気のこととか契約のこととか遺産相続のこととか、いまの段階で話したら不安にさせるだけだから、どうしても抽象的な物言いになってしまう。

「ちょっといろいろ込み入っててあれなんだけど、いつか話せるときがきたら話すから」

「あの子のこと、好きなの？」

「ん？」

まさかそうくるとは思わず、とっさに答えられなかった。そんなロマンティック方面のことを望まれているとはよもや思ってなかった。

灯りのついていないホールからカウンター越しに厨房を覗き込んでいる母さんは、暗闇に浮かび上がる亡霊のようにも見えた。いまいち感情の読み取れない虚ろな目をしている。

親父と母さんはここから車で一時間ぐらいかかる田舎町の出身で、見合いというほどかしこまったものではないけれど、ご近所ネットワークでマッチングされて結婚した。アナログかスマホアプリかのちがいで、そのへんの婚活事情はいまとさして変わらない。

――だったら母さんは親父のことが好きなの？

質問に質問で返したら、母さんはなんて答えるだろう。

夫婦仲は悪くないほうだと思うが、好きあって結婚した夫婦ではない。三十年連れ添っているうちに情のようなものが生まれたとして、それは愛と呼べるんだろうか。

「……うん、好きだよ」

それ以外に、俺が言えることはなかった。

「そっか」

息を吐くように、母さんは少しだけ笑った。

最初は一〇〇％金目当てだった。混じりけいっさいなし、純度一〇〇％の枕営業。

それだけは胸を張って言える。

好きとか嫌いとか、そんなのは頭から抜け落ちてた。そんな次元の話じゃなかった。七十万円分の奉仕をしたら、契約書をびりびりに引き裂いて、とっととオサラバするつもりでいた。

それでもいっしょにいるうちに楽しいと思うようになって、もっと笑わせてやりたいと思うようになって、いまは生きていてほしいと思っている。それ以上でも以下でもない。

唯に対するこの気持ちが恋愛感情だったら、話はシンプルだったんだろうか。

愛でも恋でもないのに結婚してなにが悪い——ってこれは完全に唯からの受け売りだけど、女の側がほとんど身売り同然で結婚するなんて昔はざらにあったみたいだし、恋愛結婚なんてものがにわかにバズりはじめたのもここ四、五十年だって聞いたことがある。しかも最近じゃ、結婚自体がオワコン化しはじめてるって話だ。

男と女が、結婚という形の契約を結ぶ。

そのとき、おたがいの真ん中にあるものが、打算だろうがなんだろうが、他人がとやかく言える筋合いじゃない。二人のあいだに流れる感情が、愛とか恋とか情とかもっと別のなにかだったとして、わざわざ区別する必要があることなのかも俺にはよくわからなかった。

「こんなの愛でもなんでもなくて、ただの義務感でやってることじゃねえの？」

なんてタイトルの映画だったかも忘れてしまったが、唯と二人で余命がどうだの難病がああだの言ってる映画を片っぱしから観ていたときに、俺が口にした言葉だ。

その手の映画に出てくる恋人役の男たちのことが、俺にはまったく理解できなかった。たいていの場合、その映画が作られた時点でいちばん旬のイケメン俳優がやるものと相場が決まってる。彼らはみんな判で押したように忍耐強く、ちんこなんて生えてないみたいな顔して、ただひたすら献身的に大きな愛で闘病中のヒロインを包み込む。

鼻白んだ気持ちで俺はそれを眺めていた。いくらその彼女のことが好きだったとしても、いくら彼女がめちゃくちゃにかわいかったとしても（その手の映画でヒロインを演じる女優は当代随一のかわい子ちゃんだと相場が決まってる）、世の中には健康で魅力的な女の子なんていくらでもいる。目移りすることだってあるだろう。彼女のことを重荷に感じることだってあるだろう。なにもかも捨てて逃げ出したくなったって、だれもそいつを責められない。

なのにそいつは、負の感情なんていっさい寄せつけないひたむきな目をして、毎日欠かさず彼女の見舞いにやってくる。中には仕事を辞めてつきっきりで看病するやつまでいる。ちょっとでも弱音を吐いたり、たまの息抜きに合コンで王様ゲームをやって他の女の子といちゃつく姿を見せてくれたりでもすれば、たちまち俺はそいつのことが好きになるのに、そいつの葛藤にスポットがあてられることはほとんどない。

「こういうのを若い女の子たちが見て、〝私もこんなふうに愛されたーい〟なんて涙流しながらドリーム見ちゃうんだろ。こんな都合のいい男いるかよ、バッカみてえ」

この手の映画を観ながらボロクソ言うのはいつもたいてい唯のほうで、俺はわりかし素直に受け取るほうだった。余命難病ものとくればヒットが約束されたようなもんだから、キャストもスタッフも豪華で、出来のいい作品に当たる確率もわりあいに高く、たまにうるっときたりもしてた。しかし、その日は仕事でいやなことでもあったのか、親父とケンカでもしたかで腹の虫の居所が悪かったんだろう。やつあたりするみたいに画面に向かって悪態をついていた。

「義務感でやってることだったとして、なにが悪いの？」

しばらく黙って聞いていた唯が、画面に目を据えたまま言った。

「愛でも義務感でもやってることが同じなら、あとは受け取る側の問題じゃないの？そこをいちいち精査して区別する意味が私にはわからない」

「……たしかに⁉」

唯といると、ときどきこういうことがあった。特殊で独特な考え方だと感じることも多かったが、よくよく考えたらそうかもしれないなと腑に落ちるようなこと。目からうろこどころじゃなく、眼球ごと落っことしてついでに丸洗いされたみたいに視界がクリアになること。

親父が倒れるまでは俺だって、自分を高く見積もっていた。もうちょっと寛容でやさしい人間なんだと自分のことを思ってた。

実際はそうでもなかった。ムカつくとか面倒くさいとか鬱陶しいとか負の感情ばかりが先に立って、底のほうに沈んだ良心や愛情や思いやりはその場では機能せず後になってから俺を苛むばかりだった。母親や那智に対してもそうだ。やさしくしてやりたいという気持ちがいちばん大きいのは疑いの余地もないはずなのに、気づくといつも逆のことをしている。

だからこそみんな、ホストに高い金を払うのかもしれないなと思う。金さえ払えばその分だけやさしくしてもらえるから。貸し借りなしの関係だから。金を払うからこそ安心して甘えられるってところもあるんだろう。

全財産をあげるから死ぬまでそばにいてと、唯は俺に資産総額を提示した。夜職でもなければバリキャリでもない四十一歳の事務員がどうやったらそんだけ貯められるんだとぎょっとするような金額。おまけにもうすぐローンが完済するマンションまでついてくる。

これ以上誠実なプロポーズはないと自信満々に言ってのける唯に、またしてもとんでもない独自理論を出してきたなと最初こそ面食らったものの、よくよく考えたらたしかに金目当てで結婚することのなにが悪いのか、納得に足る理由が見つからなかった。当人同士が了承済みなら、そんなのそいつらの勝手じゃねえか。

たとえ唯のことを愛していたとしても、映画に出てくる夢の男たちのように振るまうことは俺にはできないだろう。

だけど、そこに金銭が発生するならやれると思った。あの書き割りみたいに人間みのない恋人役を完璧にやってのけるつもりでいた。

それが愛より劣る行為だなんて俺は思わない。


「お兄さん、結婚してるの？」

営業がはじまってすぐ、初回の客から写真指名が入り、呼ばれて卓についたとたん左手の指輪を指して訊かれた。

仕事帰りの主婦だろうか。若作りしてるけど、四十は超えていそうな女の一人客だった。左手の薬指には結婚指輪が嵌まっている。この手のタイプが初回にくるときは二人か三人で連れ立ってくることが多いのにめずらしいな、と思いながら俺はにっこりほほえんで名刺を差し出した。

「ああ、はい、そうなんですよー。既婚ホストでやらしてもらってます。リューマと言います、以後お見知りおきを……」

指輪をつけて店に出るようになって五日目。ようやく宣言したら、肩のあたりに入っていた力がふっと軽くなった気がした。

「ホストなのに結婚してるなんて、ありなんですか？」

「ありあり、大ありですよ――っていうか、それを決めるのはお客さまのほうだと思ってるんで、もしお気に召さないようでしたらいくらでも他のキャストにチェンジかませるんで、遠慮なく言ってくださいねー」

「お兄さん、かっこいいのにもったいなくない？　その顔だったらいくらでも女の子をだまくらかしてお金まきあげられるでしょ」

「人聞きの悪いこと言わんといてくださいよ。俺らはあくまでお客さんと楽しい時間を過ごしたいゆう一心でやらせてもろてるんで」

「なんで急に関西弁？」

「まあねえ、そういうかんじでねえ、ぼちぼちやらせてもろてますわ」

「関西弁になると急にあやしさが増す！」

「それ関西人に対する偏見とちゃいまっかー。お酒の濃さ、どうされます？」

「濃いめで！」

ずいぶんノリのいい初回客だなと思いながら、俺は彼女のグラスに鏡月を注ぎ、言われるまま濃いめのウーロン茶割をつくった。

「そっかそっかー、店でも既婚ホストってことにしてるんだ……それならまあセーフかな」

ぶつぶつと何事かひとりごちながら、みずほと名乗ったその客は濃いめの鏡月ウーロン茶割に口をつけた。なんとなくやばめのヴァイブスを察知し、なにか理由をつけて卓を離れようと周囲に視線を走らせていると、

「私、ゆいぴの──あなたの妻の同僚なんだけど」

テーブルの上に置いた俺の名刺を、爪の先で突きながらみずほが言った。

「えっ？」

思わずホール中に響くような声をあげてしまい、動揺を抑えるため、マスクをずり下げて自分用に作った薄めのウーロン茶割に口をつける。

「あ、ちがうの──ちがわないけど、ちがうから安心して」

なんのことを言っているのかさっぱりわからず、俺は額に浮き出た汗をおしぼりで乱暴に拭った。パツパツのスーツの腋もぐっしょりと濡れている。家族や職場に俺がホストだと知られることを、なにより唯は怖れていたのに。

「うちの課長──生山のことは知ってるんだよね？」

「生山って……あっ、平井堅？」

雨の中を、カラオケ店から飛び出していった男の背中が頭をよぎった。

「べつに平井堅には似てないと思うけど……？」

「いや、こっちの話っす。生山課長、たぶんその人で間違いないと思う」

「その生山がね、この近くであなたが女の人と歩いてるところを見たって言い出して――」

ここに至るまでの顚末を、みずほは順を追って説明しはじめた。

ランチをおごるからと生山課長がみずほを誘い出したのが、昨日の昼休みのことだった。ケチで有名な生山課長がおごってくれるなんてこれは只事ではないなと興味半分で承諾したものの、会社から歩いて十分近くかかる食堂のワンコインランチの長蛇の列に、一月の底冷えするような寒さの中並ばされるはめになり、すぐについてきたことを後悔した。

「片倉さんが結婚した相手ってこの男？」

遅々として進まない行列に焦れたように、生山課長がスマホの画面を見せてきた。黒い壁紙を背景に、スーツを着たピンク色の髪の男が写っている写真。

「あ、そうそう、この人この人。いやー、やっぱ作画がいいわー。まさかゆいぴが面食いだったなんて意外ですよねー」

結婚相手は舞台俳優だと聞いていたので、宣材写真かなにかと思い、その場で足踏みしながら早口にみずほは答えた。そうでもしていないと、その場で凍死してしまいそうだった。

「やっぱりそうか……」と思わせぶりにため息をつく生山課長に、「この彼が、どうかしたんですか？」と訊いてあげるのが礼儀なんだろうな、たかがワンコインのランチで接待させられるのたるいな、と思いながら律義にみずほは訊ねてやった。「タダより高いものはない」とはよくいったものである。

「どうやら彼、ホストらしいんだよ」

重々しく告げられた「衝撃の事実」に驚かなかったと言ったら嘘になるが、ここ数ヵ月ほど唯の様子がおかしかったことを考えると、そういうこともあるかもしれないなとすぐに腑に落ちた。いつだったか、詳しいことは言えないけど推しができたと唯が話していたことがある。相手がホストならそれも納得である。〈リューマ〉という源氏名の横に大きく数字の3が入っているのを見て、この顔でナンバースリーだなんてナンバーワンはいったいどんな美形なんだろうとみずほはすぐさま別のことに興味を引かれた。

以前カラオケ店で唯がこの男といるところに出くわしたことがあると前置きした上で、生山課長は昨晩こいつが派手めの若い女と歩いているところを見かけたのだと告げた。

いまにも緊急事態宣言が出されようとしているこのご時世に、新年会と称して取引先の常務と繁華街をうろついていたことは棚にあげ、「片倉さんが騙されてるんじゃないか」と義憤に駆られた生山課長は男の後を尾けた。するとなんと、ホストクラブの中に女と連れ立って入っていくではないか。髪型が変わっていたからいまいち確証は持てなかったが、その場で〈デメトリアス〉のサイトを見るとピンク頭の男の写真が掲載されていた。結婚相手のことを詳しく聞いたわけではないけれど、これまで唯のまわりに男の影を感じたことはなかったから、この男と結婚したと考えるのが自然だろう。いや俺はあくまで上司として心配しているだけであって、うんぬんかんぬん。

生山課長が話すのを聞きながら、こいつらやっぱやってんな、とみずほは確信した。

唯と生山課長のあいだになにかあることにはうすうす感づいていた。みずほだけでなく、営業部の女性社員のうち何人かは気づいているはずだ。独身の地味なアラフォー女とチャラい上司の不倫。ありがちすぎてなんの驚きもない。

順番がまわってくると、みずほと生山課長はカウンターにそれぞれ離れて座って、揚げ物に千切りキャベツが山盛り添えられたランチセットを食べた。会社の人間の目がない場所で相談したかったのはわかるが、だったらほかにいくらでも適当な店があるのになんでこんなところでと呆れながら五分でランチを平らげ、帰りにコンビニのコーヒーを生山課長にねだった。

「ゆいぴの旦那がホストだったとして、ゆいぴが納得の上で結婚してるんなら外野がどうこう言えることじゃなくないですか」

と言うみずほに、「それはそうだけど……」とごにょごにょ生山課長は引き下がった。

「でもやっぱり、心配じゃないか。片倉さんがあれだけ必死に節約して貯めていた金を、どこの馬の骨ともわからない男にだまし取られるなんて……」

「それも人生なんじゃないのって思いますけどね」

マスクを顎に引っかけて、みずほはコンビニのコーヒーに口をつけた。カフェラテが飲みたかったのに生山課長は百円しか出してくれなかった。

「一人の男に入れ込んで課金しまくるなんて女の夢じゃないですか。それだけ狂わせてくれる男に出会えたなんて、むしろ果報者ですよ。他人からどう見えようと、これぱっかりは本人にしかわからないことですからね」

「男に騙されて貢ぐのもぜんぶ自己責任だって言いたいの？　それはちょっと冷たいんじゃないかな。いくら他人事だからって」

「他人事なのに、生山課長は随分こだわりますね」

「そ、それはやっぱり、大切な部下だから……」

「大切な部下ねえ」

含みのある声で言って、みずほはにやにやと笑った。

「私にとってもゆいぴは大切な同僚ですけど、上司と不倫しようがホストに騙されて金をまきあげられようが別にどうだっていいっていうか、ゆいぴが自分で決めてやってることなら私が口出しすることでもないし、それによってゆいぴに対する私の態度が変わるなんてこともありませんね。どうせ他人事ですし」

「――――」

絶句する生山課長を置き去りにして、さっさとみずほは歩を進めた。

「一度きりの人生、楽しまなきゃ損」を座右の銘にしているみずほからしてみたら、唯のことを心配するなんて余計なお世話もいいところであった。無一文になって捨てられたとしても、すべて唯の選んだことだ。熱狂の渦(うず)の中にいる人間にはなにを言ったって届かないことぐらい身をもって知っていた。そうやって何人もの女を見送ってきたし、見送られてもきた。みずほにできることといえば、精も根も尽き果てて現実に帰ってきた唯を「おつとめご苦労さんでした」と迎え入れてやるぐらいである。

このまま生山課長が大人しく引き下がると思えなかったみずほは、その日の帰り、

「私がおごるから」といやがる唯をカラオケに誘った。昼休みにみずほが生山課長と連れ立ってランチに出ていたことは唯もわかっていたので、いつもに輪をかけて警戒を強めている様子だった。

生山課長にホストクラブの写真を見せられた、と単刀直入にみずほは告げた。まわりくどいやり方をするより、唯にはこのほうがいいと思った。昼間、生山課長とのあいだにあったやり取りをかいつまんで説明した上で、私にできることはないかとみずほは唯に訊ねた。おせっかいだということは重々承知しているが生山課長を放ってはおけない、会社で騒ぎ立てられて困るのはゆいぴでしょう、と。

「放っといて」

そう言われることは予想していたけれど、面と向かって言われるとぐさりときた。あなたのことを思って言ってやってるのに、放っといてってなんだよと腹が立ちもした——。

「生山課長には偉そうなことを言っておきながら、自分からぐいぐい干渉しにいってるんじゃ世話ないよね」

自嘲気味に笑うみずほに、「いや、わかります」と俺は新しくウーロン茶割を作ってやりながら同意した。こちらの厚意をむげにするようなところが、たしかに唯にはある。

「さっきから気になってたんすけど、俺、唯のこと騙してないし、金をまきあげてるわけでもないです」

「うん、そうみたいだね。それは、今日ここに来て、なんとなくわかった」

「というか、そもそもなんで……」

「いままでのは前振りで、むしろここからが本題なんだけど、ゆいぴ今日、会社に来てなくて」

「――え？」

ざらりとしたものが、体の裏側を撫でた。とっさにポケットのスマホに手を伸ばしたが、唯からの着信は一件もない。

「無断欠勤なんてはじめてだったから、なにかあったんじゃないかってＬＩＮＥしたら、体調悪いから休ませてくれとだけ返ってきて。普段だったら〝りょ〟って軽く済ませるとこだけど、昨日の今日でしょ？　なんか胸騒ぎがするっていうか、私のせいで追い詰めちゃったかなって妙に責任感じちゃって」

それからも仕事の合間に「体の具合はどう？」「よかったらごはん作りにいこうか」「なにか要るものがあったら買っていくけど」と送り続けたが、唯からはなしのつぶてだったという。それなら直接家に押しかけるまでだと生山課長をつかまえて唯の住所を聞き出そうとしてもしらばっくれるばかりで、他に手立てがなくここまで来てしまったのだとみずほは説明した。

「偵察も兼ねてって言ったら悪いけど、ゆいぴの結婚相手がどんな人なのか気になってたのもあるし、あなたに訊いたら住所を教えてもらえるんじゃないかと思って」

「いや、それには及ばないっていうか……」

途中から俺は気が気じゃなくなっていて、いますぐにでもここから飛び出していきたいぐらいだった。みずほは知らないのだ。唯の病気のことを。

「大丈夫、唯のことは俺がやるんで。それは、俺の役目だから……」

うわの空でそう言って席を立とうとすると、「あ、そう？」とみずほはたちまち現金な声をあげた。

「じゃあさ、ちょっとナンバーワンの子呼んでもらっていい？　せっかく来たんだから、時間いっぱい楽しませてもらうわ」

店長に断って店を早上がりすると、俺はタクシーに飛び乗って唯の部屋に向かった。車中から何度か電話をかけてみたが、呼び出しはするのにそのまま留守番電話につながってしまう。午前中は連絡が取れていたのに、午後になってから既読もつかなくなったというみずほの話が頭から消えず、いてもたってもいられずに「もうちょっとスピード出ないの？」「この道まっすぐ行くより、ここ曲がった方が早くない？」

と運転手を急かした。開店からさほど時間が経っていないためまだ酔いは浅く、悪いほう悪いほうへとどんどん思考が引っぱられていく。

窓の外を流れていく景色は、まだ九時を過ぎたばかりだというのに真夜中のような静けさだ。緊急事態宣言の煽りを食らって飲食店の灯りは半分以上消え、人通りもほとんどない。

夜のタクシーが好き、といつだったか常連の風俗嬢が言っていた。夜のタクシーから見える景色が好きなんだと。自分の知らない、これから出会うこともないだろう人たちが、夜のネオンの中を楽しそうに酔っぱらって歩いているのを見ていると、この一人一人にそれぞれの人生があるんだと思って途方もない気持ちになる。昼間仕事でいやな目に遭った人もいるだろう。奥さんとケンカして家に帰りたくない人もいるだろう。離婚したばかりの人や大切な人を亡くしたばかりの人、明日死んでしまう人だって中にはいるかもしれない。そんなふうに想像を広げていると、自分の悩みなんかごくちっぽけなことに思えて、一瞬でも忘れていられる――。

最近まったく顔を見せないけど、いまごろどこかであの子もこの景色を見てるんだろうか。

そんなことを思ったら、引きずられるようにぞろぞろと俺の人生を通り過ぎていった女たちの顔が、暗い路上に浮かんでは消えていった。

ホストと客。

金で結ばれた関係だと知ったような顔でのたまう連中もいるけれど、でもそれだけじゃない。かんたんに割り切れるようなものなら、こんなに囚われてないし、こんなふうに彼女たちのしあわせを願ったりもしない。

ポケットの中のしわくちゃの千円札で料金を支払い、唯のマンションの前でタクシーを降りた。エレベーターが降りてくるのも待ち切れずに階段を二段飛ばしで駆けあがり、合鍵で部屋の中に押し入る。肩で呼吸をするたびに、真っ暗な部屋の中に白い息が舞った。

「唯？」

呼びかけても返事はない。靴を脱ぐのももどかしく、〇・五秒だけ迷ってから土足で部屋に上がり込んだ。

玄関の灯りだけつけてダイニングに続くドアを開けると、俺がいたときよりきれいに整えられた部屋が浮かびあがった。とことんイヤミな女だよと思いながらダイニングを突っ切ろうとした途中で、半分だけ水の入ったコップと一回の使用量を超えるような鎮痛剤のアルミシートがカウンターに放置されているのを見つけた。治まりつつあった心臓の鼓動が、再び唸りをあげる。

「おい、唯」

リビングと寝室の間仕切りのカーテンをかき分けると、キルトのベッドカバーがまるく膨らんでいた。「唯、大丈夫か？」近づいていって、ベッド脇に膝をつく。キルトからわずかに覗く顔は、薄暗がりの中でもはっきりとわかるほど青褪めていた。

「……せな？」

虚ろな目で、唯が俺を見た。

「そう、俺俺」

「そんなのに、騙されない」

「オレオレ詐欺じゃねーし。よく見ろよ、こんないい男なかなかいるもんじゃねえだろ？　正真正銘、俺だって」

「よけいあやしい。見たことないスーツ着てるし」

そんな軽口を叩いている余裕があるとは思えないほど、しゃべるのも苦しそうだ。脂汗の滲んだ額に髪の毛が貼りついている。親父もそうだけど、俺の前ではつい強がってしまうようにできているのかもしれない。野生の獣とおんなじだ。弱みを見せたら負けだと思ってる。

「っていうか、なんで靴履いたままなの？」

「それいま言うこと？　あとでちゃんと拭いとくから——どうした？　どっか痛むの

か？」

　ぎゅっと痛みに耐えるように唯が顔をしかめた。その場に胡坐をかき、靴ひもを解きながら俺は訊ねた。

「おなか、薬飲んだけど、効かなくて」

「朝からずっと？」

「最初は、生理痛かと思ってたんだけど、だんだん、痛くなってきて」

「なんでこんなんなってるのに俺を呼ばないんだよ！」

　不安が表面張力を超えそうになっていたところに、追い打ちをかけるように強い怒りがこみあげてきて、堪えきれずに大声で怒鳴りつけた。

「なんのために金払ってんだよ、バカだろ？」

　ああ、まただ。苦しんでいる相手を前にして、なんで俺はいつもこうなってしまうんだろう。だれよりやさしくしてやりたいと思ってる相手にそうできない。「放っといて」と言われたって放っておけない。プロ失格だ。こんなんじゃ、金なんかもらえない。

「瀬名は、もう、戻ってこない、と思った」

　俺に対してというより、自分に言い聞かせるみたいな、静かな諦めの込められた声だった。離れていた数日のあいだ、この部屋で唯がなにを考えていたのか、その孤独を思って俺はぞっとする。どうして一瞬でもこいつを一人にしてしまったんだろう。

「正味な話、逃げられるもんなら逃げたかったよ。なんでこんな厄介事引き受けちゃったんだろうって、面倒くさいことになったなって。あんな死にたがり勝手に死なせとけって、そう思ったりもしたんだけど……」

俺はもう、ほとんど泣き出しそうだった。できればもっとやさしく扉をノックしたいのに、ちょっとだけ開いた岩戸の隙間にガッと足を挟み込んで無理やりこじ開けるみたいな、ガサツなやり方しかできない。

「でも俺には、どうしても、唯が生きたがってるようにしか見えなかったんだ」

震える指で、俺は唯の頬にこわごわ触れた。軽く触れただけで火傷してしまいそうなほど、熱く火照(ほて)っている。唯が目を閉じると、涙がひとつぶ流れ落ちて俺の指を濡らした。

「待ってろ、いま救急車呼ぶから」

「だめ」

「は？」

「それでなくともコロナで医療崩壊してるって騒がれてるのに、これぐらいのことで迷惑かけられない。それに、救急車なんて、いくらすると思って……」

「いいかげんにしろ！」

一喝して黙らせると、俺はすみやかに救急車の手配をした。朝から妻が腹痛で苦しんでいる、薬を飲んでもよくなる気配がない、それから子宮頸がんの患者であることを言い添えた。十分ほどで到着すると告げられて通話を切ると、俺は唯の体を起きあがらせた。

「いたいいたいいたい」

痛みで立ちあがることもできず、ベッドの上でうずくまる唯の背を撫でながら、もうすぐ救急車くるから、もうちょっとだから、とこの期に及んでそんなことしか言えない自分に俺は焦れる。こんなときに気の利いた台詞の一つも言えないで、十年間よくホストなんてやってこられたもんだ。

「痛いもうやだ無理、死ぬ」

「死なねえから！　縁起でもないこと言うなって」

「無理、死ぬ、こんな痛いぐらいだったら死んだほうがマシ」

「だめだ、死ぬな。死なせない」

聞き分けのない子どもみたいにわめきちらす唯を、衝動にまかせて俺はかき抱いた。唯の吐き出す熱い息が、俺の胸をしめらせる。

「十年でも二十年でも俺がつきあうよ。唯が死ぬまでいっしょに生きる」

すこやかなるときもやめるときもと誓うとき、具体的に「やめるとき」のことを思い描ける人間がどれだけいるんだろう。しあわせの絶頂にいる人たちの想像する「やめるとき」なんてたかが知れている。だからみんなけっこうな頻度で離婚するんだろう。

そこへくると俺たちは、低値からスタートしてるからたいていのことならイケる気がした。楽観的なところは、この持って生まれた顔面に次ぐ俺の長所だ。

「だから、死ぬな」

えーんと声をあげて泣き出した唯の肩に顔を押しつけて、目尻に滲んだ涙をどさくさまぎれに拭った。どこからが自分でどこからが相手なのかわからなくなるぐらいぴったりとお互いにしがみついて、俺たちは救急車のサイレンが近づいてくるのを待っていた。

エピローグ

記帳するのはもうやめた。
細々とｉＤｅＣｏは続けているけれど、定期は解約した。掛け捨ての医療保険から多少はお金が下りたものの、さすがにそれだけでは賄（まかな）えなかった。がくっと減った資金総額を見るのが忍びなくて資産管理アプリは衝動的に削除してしまったが、それはそれとしてやはり家計簿をつけたり資産管理をするのに便利だったなと思い直し、最近になって再びダウンロードした。

ポイント二倍デーやサービスデーを狙って買い物し、その都度、各種クレジットカードや電子マネーをお得に使い分け、ネットやフリーペーパーのクーポンをくまなく活用するなんて、健康で暇な人間のやることだ。いまの私は日々を生きるのに精一杯で、外食もウーバーイーツもコンビニ弁当も冷凍食品だって、利用できるものならなんだってする。

長く伸ばしていた髪は治療に入る前に短く切り落とした。髪が抜けはじめた最初のころはさすがにショックだったが、短いほうがシャンプーもトリートメントも使用量が少ないし、ドライヤーの使用時間も短く済むので、いまではこれでよかったんだと思うようにしている。

これが唯一絶対の正解なんだと、これが私の生きる道なんだと、あんなに依怙地になって守ろうとしていたものが、がん細胞といっしょに私の中から抜け落ちていったみたいだった。長く生きているといろんなことがある。長生きは最高のエンターテイメントであり偉業だ。

「うん、問題ないね」

定期検診を終えると、主治医がめずらしく笑顔を見せた。あいかわらず燦然と輝く喜平ネックレスに目を射られ、そうですか、とお愛想で私は笑う。

救急車で運び込まれたのが、最初にがん告知を受けた病院だったのが運のつきだった。

「どうしていままで放っておいたんだ！」と頭ごなしに怒鳴られ、「もっと言ってやってくださいよ！」と瀬名が援護射撃して、なし崩しにこの医師のもとで治療することが決まってしまった。その場でいちばん早い手術日を手配してくれたり、他にもいろいろと融通を利かせてくれたので結果的にはよかったのだけど、本格的に治療を開始してからも医師の高圧的な態度が変わることはなく、その後も何度か揉めることになった（私ではなく主に瀬名と）。

「顔色もいいみたいだし、ひとまずは健康に気をつけて暮らしてください」

この医師にしてはめずらしくやさしい言葉で見送られて、私は診察室を後にした。

子宮全摘手術を受けてからもう三年になる。手術後、何ヵ月にも及ぶ化学放射線療法を受けてひとまずは寛解し、現在は定期的に検診を受けながら再発防止につとめる日々だ。感染症対策のために人々がマスクをして外出することがすっかり常態化しているように、病気はすでに私の一部になっている。

瀬名唯。

会計の順番を待っているあいだ、昭和のアイドルみたいな名前の記された診察券をしげしげと眺め、「どちらさん?」と思わず小声でつぶやいた。

会社では結婚する前と変わらず「片倉」で通しているし、「瀬名」と呼ばれるのは病院か、宅配便の配達のときぐらいでいまだに慣れない。病院の待合室で名前を呼ばれてもぼうっとやり過ごしてしまい、「瀬名さん、瀬名さん、呼ばれてるけど?」と付き添いの瀬名に突っつかれたことが何度かあった。

あれから三年経っても、いまのところ戸籍の上での私の名前は瀬名唯のままだ。

手術入院する日の前日、離婚届にサインをして瀬名に渡した。

なんのつもりだと訊く瀬名に、なんのつもりもないよ、と私は答えた。

「唯は離婚したいの?」

「したいっていうか、しないと」

十年でも二十年でも死ぬまでいっしょに生きる、と救急車が来る前に瀬名は口を滑らせた。ほんとにうっかり口を滑らせたというかんじだったのに、その瞬間、私の中で長いあいだ頑なに凝っていたものが雪崩を起こすのがわかった。痛みで朦朧とする意識の中で、縋るように瀬名の体にしがみついた。当時の私からすれば、一生の不覚と言えるぐらいのことだった。

「こんなことに瀬名をつきあわせるつもりはない。治療したらお金なくなっちゃうよ。このまま私といっしょにいるメリットがどこにあるの。私が長生きしたら困るのはそっちでしょう？」

メリットねえ……、と腕を組んでしばらく考え込んでいた瀬名は、

「ま、なんとかなるっしょ」

呆れるほど能天気な調子で言ってのけた。

「おかげさまで俺も俺の家族もさしあたって食うのに困ってるわけじゃないし、そのへんのことはおいおいでよくね？　とりまいまんとこ俺は唯と離婚するつもりはないんだわ」

ほんとにちゃんと考えたのか、いま腕を組んで唸っていたのはただのポーズではないのかと疑いたくなるほど楽観的な態度に無性に腹が立ち、私は瀬名の手から離婚届をもぎ取った。そのままエンディング＆ウェディングノートといっしょに火にくべようとして、「コンロで燃やす以外に意思表示する方法、いいかげんおぼえたほうがいいと思うよ？」と止められた。

「俺の人生にかかわりたいって、前に唯、言ってただろ。俺的に実はあれ、けっこうぐっときちゃってたんだよね。総資産額をドヤ顔で見せつけられてマウント取られるよりよっぽど」

瀬名は私の手から離婚届を奪い返すと、きれいにしわを伸ばしてノートに挟み込み、ライティングビューローの抽斗にしまいこんだ。

「俺ずっと一人でなんとかしなきゃって思ってたようなとこがあって、親父はあんなことになっちゃったし、こんなこと言ったら唯はまた古いってバカにするのかもしれないけど、やっぱ長男だし兄貴だし？　弱音の一つも吐けないで一人で抱え込んでぱんぱんになってたところを、すっと足下から両手ですくいあげられたような気がしたんだ」

「なにそれ。孫悟空じゃあるまいし」

「あ、でもそう、ほんとそう。俺からすりゃ菩薩様よ」

「『西遊記』って、菩薩じゃなくて釈迦じゃなかったっけ？」

「釈迦でも菩薩でもこの際なんでもよくね？　あ、なんならあの金の輪っかつけとく？　頭にじゃなくてちんこに」

「……………」

「唯ってこの手の下ネタ嫌うよな。出会ったばかりの男を平気でホテルに引きずり込んだりするくせに」

「人聞きの悪いこと言わないでよ！」

「人聞きもなにもだれも聞いてませんけど？　それに事実は事実だし──ってまあ、そんなことは置いておくとして」

　そこで瀬名はおもむろに、リビングと寝室のあいだに突っ立ったままでいる私の前に跪（ひざまず）いた。右手で私の右手をつかまえて、左手は胸に添える。

「俺も唯の人生にかかわらせてください」

　びっくりした。

　足下から両手ですくいあげられるようなかんじが、ほんとうにしたから。

「こんなプロポーズする人、はじめて見た」

　とっさに憎まれ口を叩いたら、俺も自分でやるのははじめてかな、と言って瀬名が笑った。

　その晩、私たちははじめて料金の発生しないセックスをした。

　手術前にするのはやめておいたほうがいいんじゃないかと瀬名は躊躇していたが、せっかくだからしておこうと強引に私から誘った。せっかくだからってなにがだよ、こんなときまで貧乏性発揮すんのやめてくんない？　と呆れながらも瀬名はつきあってくれた。子宮がなくなってしまう前の感覚を、できればちゃんと覚えておきたかった。

「これは契約に含まれてない？　別料金になる？」

いまさらこんなのは恥ずかしくて、ついふざけてしまう私の唇を、ちょっと黙ってて と瀬名が唇でふさいだ。

手術当日、コロナで面会制限がかけられているのにわざわざ病院まで駆けつけた両親は、ともみさんがあちこちからかき集めてきたらしいがんに効くと評判のプロポリスとかマヌカハニーとか目が飛び出るほど高価な水とかを付き添いの瀬名に押しつけて去っていった。

親には知らせないでくれと瀬名には言ってあったのに、「それ、押すな押すな的なことじゃなくて？」とほとんど押し切られるような形で知らせるはめになった。

「完治するかどうかまだわからないんだから、ぜったい言ったほうがいい。残された親の身にもなってみろって。後から知らされるなんて死ぬよりつらいぞ」

いざとなると、やはり口が達者な瀬名に言いくるめられてしまう。こんなふうに言いくるめてくれる人を、もしかしたら私はずっと待っていたのかもしれない。

「卵巣は？　卵巣は温存できるの？」

「卵巣さえ残っていれば女性ホルモンが分泌されるから、女でいられるのに……」

「卵子だけでも凍結しておくわけにはいかないの？　費用なら私が出してあげるから」

「いざとなったら代理出産っていう手もあるし……」

慰めるつもりなのか、ともみさんからはそんなＬＩＮＥがしきりに送られてきて、やっぱり早まったかなと思った。死ぬことにくらべたら子宮を失うことぐらいなんだっていうんだろう。子宮なんて臓器の一つにすぎないのに。

「私はこれまで子どもを欲しいと思ったことが一度もないので、高いお金を払って卵子を凍結する意味がありません。それから、子宮がなくても卵巣がなくても私が女であることには変わりません」

と返したら、それきりぱたりと送られてこなくなった。父や恭弥に叱られでもしたのかもしれない。やはりあの人とはどこまでいっても平行線のようだ。

会社ではいつのまにか、私の治療代を稼ぐために瀬名がホストをやっているという新たな「設定」が生まれていた。でっちあげたのは丸山さんだ。「デメトリアス　リューマ」で検索をかければ、瀬名が超ベテランホストだということはすぐにバレてしまうが、そんなことをする暇人は生山課長ぐらいのようで、この「美談」をみんな美味しく啜っているようだった。

「ホストクラブ、もうちょっと安かったらちょいちょい行きたいんだけどねえ。顔のいい男に今日も一日お疲れさまでしたって言われながらお酒を飲める場所がほしい。新大久保のボーイズバーとかメンパブみたいなところもたまに行くぶんには楽しいいんだけど、この年になってくるとああいうギラギラアゲアゲしたかんじはウィークデーにはきついのよ。もうちょいまったりしっとり飲める大人の休憩所みたいな店があれば常連になっちゃうと思う」

〈デメトリアス〉の初回ですっかり味をしめた丸山さんは、その後しばらく初回料金で手あたり次第にホストクラブを飲み歩く初回荒らしと化していたようだが、お気に入りのホストを見つけて次回から指名しようと思うと最低でも三万円ほどかかることを知り、すっかりアホらしくなってしまったのだという。

「男はいくらでもはした金で女にちやほやしてもらえるのにずるくない？　なんで角瓶のＣＭは女優ばっかりなわけ？　井川遥の次は長谷川博己にしろよ！」

「えっ、なんで長谷川博己？　丸山さん、好きだったっけ？」

「別に好きでも嫌いでもないけど、井川遥の男版は長谷川博己でしょ」

「そ、そうかなあ……？」

「そうだよ。もしかしたらワンチャンあるかもっていう可能性を感じさせるじゃん。これが小雪だったり西島秀俊だったりしたらまずないなってこっちも早々に諦めるけど、ひょっとしたらいけるかもって思わせるような隙があるっていうか……まあゆうても絶対ないんだけどね」

丸山さんの説はとりあえず置いておくとして、たしかに男と女では現状どう考えても非対称な夜の酒場事情が気になってそのまま瀬名に伝えたら、どういうわけかあれよあれよという間に話が転がって、既婚ホストばかり集めたおっさんずＢａｒなる新形態の店が三ヵ月も経たないうちに歓楽街にオープンした。コロナ禍の煽りを食らって閉店したスナックを居抜きでそのまま再利用した〈おっさんずＢａｒ　空騒ぎ〉で現在、瀬名はマスターをつとめている。

「俺も不思議だったんだけど、既婚って設定にしてから前より指名が増えたんだよね。セーフティなかんじがするのかなんなのかわかんないけど、とくに主婦層からウケがよくて。そこに目をつけたオーナーが既婚専門ホストクラブを作ろうかってちょうど言い出してたとこだったから、渡りに蟹ってかんじで」

「蟹じゃなくて船ね」

「まあなんにせよ、これまでのホストクラブのようなスタイルはもう飽和状態っていうか、持続可能性の観点から見ても限界を迎えてたからね。無茶な飲み方して体をこわすホストなんてもう見たくないし、一度は引退した中年ホストもぼちぼち戻ってきたりしてて、意外に需要があったりするんだこれが」

持続可能性なんて言葉が瀬名の口から出てくるとは驚いたが、どうせオーナーの受け売りだろう。これからの時代は狭く深くではなく広く浅くだというオーナーの読みは当たり、〈おっさんずＢａｒ　空騒ぎ〉はまずまずの盛況っぷりで、うちの会社の女性社員たちも丸山さんに引き連れられて何度か店に遊びにきたという。マスターが作るオムライスやポークチャップが本格的な味だと評判のようだ。

一方、三十年にわたって商店街の一角を担っていた〈一葉亭〉は営業を再開させることなく静かに看板を下ろした。

一階の店舗部分をバリアフリーの住居にリフォームし、現在は瀬名父の介護をしながら瀬名母も那智も日々をあわただしく過ごしているようだ。行くたびに親父とケンカになると漏らしながら、瀬名も週に何日かは様子を見に行っている。コロ丸もかなりの老齢ではあるがいまだ健在で、家族の留守中、一人で家にいる瀬名父の無聊(ぶりょう)を慰めているようだ。

リフォームの費用は私が支払った。返さなくていいと言っているのに、いつか返済すると瀬名も那智も頑として譲らないでいる。最初のころに比べたら那智の私に対する態度もいくらか軟化したが、それでもいまだに「金で心まで買えると思うな」とばかりに冷淡な態度を取ることがあって、私から拒絶され続けてきたともみさんの気持ちがいまになって理解できる気がした。

そんなこんなで、あっというまに三年の月日が経とうとしていた。

会計を終えて病院を出たところで、自転車二台で連なって通りを走ってくる瀬名と実稲の姿が見えた。真っ赤なパーカとオレンジ色のフリースをそれぞれ着ているのでいやでも目立つ。

「おーい」

「ゆいぴー」

丸山さんが私をゆいぴと呼ぶのが瀬名に伝染し、それがそのまま実稲に定着してしまったようだ。遠くから手を振る二人に私は手を振り返した。春休み中の実稲を連れて映画を観に行くとかで、今朝早くから瀬名は出かけていた。

「映画、なに観てきたの？」

近づいてくる二人に向かって私は訊ねた。

「それがさー、聞いてくれる？」

お目当てのアニメが満席だったので、ほかの映画でも見るかと映画館のスケジュール表を眺めていたら、ちょうど『プリティ・ウーマン』が抜群のタイミングで始まりそうだったので即決してしまったのだという。その映画館では定期的に古い映画をかけているのだそうだ。

「小学三年生にはちょっと早くない？」

「マジそれ。観てるあいだ、何度もやべえと思って汗だくになっちゃったよね」

「どうだった？」

私が訊ねると、うーん、と自転車に跨ったままの格好で実稲が首を傾げた。

「男のほうも女のほうも、おたがいのどこを好きになったのかぜんぜんわかんなかった」

年齢のわりに賢しい子だと思っていたが、ごもっともすぎる指摘に私と瀬名は顔を見合わせた。

「そんなの顔でしょ」「金じゃない？」

ほぼ同時に口にした私たちに、

「さいあく！」

おぞましそうに実稲が顔をゆがめる。それを見て、私と瀬名は腹を抱えてげらげら笑った。

瀬名の後ろに乗せてもらい、いまが見ごろだという商店街の桜を見にいくことにした。途中で〈BABAイーツ〉のランチボックスを買い、川沿いの遊歩道のベンチに座ってピクニックとしゃれこんだ。もちろん各々マイボトル持参である。風はまだ少し冷たいけれど陽射しは暖かくてまずまずの花見日和だ。

商店街の飲食店のおすすめメニューばかりを詰め込んだランチボックスは少々割高だけれど、バラエティ豊かでさすがの美味しさだった。〈一葉亭〉のコロッケがときどきラインナップに加わることもあるのだという。コロナ禍のピークを過ぎた現在では、各種イベントや会議などで大量注文が入ることも増え、そろそろキャバクラを辞めて専任スタッフとして働くことも考えていると前に那智が話していた。

「ゆいぴ、キルトどこまで進んだ？」

「まだ半分ぐらいかなあ」

川面に反射する陽の光に目を細めながら私は答えた。無数に浮かんだ花びらが流れに乗って運ばれていく。この桜を瀬名といっしょに見ることはないのだろうと、いつかの夜、諦めに身を貫かれながら思っていたことが、はるか遠くの前世の記憶のように感じられる。

「えーっ、私もうすぐ完成するよ」

「早(はや)っ、師匠を追い抜いてどんどん先に行っちゃうなんてさては天才だな？」

「そう言ってるたか兄は？　ちゃんと進んでる？」

「……すいませんまだ三合目です」

私たちはいまアルバムキルトの製作に取りかかっている。着なくなった実稲の洋服を使ってキルトを作れないかと相談されたときに、教えてあげるからみんなで作ろうよ、と私から提案したのだ。

アルバムキルトというのは、友情の証や相互扶助のために何人かで手分けし、それぞれ作成したブロックをつなぎ合わせて作る大がかりな作品のことだ。古くは結婚のお祝いや遠くへ旅立つ人を見送るために家族や友人、ご近所さんたちで協力して作ったものだという。

子どもの成長というのは私が思っているよりはるかに速く、最初のうちはこわごわと針を布に通していた実稲が、いまでは大人顔負けの針さばきを見せるのだから感心してしまう。この三人に加え、瀬名母とおまけに那智もしぶしぶ参加しているが、この調子だとほとんどのブロックを私と実稲で作ることになりそうだ。

完成したら瀬名父のベッドカバーにしてもいいし、この先、私が入院するようなことがあれば病室に持ち込んでもいい。どれだけお金を積んだところで買うことのできない世界でたった一枚のキルトが、いつどんなときでも私たちの体をやさしく包み込んでくれるはずだ。

こんなふうにつながっていくんだなと思う。ママから受け継いだものを私が実稲に渡し、いつかまたそれが、顔も知らないだれかに受け継がれる。私たちが死んでも、遠い未来までそうやって脈々と続いていくんだろう。

他人に頼るぐらいなら死んだほうがマシだと思っていた私が、まさかこんなことになるなんて、まったく長生きなんてしてみるものだ。

「次はオールドミスのパズルを作ってみたい」

食べ終わったランチボックスの紙容器を、ていねいな手つきで畳みながら実稲が言う。

「いいよね、私も好きなパターン。色の合わせ方次第でポップにもなるしシックにもなる」

「なんでもいいけどその名称もうちょっとどうにかなりません？　男からすると若干怖いんですが……」

「なんで？」

「どうして怖いって思うの？」

「そこのところ、いっぺん突き詰めて考えた方がいいと思うけど？」

「えーん、怖いよー」

離婚届はいまも抽斗にしまわれたまま出番を待ち続けている。

いつか私と瀬名がそれぞれ一人に戻りたくなったら、そのときまた改めて考えればいい。

ひときわ強い風が吹いて、桜の花びらが吹雪のように視界ぜんぶを一色に染めあげた。若白髪が目立ちはじめた瀬名の頭に一枚だけ貼りついた薄桃色の花びらに手を伸ばしかけ、やっぱりしばらくこのままにしておこうとすぐに私はその手を引っ込めた。

参考文献
「アメリカン・パッチワークキルト事典」　小林恵　文化出版局
「アメリカンキルトものがたり」　ＮＨＫ趣味悠々　ＮＨＫ出版

解説

朱野帰子

みんな怖いんだろうか。

自分が稼いだお金で、いったいなにを買っているのか、気づかされてしまうのが。

物語がはじまってすぐ、主人公の片倉唯がこう考えるシーンがある。『余命一年、男をかう』のタイトルには「かう」という言葉が入っている。その名の通り、これは始まりから終わりにいたるまで、私たち現代人が「いったいなにを買っているのか」をつきつけてくる物語だ。

会社員の生涯賃金は入社した時点で決まっている。昇格や賃上げなどで変動することはあったとしても、だいたい予想がついてしまう。いや、会社員でなくても、ほとんどの人たちは自分が手にすることのできる金額の限界を知っている。だからこそ限られたお金でなにを買うか、というところに悩むのである。

四十歳の会社員である唯の買うものは決まっている。コスパのいいものだ。「だれに頼ることもなく一人で生きていけるだけのお金を稼いで、収支トントンで終えること」という信条に貫かれた彼女の生活ぶりは徹底されている。二十歳でマンションを買い、本は図書館か古本、お酒も飲まず、昼は手作りの弁当、美容院には行かず髪は伸ばしっぱなし、余剰資金は投資に回す。ハイリスクハイリターンなものすべてを削ぎ落として生きている唯はこう語る。


恋愛はコスパが悪いからしたくない。

結婚も出産も同様の理由でパス。

他人と生きるということは、不確実性が増すということだ。そんな危険な投資に時間や労力を注ぎ込みたくない。


そんな唯を見ていると、同僚の丸山さんではないが、「ゆいぴって、なにが楽しくて生きてるの？」と訊ねたくなる。

でも、唯の生き方に「わかる」と共感する読者も多いのではないだろうか。消費税も社会保険料も増えるばかり、減るのは給与の手取りばかりだ。なのに老後に備えて二千万貯めろと言われたりする。死んだ後も他人に迷惑をかけるなと言われもする。

個人主義がゆきわたって、自由に生きられるようになった代わりに、私たちの精神には、個人の選択の結果は自己責任である、という考え方がしみこんでいて、たとえ困窮しても誰にも頼ってはならないということが「道徳」になりつつある。

唯はそんな「道徳」の遂行者であり、こう思って生きている。

目先の欲に踊らされず倹しい生活をしながらこつこつと老後資金を貯めている働きアリのような私こそ、もっと褒められてしかるべきではないかと思うんだけど。

しかし、そんな唯の日常に大きな変化が訪れる。

余命一年だと告げられるのである。

医師は続けて治療すれば治ることを説明しようとするが、唯は余命があと何年かを尋ねる。そして、これでやっと死ねる、という安堵をおぼえる。

あれ？ と読者は思ったのではないだろうか。

マンションのローンは終わりかけていて、資産形成も終わっていて、治療さえすれば、望み通りのコスパのいい老後を手に入れられる。なのになぜ唯は死にむかっていく？

でも読み進めていくうちにわかっていく。

保守的な地方都市に生まれ育ち、帰るべき実家を持たず、就職氷河期世代で、独身で、男性と所得格差をつけられている。唯は「働きアリ」のような人生を、自分の意思によって選びとっているように語っているけれど、社会によって選ばされて生きてきただけなのかもしれない。そんな人生を続けていくことがほんとうは苦しかったのではないか。

死ぬと決めた唯はこう決意する。

あと一年で死ぬなら、節約なんてもうしない。

そして、病院で初めて会った年下のホスト・瀬名吉高の父の入院費の支払いを肩代わりし、その返済のかわりに一時間一万円、計七十時間分、彼と過ごす契約を結ぶ。キリギリスのように生きる彼とともに、あれほど回避してきたハイリスクハイリターンの日々をはじめるのだ。「四十年生きてきて、ここまではじめて尽くしの一日があっただろうか」と語る、唯の新しい人生は読んでいると開放的な気分になる。

この小説はいわゆる「余命もの」である。

「余命もの」とは、主人公または主人公の恋人や恋人未満の人物の死期が宣告されることで始まる物語だ。昔から若者に人気を博してきたストーリーの型で、映画館に行けば一作はこういう映画の予告を見せられる。

『余命一年、男をかう』も、このストーリーの型にはめられている。余命宣告されたことで、主人公が残り少ない時間で恋する展開にもなるのも同じだ。

ただ、あえてずらされている設定もある。いわゆる「余命もの」で死ぬのは若くてきれいな女性であることが多い。だからこそ、死というタイムリミットのなかでひたむきに恋をする姿に読者や視聴者は胸を打たれる。

だが『余命一年、男をかう』で死ぬのは中年女性だ。私も中年女性だが、主人公が四十歳だと知ったときこう思ってしまった。そんなストーリーに需要はあるのだろうか、と。そのことはこの小説の中でも指摘される。一時間一万円で自分を売ることになった瀬名はこんなふうに、唯と過ごした時間を振り返る。

映画で死ぬのは若くてきれいな女ばかりだって、前に唯と笑って話していたことがある。そっちのほうが命として価値が高いから、かわいそうだからみんな泣くんだって

だが瀬名はあとになってこうも思う。「そんなことを言ったらうちの親父なんてどうなるんだよ」「あんな老いぼれちまったクソジジイ、生きてる価値もねえってことになるじゃん」と。父の入院費で困窮した家族を助けるため、唯に買われている瀬名

からしたら、唯の語る論理は受け入れられない。

　でも唯だけだろうか。コスパのいい人生を生きているうちに私たちは、いつしか人の命に価値づけをしてしまってはいないだろうか。若くてきれいな女性が死ぬ話には市場価値があるが、自分が死ぬ話にはないのだというふうに。いつの間にか私たちの心にインストールされていたその市場価値の序列は「私が死ぬとき、だれか泣いてくれる人はいるだろうか」という問いになって自分を孤独に追いこんでいく。

　この小説が刊行されたとき、私の周りでこの小説を推したのは意外にも男性読者だった。経済的に困ったことなどなさそうなエリート男性までもが、この小説に大きく心動かされているのも見た。彼らもまた唯のように「お金がなければ相手にしてもらえないんじゃないか」という恐れを抱いているのではないか。だからこそ、名門校をめざし、一流企業に就職する。他者より優位な人生をめざしているように見えるかもしれないけれど、ほんとうはむかっている先は「私が死ぬとき泣いてくれる人」なのではないだろうか。『余命一年、男をかう』は自分に市場価値はないとわりきっているようでいて、わりきれずに苦しんでいる私たちのための物語なのだ。

　唯は「買う」という手段を通じて、「私が死ぬとき泣いてくれる人」を手に入れられたのだろうか。

「専業主婦は家政婦であり売春婦である」という家庭科の教師の言葉を思い出して、

「ならば私も金で夫を買えばいい」と思う彼女は、さらに大金を投じて瀬名の一生を買ってしまう。

それはまるで今まで、社会でも会社でも家庭でも市場価値を認めてもらえなかった唯の復讐のようでもある。買う側と売る側、従来の男女の立場が逆転したこの小説の世界で、売る側にさせられた瀬名はこんなことを思う。

ときどきよくわかんなくなるんだよな。俺らはいったいなにを売っているんだろうって。俺たちホストなんてしょせん消耗品だよ。消耗品だってわかってるのに、搾取されたくないって思ってもいる。客だっておんなじ。みーんなだれかに搾取されながら金を稼いできて、俺らのとこに憂さ晴らしに来てくれる。搾取し搾取されて、みんな加害者でみんな被害者。もうわけわかんない。それでもこのしょうもない世界になんとかしがみついて生きてんだ

瀬名はホストであるがゆえに売る立場と買う立場という構造に自覚的だ。だからこそ市場価値ですべてをはかろうとする唯に反発する。その構造から外に出て生きるという、不確実性の高い人生を生きることから逃げる彼女に怒り続ける。

いわゆる「余命もの」は、この社会で生きることの制約に囚われていた人たちが、

人生が残りわずかとなったがゆえにその制約をはずされていく物語でもある。でも、制約をはずされたからと言って、人はそう簡単に変われるわけではない。

吉川トリコの小説は人間の変われなさをとても自然に描く。

たとえば『夢で逢えたら』の主人公たち、真亜子と佑里香は、旧時代の女性のありかたと新時代の女性のありかたの間で揺れつづける。『マリー・アントワネットの日記』では主人公のマリーは王妃としての自分と個人としての自分の間を行ったり来たりする。誰かから要請された生き方と、自分が望む生き方のあいだを行ったり来たりしながら、人はほんとうにゆっくり変わっていく。揺り戻しが来てしまうこともあるし、ずっと変わらないように見えたのにとつぜん大変化することもある。いいんだよ、それで、と見守っていてくれる優しさが吉川小説にはある。

冒頭で引用したこの一節を何度だって思い出す。

みんな怖いんだろうか。

自分が稼いだお金で、いったい*なに*を買っているのか、気づかされてしまうのが。

限られたお金で何かを買うか、というところに人の望みは現れる。どう生きたいかが現れる。けれどその望みは、しばしば国や会社や学校や家庭といった共同体にとって都合のいいものに変えられてしまう。私たちはそのことに目をふさいで生きている。抗わずに生きた方が楽だからだ。

余命が尽きるまでに、唯はなぜ自分が「男をかう」ことにしたのかに気づくことができるのだろうか。どう生きたいかを見つけることができるのだろうか。まだ小説を読んでいない人のためにここでは言わないでおくが、いわゆる「余命もの」の物語の型を使い、経済活動に否応(いやおう)なく巻きこまれていく現代人の孤独を描きだした吉川トリコの手腕には恐れいるしかない。

そして最後にこれだけは言わせてほしい。

唯のかつての不倫相手、生山課長が私は大好きだ。ロマンティックおじさんと揶揄(やゆ)される彼がJ‐POPの歌詞みたいな思いを伝えてくるたび、唯と瀬名の恋愛が進展してしまうところも含めて大好きだ。

これからも二人の前に現れて何度だって笑わせてあげてほしい。

本作は、二〇二一年七月に小社より刊行されました。

NexTone：PB000054953

|著者|吉川トリコ　1977年生まれ。名古屋市在住。2004年「ねむりひめ」で第3回「女による女のためのR-18文学賞」大賞および読者賞を受賞。同年、同作をおさめた短編集『しゃぼん』にてデビュー。『グッモーエビアン！』『戦場のガールズライフ』はドラマ化された（『グッモーエビアン！』はのちに映画化）。'22年『余命一年、男をかう』（本作）が第28回島清恋愛文学賞を受賞した。他の著書に『ミドリのミ』『名古屋16話』『光の庭』「マリー・アントワネットの日記」シリーズ『女優の娘』『夢で逢えたら』『流れる星をつかまえに』『あわのまにまに』『コンビニエンス・ラブ』など多数ある。

余命一年（よめいいちねん）、男（おとこ）をかう

吉川（よしかわ）トリコ

2024年5月15日第1刷発行
2024年8月22日第3刷発行

発行者——森田浩章
発行所——株式会社　講談社
東京都文京区音羽2-12-21　〒112-8001
電話　出版（03）5395-3510
　　　販売（03）5395-5817
　　　業務（03）5395-3615

Printed in Japan

定価はカバーに
表示してあります

デザイン—菊地信義
本文データ制作—講談社デジタル製作
印刷———株式会社KPSプロダクツ
製本———株式会社KPSプロダクツ

ISBN978-4-06-533544-4

講談社文庫刊行の辞

二十一世紀の到来を目睫に望みながら、われわれはいま、人類史上かつて例を見ない巨大な転換期をむかえようとしている。

世界も、日本も、激動の予兆に対する期待とおののきを内に蔵して、未知の時代に歩み入ろうとしている。このときにあたり、創業の人野間清治の「ナショナル・エデュケイター」への志を現代に甦らせようと意図して、われわれはここに古今の文芸作品はいうまでもなく、ひろく人文・社会・自然の諸科学から東西の名著を網羅する、新しい綜合文庫の発刊を決意した。

激動の転換期はまた断絶の時代である。われわれは戦後二十五年間の出版文化のありかたへの深い反省をこめて、この断絶の時代にあえて人間的な持続を求めようとする。いたずらに浮薄な商業主義のあだ花を追い求めることなく、長期にわたって良書に生命をあたえようとつとめるところにしか、今後の出版文化の真の繁栄はあり得ないと信じるからである。

同時にわれわれはこの綜合文庫の刊行を通じて、人文・社会・自然の諸科学が、結局人間の学にほかならないことを立証しようと願っている。かつて知識とは、「汝自身を知る」ことにつきていた。現代社会の瑣末な情報の氾濫のなかから、力強い知識の源泉を掘り起し、技術文明のただなかに、生きた人間の姿を復活させること。それこそわれわれの切なる希求である。

われわれは権威に盲従せず、俗流に媚びることなく、渾然一体となって日本の「草の根」をかたちづくる若く新しい世代の人々に、心をこめてこの新しい綜合文庫をおくり届けたい。それは知識の泉であるとともに感受性のふるさとであり、もっとも有機的に組織され、社会に開かれた万人のための大学をめざしている。大方の支援と協力を衷心より切望してやまない。

一九七一年七月

野間省一